BROTHERS IN BLUE: MAX

Brothers in Blue
Buch 1

JEANNE ST. JAMES

Übersetzt von
LITERARY QUEENS

Künstler des Covers (Deutsche Ausgabe): Golden Czermak at FuriousFotog
Übersetzer: Literary Queens

www.jeannestjames.com

Melde dich für meinen Newsletter an, um Insider-Infos, Neuigkeiten über die Autorin und aktuelle Neuerscheinungen zu erhalten:
www.jeannestjames.com/newslettersignup (auf Englisch)

Haftungsausschluss

Warnung: Dieses Buch enthält explizite Szenen, einige mögliche Trigger und eine Sprache für Erwachsene, die von einigen Lesern als anstößig empfunden werden könnte. Dieses Buch ist NUR für Erwachsene bestimmt, so wie es die Gesetze des Landes, in dem du es gekauft hast, vorschreiben. Bitte bewahre deine Dateien an einem Ort auf, der für Minderjährige unzugänglich ist.

Dies ist ein Werk der Fiktion. Jede Ähnlichkeit mit lebenden oder toten Personen oder tatsächlichen Ereignissen ist rein zufällig.

Behalte ihre Website unter http://www.jeannestjames.com/ im Auge oder melde dich für ihren Newsletter an, um über ihre nächsten Veröffentlichungen informiert zu werden: http://www.jeannestjames.com/newslettersignup (auf Englisch)

Brothers in Blue Serie

Brothers in Blue: Max (Buch 1)
Brothers in Blue: Marc (Buch 2)
Brothers in Blue: Matt (Buch 3)
(Enthält Teddys Kurzgeschichte)
**Brothers in Blue: Weihnachten bei Familie Bryson
(Buch 4)**

Widmung

An meinen persönlichen Mann in Uniform,
Danke, dass du die Ruhe in meinem Sturm bist.

Kapitel Eins

FÜNFUNDVIERZIG MINUTEN lang stand der kleine rote Mietwagen auf dem Parkplatz. Amanda Barber saß wie eingefroren auf dem Fahrersitz. Sie starrte durch die Windschutzscheibe auf das Backsteingebäude vor ihr. Der Motor des Autos war ausgeschaltet, der Schlüssel steckte noch im Zündschloss. Es hatte nicht viel gefehlt, und sie wäre umgedreht und den Weg, den sie gekommen war, zurückgefahren.

Sie las noch einmal das Schild an dem Gebäude, als ob sie damit das Unvermeidliche aufschieben könnte. Howell's Adult Day Care. *Howell's Tagesbetreuung für Erwachsene.*

Es wurde langsam dunkel. Sie konnte nicht noch länger dort sitzen. Amanda hatte dem Anwalt ihrer Stiefmutter versprochen, dass sie zwei Wochen bleiben würde. Nur zwei Wochen. Vierzehn Tage. Einen halben Monat.

Sie musste jetzt aufhören, sich wie eine Memme zu benehmen.

Okay, Schluss mit dem Zögern! Amanda schnappte sich die Schlüssel und warf sie in ihre Handtasche. Es musste erledigt werden, da ging kein Weg drumherum. Sie verließ das Auto und betrat das Gebäude, bevor sie ihre Meinung ändern konnte.

Nachdem sich die Tür mit einem ohrenbetäubenden *Klick* hinter ihr geschlossen hatte, blickte Amanda sich um. Ein paar ältere Leute saßen strickend oder lesend da oder unterhielten sich in kleinen Gruppen. Im Hintergrund dröhnte ein Fernseher. Ein älterer Herr in einem Rollstuhl saß vor einem großen Panoramafenster und sein Kopf schwang hin und her, während er döste.

Eine Frau, die nur ein paar Jahre älter war als sie, schaute hoch und entdeckte Amanda. Mit einem Stirnrunzeln richtete sich die Frau von dem Kartentisch auf, an dem ein junger Mann saß, dem sie gerade half. Amanda war sich nicht ganz sicher, wobei der junge Mann Hilfe brauchte. Es sah aus, als hätte er gezeichnet. Die Frau beugte sich vor und flüsterte ihm etwas ins Ohr, bevor sie sich Amanda näherte.

»Kann ich Ihnen helfen?«

»Ich denke ja.«

Als Amanda nicht weitersprach, sah die Frau sie verwundert an.

Die Frau drängte: »Brauchen Sie Informationen? Oder eine Führung durch unsere Einrichtung?«

»Nein.«

Die Frau blinzelte verwirrt und legte den Kopf schief, um eine unausgesprochene Frage zu stellen. Als sie den Mund aufmachte, unterbrach Amanda sie. »Ich bin wegen Gregory Barber hier.«

Sie musste es ziemlich laut gesagt haben, denn der junge Mann am Tisch schaute von seinem Projekt weg, hob seinen Kopf und wandte sich ihnen zu. Er lachte laut und strich sich mit dem Handrücken die Haarsträhnen, die ihm in die Augen fielen, aus dem Gesicht.

Die Lippen der Frau formten sich zu einem *O*. »Sie müssen Amanda sein.«

Amanda runzelte die Stirn. Natürlich wusste die Frau,

wer sie war. Sie wettete, dass ganz Manning Grove darauf gewartet hatte, dass sie auftauchte.

»Ja, ich bin hier, um Greg abzuholen.«

Amanda biss sich auf die Lippe, als der junge Mann sich mit einem schiefen Lächeln vom Tisch erhob. Im nächsten Moment rannte er auf sie zu und fuchtelte mit den Armen in der Luft herum. Amanda trat automatisch einen Schritt zurück. Am liebsten hätte sie sich umgedreht und wäre weglaufen, aber die Arme des jungen Mannes schlossen sich um sie und drückten sie zusammen, bis sie kaum noch atmen konnte.

Die Frau packte ihn an den Armen und versuchte, ihn loszureißen. »Greg! Greg! Lass sie los!«

Greg schaukelte Amanda hin und her, quetschte seinen Kopf auf ihre Brust und drückte sie noch fester an sich. Sie stöhnte vor Schmerz auf.

»Greg!«

»Donna, ist das Manda? Ist das Manda?« Seine dröhnende Stimme vibrierte in ihrer Brust.

»Greg, du wirst sie zu Tode quetschen.«

Greg ließ sie widerwillig los und trat zurück, das schiefe Grinsen auf seinem Gesicht wurde noch breiter. Ein bisschen Spucke spritzte aus seinem Mund, als er rief: »Meine Schwester Manda!«

»Ja, Greg, deine Schwester ist hier, um dich abzuholen.« Donna drehte sich zu Amanda um. »Wie Sie sich schon denken können, bin ich Donna. Ich leite diese Einrichtung.« Besorgnis überzog ihr Gesicht. »Sie sehen blass aus. Wollen Sie sich hinsetzen?«

Amanda schüttelte den Kopf. »Nein.« Sie atmete tief durch, rieb sich die Rippen und prüfte, ob sie verletzt waren. Dann schob sie ihren Rock wieder etwas weiter hinunter und rückte den Pullover zurecht, der jetzt schief unter ihrer Jacke hing. »Nein, es geht mir gut.«

»Bringen Sie Greg zurück zum Haus seiner Mutter?«

»Ja.«

»Hatten Sie schon einmal mit einer Person mit Behinderung zu tun?«

Amanda schaute Greg an, der sie mit einem breiten Grinsen im Gesicht anstarrte. »Nein.« Greg konnte nicht ruhig stehen bleiben, er zappelte herum und murmelte vor sich hin.

Donna runzelte die Stirn. »Oje.«

Das wollte Amanda jetzt nicht unbedingt hören. *Oje.* Was hatte das zu bedeuten? Sie wusste, dass es ihr über den Kopf wachsen würde. Aber »*Oje*«?

Scheiße!

»Ähm, ist er bereit zur Abfahrt?«

Donna schaute Greg an. »Ja. Er ist sehr aufgeregt, seine Schwester zu treffen, wie Sie sehen können.« Sie richtete ihre Aufmerksamkeit wieder auf Amanda und hob die Augenbrauen. »Das ist das erste Mal, oder?«

Amanda nickte. Sie wusste nicht, ob sie sich schämen oder Angst haben sollte. Die Scham verdrängte schnell ihr Gefühl der Angst. Sie hatte keinen Zweifel daran, dass Donna die Antwort auf diese Frage kannte, bevor sie sie überhaupt gestellt hatte. Amanda war sich sicher, dass die ganze Stadt die Antwort auf diese Frage kannte.

Doppelte Scheiße!

Donna legte eine Hand auf ihren Arm und sah sie mitleidig an. »Hören Sie zu! Ich werde Ihnen meine Visitenkarte geben. Wenn Sie irgendwelche Probleme oder Fragen haben, rufen Sie mich an. Greg ist ein guter Junge, man kann problemlos mit ihm arbeiten und er ist sehr umgänglich.«

Amanda schaute sich die Person an, um die es ging. Er war kein Kind mehr. Ihr Halbbruder war zweiundzwanzig Jahre alt. Zweiundzwanzig.

Alt genug, um zu trinken, zu wählen und der Armee beizutreten.

Ein Erwachsener, der sich lediglich wie ein Kind verhielt.

»Danke. Vielleicht komme ich auf Ihr Angebot zurück.«

Zum ersten Mal lächelte Donna. »Ich bin sicher, dass Sie das tun werden. Hier ist eine Broschüre über meine Einrichtung und meine Karte. Greg kommt drei Tage in der Woche hierher. Außer an Feiertagen holt ihn montags, mittwochs und freitags ein Bus kurz vor acht Uhr morgens ab. Kurz nach sechs Uhr abends bringt ihn dieser Bus wieder zurück.«

In Amandas Kopf drehte sich alles. »Okay.«

»Greg, bist du jetzt bereit zu gehen?«

»Jupp. Jupp. Jupp. Ich's bin bereit zu gehen.« Greg hüpfte vor Aufregung erst auf einem Bein, dann auf dem anderen. »Wir's gehen jetzt los!« Er lief wieder auf Amanda zu und hielt ihr seine verdrehte Hand hin.

Amanda streckte die Hand aus und ergriff sie. Sein breites Grinsen war überwältigend. Sie schenkte ihm ein schwaches Lächeln zurück. »Bist du bereit, Bud?«

»Wer ist Bud?«

Amanda schaute ihren Bruder an. Er mochte zwar nur ein Halbbruder sein, aber er war immer noch ihr Fleisch und Blut. Er gehörte zur Familie. Amanda entspannte ihre steifen Muskeln ein wenig und drückte seine Hand. »Das bist du, Bud. Du wirst mein neuer bester Kumpel, mein Buddy, sein.«

»Oh! Oh! Donna, ich's bin ein Buddy! Ich's bin Bud!« Greg fing an, sie zur Tür zu ziehen.

»Oh, warten Sie, Ms. Barber!« Amanda drehte ihren Kopf zu Donna, während sie durch den Eingang hinausgezerrt wurde. »Vergessen Sie Chaos nicht.«

»Was?« Sie hielt sich am Türrahmen fest, um Greg daran zu hindern, sie aus der Tür zu schleifen, während er sie in seinem Enthusiasmus auf dem Bürgersteig herumwirbelte.

»Chaos«, wiederholte sie, als ob damit alles erklärt wäre.

Donna ging zur Hintertür und hielt sie auf. Ein schwarz-weißer Border Collie sprang durch die Tür und umkreiste sie bellend, genauso außer Kontrolle wie Greg.

Chaos.

Welch passender Name?!

DIE SCHLÜSSEL KLIMPERTEN und die Scharniere quietschten, als Amanda die Eingangstür ihres neuen Zuhauses öffnete.

Neues Zuhause auf Zeit, erinnerte sie sich.

Nach dem langen Flug und der langweiligen, langen Fahrt in diese Mitten-im-Nirgendwo-Stadt war sie erschöpft. Sie brauchte eine ordentliche Portion Schlaf, damit sie am Morgen wieder klar denken konnte.

Sie warf einen Blick auf ihre Uhr. Sieben.

Weder Greg noch sie hatten bisher zu Abend gegessen, und trotzdem dachte sie schon daran, ins Bett zu gehen. Wie eine alte Jungfer. In Miami hatte das Nachtleben noch nicht einmal begonnen.

Chaos brauste an ihr vorbei. Der Hund musste wahrscheinlich auch gefüttert werden.

»Greg, weißt du, wie man Chaos füttert?«

Als sie keine Antwort erhielt, drehte sich Amanda zu ihm um. Er stand immer noch neben dem Auto. Er war verdächtig ruhig und still gewesen, als sie in die Nachbarschaft und zum Haus fuhren. Der aufgeregte *Junge* war verschwunden.

»Greg?«

»Ist Mama da drin?«

Selbst in der Dunkelheit und obwohl er so weit von ihr entfernt war, konnte man die Traurigkeit und Verwirrung in seinem Gesicht deutlich erkennen. Aber seine Frage ließ ihre Haare im Nacken zu Berge stehen.

»Nein, Greg, deine Mama ist weg. Komm jetzt! Ich muss dir etwas zu essen machen.«

»Mama macht gutes Essen.«

Amanda seufzte. Sie hatte keine Lust, sich jetzt damit zu befassen. Sie war nicht für ihn verantwortlich. Vor dem heutigen Tag kannte sie ihren Bruder noch nicht einmal. Sie hatte zwar gewusst, dass er existierte, aber sie lebten in verschiedenen Welten. In ihrer Welt gab es weder ihren Vater noch ihre Stiefmutter noch ihren Halbbruder. Amandas Mutter Anne hatte dafür gesorgt.

»Hey, Bud, ich bin vielleicht nicht die beste Köchin – wahrscheinlich bin ich sogar eher eine der schlechtesten –, aber ich kann eine Schüssel Suppe und ein leckeres gegrilltes Käsesandwich zubereiten.«

Sein neuer Spitzname schien ihn ein wenig aufzumuntern. Widerstrebend folgte er ihr ins Haus.

Da es im Haus stockdunkel war, fuhr Amanda mit ihrer Hand an der Wand entlang und suchte nach einem Lichtschalter. Ihre Finger fanden einen und sie knipste das Licht an. Das Haus war niedlich. Und klein. Alles schien seinen Platz zu haben, und es war wirklich ordentlich. Und trotz der Tatsache, dass ihre Stiefmutter Dolores vor über einer Woche gestorben war, schien das Haus relativ sauber zu sein.

Das Wohnzimmer zu ihrer Rechten sah gemütlich aus, mit einer großen, weichen Couch und ein paar schön geschnitzten, alten, aber schweren Holztischen – wahrscheinlich Antiquitäten. Die meisten Dekorationen an den Wänden waren gerahmte Fotos. Sie würde sie sich später genauer ansehen. Nachdem sie etwas geschlafen hatte.

Eine Sache, die Amanda schnell auffiel, war, dass es nichts Zerbrechliches gab. Keine Töpferwaren, kein Glas und nicht einmal irgendwelchen kleinen Schnickschnack. Amanda konnte sich gut vorstellen, warum, als sie ein

Krachen hörte. Sie eilte zurück in den hinteren Teil des Hauses.

Die große Küche war modern, mit hochwertigen Edelstahlgeräten und wunderschönen Granitarbeitsplatten. Ein kupferner Topfhalter hing über einer Kochinsel, die von dunklen Holzhockern umgeben war.

Und in der Mitte dieser schönen Küche stand Greg mit einem verlegenen Gesichtsausdruck. »Tut mir leid.«

Er hatte Chaos' vollen Blechnapf fallen lassen, aber das war dem Hund egal. So schnell, wie er essen konnte, saugte er alles auf, selbst die letzten kleinsten Krümel, egal wohin sie gerollt waren.

»Ist schon gut, Bud. Jetzt lass uns etwas zu essen für dich finden.«

Nachdem sie ein paar Minuten lang die Schränke durchsucht hatte, stellte sie ein schnelles Abendessen für Greg zusammen, und während er aß, erkundete sie weiter das Haus. Obwohl es klein war, war es gemütlich, so, wie sie anfangs schon vermutet hatte. Es gab ein weiteres Stockwerk, drei Schlafzimmer und zwei Bäder.

Die Küche musste einer der größten Räume im Haus sein. Der Garten war lang und schmal und wegen des Hundes ausreichend eingezäunt. Was Amanda am meisten gefiel, war der Wintergarten, der anscheinend erst kürzlich an die Terrasse im hinteren Bereich angebaut worden war.

Amanda ging zurück in die Küche, um nach Greg zu sehen. Vielleicht hätte sie ihn nicht so lange allein lassen sollen. Na ja, oder zumindest hätte sie ihm eine Serviette geben sollen. Während sie ihm half, die Tomatensuppe von seinen Klamotten abzuwischen, fragte sie ihn aus, um herauszufinden, was er selbst tun und was er nicht selbst tun konnte.

Gegen zehn Uhr abends, nachdem Greg, wie er erklärte, eine seiner »Lieblingssendungen« gesehen hatte, ging sie mit ihm auf sein Zimmer.

»Ich sehe, du bist ein NASCAR-Fan, Greg.«

»Liebe NASCAR. Liebe Rennen! Ich's werde mal Rennfahrer.«

»Lass mich raten! Tony Stewart ist dein Lieblingsfahrer.«

Greg quietschte aufgeregt. »Woher weißt du das?«

Amanda schaute sich im Schlafzimmer um, das voll von Postern mit der Nummer vierzehn, Modellautos und Erinnerungsstücken war. Sie zog die Stewart-Tagesdecke herunter. *Hmm, woher wusste sie das nur?*

»Kannst du von hier an alles selbst übernehmen? Kannst du dich allein fürs Bett fertig machen?«

»Jupp.«

»Okay, gute Nacht, Greg.«

»Manda?«

»Ja?«

»Bekomme ich's eine Umarmung?«

»Aber sicher, Bud.« Diesmal war seine Umarmung nicht so knochenbrecherisch. »Gute Nacht, Buddy. Wir sehen uns morgen früh.«

»Nacht, Manda.«

Amanda ging wieder nach unten. Sie lief direkt zu dem weißen Umschlag, den der Anwalt ihr gegeben und den sie vorhin auf dem Küchentisch abgelegt hatte. Sie schnappte ihn sich und ging in den Wintergarten. Mit einem müden Stöhnen ließ sie sich auf das Zweiersofa sinken und riss den Briefumschlag auf. Chaos rannte hinein, sprang neben sie und rollte sich dort zusammen. Amanda strich mit einer Hand über seinen seidigen Rücken.

Sie entfaltete den Brief und begann zu lesen.

Liebe Amanda,

Ich weiß, dass wir uns nie getroffen haben, und ich bedaure das. Daran kann nun nichts mehr geändert werden. Das Erste, was du wissen sollst, ist, dass dein Vater dich geliebt hat, egal, was du viel-

leicht denken magst. Er hat uns ein gutes Leben ermöglicht, und dafür bin ich dankbar. Ich habe ihn sehr geliebt.

Ich weiß, dass es ein großer Schock für dich sein muss, deinen Bruder zum ersten Mal zu sehen. Gregory ist ein guter Junge. Ich hoffe, du wirst das selbst auch erkennen.

Es war schwer für Greg, nachdem dein Vater vor zwei Jahren an einem Herzinfarkt gestorben ist. Von mir ganz zu schweigen. Ich weiß, dass es für Greg noch härter wird, wenn ich gehe. Greg hat keine Ahnung, dass bei mir Brustkrebs diagnostiziert wurde. Ich glaube, er würde es ohnehin nicht verstehen.

Wenn du das hier liest, dann hat Greg beide Elternteile verloren. Ich hoffe, dass du dir ein Herz fassen kannst, ihm zu helfen und ihn zu lieben. Ich weiß, dass er nur dein Halbbruder ist, aber er ist trotzdem dein Bruder. Du bist alles, was er hat.

Bitte schau tief in dich hinein und öffne dein Herz für ihn. Das ist keine leichte Aufgabe. Gregory kann einigermaßen auf sich selbst aufpassen, aber er braucht viel Führung. Ich habe versucht, ihn dazu zu bringen, unabhängiger zu werden, aber er wird nie in der Lage sein, allein zu leben. Er braucht dich so sehr. Ich will nicht, dass er allein in einem Heim endet.

Das Haus gehört jetzt dir, zusammen mit einem Treuhandfonds, den dein Vater und ich eingerichtet haben und aus dem du ein monatliches Einkommen erhältst, damit du Gregory versorgen kannst. Es sollte so viel sein, dass du, wenn du in Manning Grove bleibst, nicht arbeiten musst und für Greg da sein kannst, solange er dich braucht. Wenn du ihn zurück nach Miami mitnimmst (ich hoffe, dass du das nicht tust), wird es wahrscheinlich nicht lange halten.

Das hier ist eine tolle Stadt, die Menschen sind freundlich und sie kennen Gregory. Ich weiß, dass dich das vielleicht nicht überzeugt, aber ich glaube nicht, dass Gregory in einer großen Stadt glücklich wäre.

Ach, ich fange an zu schwafeln.

Amanda las sich eine Liste durch, auf der stand, welche Aufgaben Greg allein erledigen konnte und bei welchen er

Hilfe brauchte. Sie zerknüllte den Brief in ihrer Hand und warf ihn quer durch den Raum. Er prallte von einer Lampe ab und landete mitten auf dem Boden.

Chaos sprang vom Sofa und holte den *Ball* zurück, bevor er ihn demonstrativ wieder in ihren Schoß fallen ließ. Sie starrte ihn und den zerknitterten, feuchten Brief an und versuchte, nicht zu schreien. Sie kämpfte dagegen an, zu weinen.

Sie wollte das nicht tun. Sie konnte das nicht tun. Diese Frau hatte kein Recht, sie um so etwas zu bitten. Sie hatte nie um einen Bruder gebeten. Es hatte sie nie gestört, dass sie ein Einzelkind war. Ihre Mutter hatte sie verwöhnt. Nicht, weil sie Amanda liebte, sondern weil sie sie kontrollieren und falls nötig, Amanda aus dem Weg haben wollte.

Chaos stupste ihre Hand an und wartete darauf, dass sie den *Ball* noch einmal werfen würde.

Als sie den schwarz-weißen Hund ansah, wurde ihr klar, dass von ihr erwartet wurde, dass sie die Verantwortung übernahm. *Sie* – Amanda Barber! Sie, die noch nie ein Haustier besessen hatte – nicht einmal einen Hamster –, war jetzt tatsächlich für ein anderes menschliches Wesen verantwortlich. Das war zu viel.

Sie würde Greg enttäuschen.

Ihr Kopf sank in ihre Hände und sie verlor die Fassung. Sie schluchzte, bis ihr Magen wehtat, ihre Nase verstopft und verschmiert war und ihre Augen geschwollen waren. Sie schniefte laut. Chaos saß zu ihren Füßen, spitzte die Ohren und neigte seinen Kopf fragend zu ihr hoch.

Sie war verängstigt.

Und allein.

Nicht einmal ihre Mutter konnte – oder wollte – ihr helfen.

Der Gedanke bestärkte sie. Sie brauchte ihre Mutter nicht. Ihre Mutter war wütend auf sie. Sie hatte gesagt, dass

Amanda es nie schaffen würde. Dass sie nicht fähig zu so etwas wäre.

Amanda würde es ihr zeigen. Sie würde besser sein als ihre Mutter. Greg war ihr Fleisch und Blut. Ihre Familie. Sie würde fürsorglich, warmherzig und liebevoll sein.

Zumindest würde sie es versuchen.

Chaos hatte das Warten satt und sprang wieder auf das Sofa neben sie. Amanda streichelte über seinen Kopf. Sie war fest entschlossen, ihrer Mutter das Gegenteil zu beweisen.

Kapitel Zwei

Das aufgeregte Bellen eines Hundes weckte Amanda. Ihr Rücken war steif, als sie sich langsam und mühsam von dem Zweiersofa aufrichtete. Sie konnte sich nicht daran erinnern, dass sie gestern Abend darauf eingeschlafen war. Ihre Kleidung war durcheinander und zerknittert, ihre Schuhe waren verschwunden.

Durch die großen Fenster des Wintergartens sah Amanda, warum. Chaos war damit beschäftigt, einen davon in die Luft zu werfen und wieder aufzufangen. Der andere lag bereits halb vergraben in einem Loch in der Mitte des Gartens.

Fuck! Die hatten sie dreihundert Dollar gekostet. Das Trinkgeld von fast einer ganzen Woche als Barkeeperin.

Das Quietschen von Stuhlbeinen auf dem Linoleum erregte ihre Aufmerksamkeit und sie beschloss, den Hund zu ignorieren. Vorerst. Sie war sich sicher, dass Chaos ihre Schuhe später gebührend beerdigen würde. Sie eilte in die Küche und sah ihre neue Verantwortung am Tisch sitzen.

Gregs Haar stand auf einer Seite seines Kopfes zu Berge. Er trug ein T-Shirt mit SpongeBob Schwammkopf darauf und eine weiße Baumwollunterhose. Mehr auch nicht.

Er schaute zu Amanda auf, als sie den Raum betrat. Er schenkte ihr ein breites Grinsen, während ein paar Cornflakes in seinem Mundwinkel klebten.

»Ich habe mir mein Frühstück selbst gemacht, Manda!«

Amanda stöhnte auf. »Das sehe ich.«

Was sie nun zu sehen bekam, war eine über den ganzen Tisch verteilte Packung Froot Loops und eine überquellende Frühstücksschüssel. Zum Glück stand die Milchpackung noch aufrecht, aber weiße Tropfen verteilten sich auf dem Boden und dem Tisch. Und natürlich auch auf Greg. Das Schlimmste war, dass er einen riesigen Servierlöffel zum Essen benutzte.

Mit jedem Schlag in die überladene Schüssel schwappte die Mischung aus Milch und Cornflakes über den Rand.

Schnell suchte sie nach der Schublade mit dem Besteck. Sobald sie sie gefunden hatte, reichte sie ihrem Bruder einen normal großen Löffel. »Hier, nimm den, Bud!«

Greg schaute sich den normalen Löffel an und schüttelte den Kopf. »Nein, ich mag den hier.« Er versuchte, sich den übergroßen Löffel in den Mund zu schieben, und die Milch lief ihm über das Kinn. Sie schnappte sich eilig eine Serviette, um ihm das Gesicht abzuwischen.

Eine Kinderpflegerin und ein Dienstmädchen … das war sie nun geworden. Ein Kindermädchen.

Aber an diesem Morgen wollte die Wut einfach nicht kommen. Sie konnte nicht anders, als die Hand auszustrecken und zu versuchen, sein widerspenstiges Haar zu glätten.

»Was macht Chaos?«

»Er hat ein paar neue Spielsachen gefunden. Du bleibst hier und frühstückst zu Ende. Ich werde ein bisschen im Haus herumlaufen. Okay?«

Greg hätte das nicht weniger interessieren können. Er

war mit den Rätseln auf der Rückseite der Cornflakes-Packung beschäftigt.

Amanda wollte das Haus noch einmal bei Tageslicht sehen. Sie ging nach oben, um das Hauptschlafzimmer zu inspizieren, und benutzte das alleinstehende Badezimmer im Obergeschoss. Dann schlenderte sie zurück nach unten durch das Erdgeschoss und ging auf dem Weg zur Garage an Greg vorbei, der ein tiefgründiges Gespräch mit sich selbst führte, während er immer noch aß.

Sie knipste das Licht an. In der kleinen Garage stand ein älterer Buick. Sie drückte auf den Garagentoröffner, um einen besseren Eindruck von dem Wagen zu bekommen. Als die Sonne hereinflutete, ging sie in der engen Garage um das Fahrzeug herum und begutachtete es. Es war grau. Viertürig. Das perfekte Auto für ein Großelternteil.

Langweilig.

Genau wie das Leben in dieser Stadt sein würde.

Als sie hinten um das Auto herumging, blieb sie entsetzt stehen. Auf dem Nummernschild stand GREGSMOM. Sie stöhnte auf. Sie würde auf keinen Fall mit diesem Nummernschild durch die Stadt fahren.

Sie schaute hoch, als Greg in die Garage trat. Er trug immer noch seine Unterwäsche und sein mit Milch verschmiertes T-Shirt.

»Machen wir's eine Spritztour?« Seine Hände verdrehten sich auf eine Weise, die sie nie für möglich gehalten hätte, und seine Arme zuckten vor Aufregung.

»So, wie du gerade aussiehst, bestimmt nicht.« Sie hob eine Augenbraue in Richtung seiner Klamotten und wusste nicht, ob er die Andeutung verstehen würde.

Aber das tat er. Sein Lächeln wurde noch breiter und er hüpfte auf seinen Zehen. »Oh … oh … oh! Ich's gehe mich umziehen!« Er stapfte die zwei Stufen ins Haus hinauf, und Amanda hörte einen Freudenschrei und etwas, das sich anhörte, als würde eine Elefantenherde in den zweiten Stock stürmen.

Jetzt musste sie nur noch sich selbst waschen. Sie schloss das Garagentor. Sie würde den Mietwagen nehmen. Die Autovermietung würde sowieso erst um sechzehn Uhr kommen, um ihn abzuholen.

WIE SCHON AM VORTAG, als sie sich mit dem Anwalt ihrer Stiefmutter getroffen hatte, hatte Amanda das kleine rote Coupé auf einem öffentlichen Parkplatz in der Stadt geparkt. Sie und Greg waren ein paar Stunden spazieren gegangen und hatten sich die verschiedenen kleinen Tante-Emma-Läden entlang der Main Street angeschaut. Da es ein Samstag war, schien die Straße belebter zu sein, als sie es sich vorgestellt hatte. In jedem Laden, den sie betraten, rief jemand Greg einen Gruß zu und er rief zurück, meistens direkt in Amandas Ohr.

Amanda war erstaunt über Gregs Fähigkeit, jeden mit Namen zu kennen, denn sie war schrecklich in dieser Sache. Das war ein großes Geschenk für ihn, vor allem, wenn man bedachte, dass er heute Morgen nicht einmal in der Lage gewesen war, sich zu erinnern, eine Hose anzuziehen. Jeder in der Stadt schien ihn zu kennen und behandelte ihn freundlich.

Nachdem sie ihm im Café *Coffee and Cream* an der Ecke eine Eiswaffel mit Minzschokolade und für sich selbst einen großen Milchkaffee gekauft hatte, schlenderten sie zurück über den Platz und in den One-Dollar-Store. Dort kaufte sie einen Arm voll neuer Kauspielzeuge für Chaos. Greg hatte viel Spaß daran, seinem Hund etwas auszusuchen und wiederholte immer wieder: »Alles kostet nur einen Dollar!« Schließlich musste Amanda ihn aus dem Laden ziehen, bevor ihr Kopf explodierte. Selbst der koffeinhaltige Milchkaffee konnte ihre Kopfschmerzen nicht vertreiben.

Als sie den One-Dollar-Store verließen, packte Greg plötzlich ihren Arm und riss ihr fast die Einkaufstasche aus der Hand. Er zog sie den Bürgersteig hinunter – ein Junge auf einer Mission.

Heute hatte sie ihre Hundertfünfzig-Dollar-Stiefel an, die mit dem leichten Absatz perfekt zu den Skinny Jeans und der dunkelvioletten Lederjacke, die sie trug, passten. Aber selbst in den halbhohen Schuhen zog er sie viel zu schnell hinter sich her.

»Warte mal, Greg! Ich kann nicht so schnell laufen.«

»Da ist jemand … jemande, die ich dir vorstellen möchte!« Seine Stimme wurde eine Tonlage höher.

»Hä?«

»Komm schon, Manda! Komm schon!« Er zerrte an ihr, aber sie stoppte ihn, als sie einen Schönheitssalon sah.

Einen richtigen Salon. Ein Hoch auf die kleinen Wunder!

Sie blieb stehen und las die Vorderseite des Schaufensters auf der anderen Straßenseite. *Mähnen auf der Main Street. Maniküre. Pediküre. Färben. Dauerwellen.*

Sie seufzte erleichtert auf.

Die Eingangstür öffnete sich mit einem Glockengeläut. Ein großer, schlanker Mann in den frühen Dreißigern trat auf die Treppe, um sich eine Zigarette anzuzünden. Er hatte schönes, üppiges blondes Haar und hohe Wangenknochen. Er war viel zu hübsch für einen Mann. Er schenkte ihr ein strahlend weißes Lächeln, als er bemerkte, dass die beiden ihn wie ein paar Idioten anstarrten.

Greg ließ plötzlich ihren Arm los und begann, seine Hände in einer ständigen Wringbewegung zusammenzudrücken. Amanda lernte schnell, dass er das immer tat, wenn er gestresst oder aufgeregt war.

»Das ist Teddy – kurz für Theo. Mama sagt, er ist

schwul. Ich weiß nicht, was das bedeutet.« Amanda spürte, wie ihr die Röte vom Hals hochstieg. Greg fuhr fort. »Er schneidet Haare. Aber Mama will nicht, dass Teddy mir die Haare schneidet. Warum nennen die Leute ihn Teddy, wenn er Theo heißt?«

Amanda schenkte Teddy-Theo ein schiefes Lächeln. Sie hätte sich am liebsten versteckt, aber in der Nähe gab es nichts außer einer Mülltonne. *Das* wäre wohl kaum auffällig gewesen. Stattdessen warf sie ihren leeren Milchkaffeebecher hinein und hielt die Einkaufstasche besser fest, nur für den Fall, dass Greg sie wieder ohne Vorwarnung quer über die Main Street schleifen würde.

»Nun, Greg, das ist so, wie die Leute mich manchmal Mandy nennen oder wie du mich Manda nennst. Es ist ein Spitzname.«

»Was ist ein Spitz… Spitzname?«

»So wie ich dich Greg nenne, statt deines vollen Namens Gregory.«

»So wie du mich Bud nennst?«

»Ganz genau. Das ist ein sehr gutes Beispiel, Greg.«

Er blähte seine Brust auf. »Mein Name ist Gregory Martin Barber.«

»Ich weiß. Komm, wir gehen Teddy begrüßen.« Sie fasste ihn am Ellbogen und schob ihn vorwärts.

Greg zog zurück und seine Augen weiteten sich. »Nein! Mama sagt, ich darf nicht mit Fremden reden.«

»Greg, er ist kein Fremder, du weißt, wer er ist.«

»Aber … aber Mama sagt, er ist seltsam.«

»Greg …« Amanda hielt inne und stieß dann einen frustrierten Seufzer aus. »Ach, egal.«

Amanda packte Gregs Arm und zog ihn über die Straße zum Eingang des Salons.

»Hallo.«

Teddy spitzte die Lippen und blies lässig eine Rauchwolke nach oben und weg von ihnen. »Hallo.«

»Das tut mir wirklich leid.«

»Du musst dich nicht entschuldigen. Das ist eine kleine Stadt, ich bin daran gewöhnt. Und ich weiß, dass es nicht Gregs Schuld ist.« Teddy lächelte Greg an. »Hallo, Greg.«

Greg starrte mit gesenktem Blick auf seine Füße, während er die Zehen seiner Turnschuhe in den Beton grub.

»Sag hallo, Greg!«, forderte Amanda ihn auf. Sie stupste seinen Rücken an. Als er immer noch nicht antwortete, stupste sie ihn noch fester an.

»Hallo«, murmelte er schließlich, ohne den Kopf zu heben.

Teddy richtete seine Aufmerksamkeit wieder auf Amanda.

»Du bist Amanda Barber.«

»Ja, woher weißt du das?«

Teddy lachte. »Willkommen in der amerikanischen Kleinstadt.«

Amanda war nicht gerade begeistert und fragte: »Also bist du Theo, Teddy, Theodore oder was?«

»Meine Freunde nennen mich Teddy, andere nennen mich …« Er warf einen Blick auf Greg. »Nun, du kannst es dir vorstellen.«

Als Amanda das Gespräch mit Teddy beendet hatte, hatte Greg schon fast vergessen, wen er Amanda vorstellen wollte. Er war müde, und sie war es auch. Also beschlossen sie, zurück zum Haus zu fahren.

Als sie auf dem Weg zurück zum Parkplatz um eine Ecke bogen, bemerkte Amanda einen Mann in einer blauen Uniform neben ihrem Auto. Er sah aus wie ein Cop. Sie blieb wie angewurzelt stehen. Er *war* ein Cop! Er war gerade damit beschäftigt, auf einem silbernen Metallklemmbrett zu schreiben. Und eine Kopie von dem, was auch immer es war, unter ihren Scheibenwischer zu klemmen. *Scheiße!*

Sie rannte los und ließ Greg hinter sich zurück, der schrie: »Das sind die jemande, die ich dir zeigen will!«

Völlig außer Atem kam sie vor dem uniformierten Officer zum Stehen und schob sich das Haar aus dem Gesicht.

Er hatte einen typischen Cop-Haarschnitt – die dunklen Stoppeln waren nichts weiter als ein extrem kurzer Bürstenschnitt. Seine kristallblauen Augen bohrten sich mit einem *Vorsicht, die könnte verrückt sein*-Blick in sie. Sein kantiges Kinn war angespannt, als würde er auf eine Konfrontation warten. Und Amanda hatte nicht vor, ihn zu enttäuschen.

»Hey, das können Sie nicht machen!« Amanda ließ die Tüte mit dem Hundespielzeug fallen und zog ihre tief sitzende Jeans wieder hoch, da sie beim Laufen gefährlich tief gerutscht war. Das Letzte, was sie brauchte, war eine weitere Verwarnung wegen unsittlicher Entblößung.

»Lassen Sie mich raten, das ist Ihr Auto!« Sein nicht gerade subtiler Sarkasmus irritierte sie. Bevor sie ihm richtig die Meinung sagen konnte, hatte Greg sie eingeholt.

»Max … Max … guck mal, was wir Chaos kaufen!«

Die Augen des Officers wurden weicher und seine Kiefer entspannten sich, als er auf Greg aufmerksam wurde.

»Hey, Greg. Was machst du hier draußen, so ganz allein?«

Amanda wurde böse. »Er ist nicht allein. Er ist mit mir hier.«

»Max! Max … das ist meine Schwester Manda.« Greg schnappte sich die Tüte mit dem Hundespielzeug vom Boden und öffnete sie weit, damit Max einen Blick hineinwerfen konnte. »Siehst du, was wir für Chaos gekauft haben?«

Zu Gregs Freude warf Max einen genauen Blick in die Tüte und erzählte Greg, wie cool die Spielsachen waren. Während der Cop mit ihrem Bruder beschäftigt war, ging

Amanda hinüber und riss den gelben Zettel unter dem Scheibenwischer hervor. Sie musterte ihn.

»Was? Warum bekomme ich einen Strafzettel? Das Parken ist hier kostenlos!«

Er sah langsam auf und hob eine Augenbraue. »Lesen Sie das Schild.«

»Hören Sie gut zu, Officer …« Sie beugte sich vor und las sein glänzendes Namensschild. »Bryson. Ich habe das Schild gelesen. Da steht *kostenlos Parken*.« Sie stemmte ihre Hände mit Nachdruck in die Hüften.

Das hätte sie nicht tun sollen. Ihre Aktion lenkte seine eisblauen Augen auf die entblößte Haut zwischen ihrer tiefsitzenden Hose und dem kurzen T-Shirt, das sie trug. Sie zupfte den Saum ihrer Jacke zu.

»Da steht, dass man *zwei Stunden* kostenlos parken kann.«

Amanda öffnete den Mund, um zu widersprechen, aber als sie das Schild noch einmal las, formte sich dieser zu einem *O*. Ihre Lippen verzogen sich. Schwungvoll hob sie ihren Arm, zog den Ärmel ihrer Lederjacke zurück und warf einen Blick auf die zierliche goldene Bulova-Uhr, die um ihr Handgelenk baumelte.

Die Uhr war eines der vielen Geschenke, die ihre Mutter ihr gemacht hatte, um ihre missachteten Mutterpflichten zu überspielen. 13:10 Uhr. Sie hatte das Auto kurz vor elf auf dem Parkplatz abgestellt.

»Sie wollen mich doch verarschen, oder?« Sie starrte ihn ungläubig an. Er hob lässig eine Schulter als Antwort. »Fünfzehn Minuten zu spät und ich bekomme«, sie sah auf den zerknitterten Strafzettel in ihrer Hand, »eine Fünfundzwanzig-Dollar-Strafe? Jetzt machen Sie aber mal halblang!«

Offenbar war er es gewohnt, mit wütenden Bürgern umzugehen, denn er ließ sich nicht aus der Ruhe bringen. Amanda kramte die Autoschlüssel hervor und drückte die Entriegelungstaste auf der Fernbedienung. Dann öffnete sie den Kofferraum, warf die Tüte mit dem Hundespielzeug hinein und schlug ihn mit einem befriedigenden Knall zu.

»Ich schätze, da es in diesem Kaff keine Verbrechen gibt, haben Sie nichts Besseres zu tun, als gesetzestreue Bürger zu belästigen. Wie läuft das denn normalerweise ab? Sitzen Sie mit einer Stoppuhr herum und warten darauf, dass jemand das Zeitlimit überschreitet? Bezahlen diese Strafzettel Ihr Gehalt? Haben Sie ein Minimum, dass Sie erreichen müssen? Hm?«

Officer Bryson beobachtete sie ruhig, Füße schulterbreit auseinander. Er blieb ruhig und völlig unbeeindruckt. Dass er sich weigerte zu argumentieren, machte sie noch wütender.

»Greg, steig ins Auto! Und vergiss deinen Sicherheitsgurt nicht! Ich will nicht, dass Officer Blanko mir noch einen Strafzettel verpasst.«

Sie war erleichtert, dass Greg sich nicht widersetzte, und als er auf dem Beifahrersitz Platz genommen hatte, schlug Amanda die Tür zu. Sie warf dem Cop einen letzten Blick zu.

»Wie alt sind Sie?« Die Stimme des Officers war sanft und leise, und die Frage kam so unerwartet, dass sie ganz automatisch antwortete.

»Achtundzwanzig.« Sie verfluchte sich dafür, dass sie geantwortet hatte.

Sorgfältig steckte er seinen Stift in die Hemdtasche. »Wirklich?« Sein Blick schweifte über ihren Körper, dann legte er nachdenklich den Kopf schief. »So wie Sie sich verhalten, hätte ich gedacht, Sie seien zwölf.«

Zwölf? Was für ein Arschloch!

»Und wie ich gehört habe, Amanda, sind Sie jetzt für Ihren Bruder verantwortlich. Ich würde sagen, sie sollten lieber schnell erwachsen werden.«

Amanda ging zur Fahrerseite, bevor sie etwas Dummes anstellte und in Handschellen auf dem Rücksitz seines

Wagens landete, ganz zu schweigen von einer Anzeige wegen Körperverletzung eines Cops.

Sie hielt ihren Daumen hoch. »Erstens, für Sie heißt es Ms. Barber.« Dann hob sie den Zeigefinger. »Zweitens: Niemand hat Sie nach Ihrer Meinung gefragt.« Sie verengte die Augen und hob dann den Mittelfinger an. »Und drittens geht Sie das überhaupt nichts an.«

Vielleicht sogar eine Anzeige wegen *gefährlicher* Körperverletzung. Mit einer Prise Ordnungswidrigkeit.

Er senkte den Kopf und sein Körper zuckte. Lachte er gerade etwa über sie? Nach einer Sekunde wandte er sich ihr wieder zu. »Dann versuchen Sie, dafür zu sorgen, dass es dabei bleibt. Halten Sie sich von Ärger fern, *Ms. Barber*! Und ziehen Sie Greg nicht in irgendwelche Schwierigkeiten hinein. Sonst sind fünfundzwanzig Dollar Verwarnungsgeld Ihr geringstes Übel.«

Amanda stieg ins Auto und schloss die Türen ab. Sie mochte seine Warnung ... seine Drohung nicht. Und sie mochte ihn nicht.

Officer Max Bryson. Ein Name, den sie nie vergessen würde.

Max schüttelte den Kopf und atmete langsam aus, als er das kleine rote Auto mit quietschenden Reifen wegfahren sah. Sein Puls pochte so heftig, dass er dachte, seine Adern würden platzen. Er würde wetten, dass die an seiner Schläfe jetzt sichtbar pulsierte. Er bemühte sich, nach außen hin cool zu wirken, während er sich innerlich nicht so beherrscht fühlte. Normalerweise ließ er sich von verärgerten Bürgern nicht aus der Ruhe bringen, zumal er die meisten von ihnen kannte. Er war es gewohnt, mit Menschen umzugehen, die mit ihrer Situation unzufrieden waren, ob sie nun selbst schuld waren oder nicht.

Was ihn überraschte, war die unerwartete Reaktion

seines Körpers auf sie. Es war schon eine ganze Weile her, dass er sich so stark zu jemandem hingezogen gefühlt hatte. Vor allem auch so deutlich. Und noch nie so schnell. Er fuhr sich mit einer Hand über die feuchte Stirn. Was für ein kleiner Hitzkopf. Als Max gehört hatte, dass Gregs ältere Schwester in die Stadt kommen würde, um sich um den Jungen zu kümmern, hatte er nicht weiter darüber nachgedacht. Um ehrlich zu sein, hatte er nicht damit gerechnet, dass sie wirklich auftauchen würde. Er dachte tatsächlich, dass Greg am Ende in einem Wohnheim landen würde.

Alles, was er über sie gehört hatte, war, dass Ms. Amanda Barber vor ein paar Jahren nicht zur Beerdigung ihres Vaters aufgetaucht war. Da die Gemeinde so klein und eng zusammengewachsen ist, war das natürlich nicht unbemerkt geblieben und mindestens einen Monat lang in aller Munde gewesen. Zumindest bis die nächste große Neuigkeit kam, nämlich dass die Reserveeinheit von Max' Bruder in den Nahen Osten versetzt wurde.

Aber das Mädchen hatte es geschafft, sie war tatsächlich aufgetaucht, um die Verantwortung für ihren Bruder zu übernehmen. Oder Halbbruder.

Auf jeden Fall sah sie nicht so aus, als könnte sie mit jemandem wie Greg umgehen. Nicht, dass man ein Buch nach seinem Einband beurteilen könnte – so schön der Einband auch war. Max hoffte, dass sie ihm das Gegenteil beweisen würde.

Er hatte das Gefühl, er würde ihr noch mal über den Weg laufen.

Max lächelte und schlenderte zurück zu seinem Streifenwagen. Ja, er war sich sogar sicher, dass er sie wiedersehen würde. Und zwar bald.

Und das vorzugsweise unter anderen Umständen.

Kapitel Drei

Er trug wieder diese verdammte dunkelblaue Uniform. Aber diesmal war das Hemd aufgeknöpft und gab den Blick frei auf das weiße T-Shirt, das er darunter trug.

Er öffnete seinen schwarzen Ledergürtel und ließ ihn langsam aus den Gürtelschlaufen gleiten. Als ob er strippen würde. Er ärgerte sie! Er ließ den Gürtel auf den Boden fallen. Dann zog er das Hemd seiner Uniform aus und schleuderte es quer durch den Raum. Das T-Shirt darunter schmiegte sich an seine Haut und verschaffte ihr einen Vorgeschmack auf das, was darunter war.

Er zog sich viel zu langsam aus.

Mit einem Zug war auch das T-Shirt verschwunden. Sie wartete darauf, dass er die Vorderseite seiner Hose packte und daran zog, wie ein sexy Tänzer an einer Hose mit Druckknöpfen. Ein Ruck und *wusch*! Und dann nichts, außer einem Tanga mit Leopardenmuster.

Aber sie wurde enttäuscht, als das nicht passierte. Er setzte sich einfach auf die Ecke des Bettes und zog seine schwarzen Stiefel aus. Wie ein normaler Mensch. Er drehte sich um und sah sie an.

Sie lag nackt und wartend auf dem Bett. Ihre Nippel

verhärteten sich bei seinem Blick und sie fuhr mit ihren Fingern darüber und umkreiste sie. Sie waren empfindlich und bettelten nach seiner Berührung. Seinem Mund. Seiner Zunge.

Sie wettete, dass er genau wusste, was er mit dieser Zunge anstellen konnte.

Er stand auf, die Matratze glättete sich durch das Fehlen seines Gewichts. Er sah sie mit einem hungrigen Blick an. Es war, als wollte er sie fressen.

Na ja, falls er das wollte, würde sie sich sicher nicht darüber beschweren. Im Gegenteil, sie würde ihm sogar entgegenkommen.

Sie beugte ihre Knie und ließ sie auseinanderfallen, um ihm einen Blick zu gewähren, den er hoffentlich nie vergessen würde.

Sie saugte an ihrem Finger, um ihn zu befeuchten, und streichelte sich dann selbst. Sie spreizte ihre unteren Lippen und zeigte ihm so, wie sehr sie ihn wollte. Sie war bereit.

»Officer, ich war ein böses Mädchen.« Sie zog einen Schmollmund.

»Warst du das? Was hast du getan?«

Er öffnete seine Hose und schob sie nach unten, bevor er sie mit einem Tritt zur Seite beförderte, ohne seinen Blick von ihrem Gesicht zu nehmen.

Verdammt! Er war gut bestückt.

Ihr Herz schlug ein wenig schneller.

»Dinge, die ich Ihnen nicht einmal erzählen kann …«

»Muss ich dich bestrafen?«

Sie nickte. Das Pochen in ihr ließ ihre Zehen verkrampfen.

Er setzte sich wieder auf die Bettkante, beugte sich aber vor, um etwas vom Boden aufzusammeln.

Er tauchte wieder auf und hatte metallene Handschellen in der rechten Hand.

Ein atemloses »Ja« entwich ihr.

Er kletterte über sie, um sich mit seinen langen Beinen gespreizt auf sie zu setzen. »Wirst du kooperativ sein?«

Amandas Stimme versagte und sie konnte nur nicken.

»Du bereust es also, ein böses Mädchen gewesen zu sein?«

Sie nickte wieder und ihr Herz schlug ihr bis zum Hals.

»Nimm die Hände über den Kopf!«

Sie rutschte ein Stück nach unten und streckte ihre Hände nach oben, bis sie das Kopfteil berührten. »Sie werden mir doch nicht wehtun, oder, Officer?«

»Ich würde dir nie wehtun, du ungezogenes Mädchen. Ich bin hier, um zu schützen und zu dienen.«

Die Handschellen fühlten sich kalt an, als er sie um ihre Handgelenke legte. Sie waren durch eine der Stangen am Kopfteil gezogen, damit sie nicht entkommen konnte.

Nicht, dass bei ihr Fluchtgefahr bestünde. Sie hatte nicht vor, irgendwohin zu gehen.

»Wie …« Sie schluckte schwer. »Wie wollen Sie mir dienen?«

»Das kann ich dir nicht sagen. Das muss ich dir zeigen.«

Sein Finger wanderte sanft über ihren Hals. Sie zitterte und ihre Nippel spitzten sich schmerzhaft zu. Das blieb nicht unbemerkt. Er war ein guter Cop, so aufmerksam. Ihm entging nichts. Sie lächelte.

Große Hände, die mit dunklem Flaumhaar bedeckt waren, wanderten über ihre Schultern zu ihren Brüsten. Sie wölbte ihren Rücken in Erwartung. Sie wurde nicht enttäuscht. Seine starken Finger zupften an ihr. Zogen. Drehten. Genau so, wie sie es wollte. Genau so, wie sie es mochte.

Sie stöhnte und zappelte mit den Beinen, sodass die Handschellen gegen das Kopfteil klirrten.

Er ließ eine Hand auf ihren Bauch gleiten und fixierte ihren Körper. Er rutschte nach unten, bis er schließlich zwischen ihren Beinen war.

Er streichelte die weiche Babyhaut ihrer Pussy mit seinen Fingern und dann mit seiner Zunge.

»Du bist so weich und zart«, flüsterte er und tauchte einen Finger in sie ein. Dann einen zweiten. »Du bist so feucht.«

Er küsste ihren geschwollenen Kitzler und saugte dann kräftig daran, sodass sie aufschrie und zappelte.

Er kniete sich hin und nahm seine harte Länge in die Hand. Sie wollte ihn in sich haben. Jetzt!

»Bist du bereit für mich?« Er streichelte seinen Schwanz langsam. Mit seinem Daumen fuhr er zwischen ihre unteren Lippen und nahm etwas von ihrer Nässe auf, die er dann über die Kuppe seines Schwanzes rieb. »Ich bin bereit für dich. Siehst du, wie hart ich bin?«

Amanda nickte nur kurz. Sie konnte nicht mehr sprechen.

Er setzte die Krone seines Schwanzes genau an ihrer Öffnung an und verlagerte sein Gewicht über sie.

Gerade als er anfing, in sie hineinzugleiten und sie auszufüllen, sprangen Amandas Augen auf.

Sie atmete schwer und ein Schweißtropfen kullerte ihr über die Stirn. Der Schweiß war echt. Ihr Traum war es nicht.

Ihre Pussy pochte, aber sie war leer. *Verdammt!*

Etwas hatte sie geweckt, bevor sie ihren feuchten Traum beenden konnte. Sie versuchte, ihren Atem zu verlangsamen, damit sie hören konnte, was es war.

War da jemand an der Haustür? Und warum hörte er nicht auf, so laut und hartnäckig zu klopfen?

Sie warf einen Blick auf den Wecker: 6:30 Uhr.

Mit einem Stöhnen warf sie sich die Decke über den Kopf. Wer, der bei Verstand war, stand um diese Uhrzeit auf? Noch dazu an einem Sonntagmorgen. Sollte das nicht ein *Tag der Ruhe* sein?

Wenn sie denjenigen ignorierte, würde er vielleicht

verschwinden, und sie könnte sich wieder ihrem Traum widmen. Zu Ende bringen, was sie angefangen hatte.

Das Klopfen verwandelte sich in ein Klingeln an der Tür. Dann wechselte es sich ab. Klopfen, klingeln, klopfen, klingeln.

Damit hätte man die verdammten Toten aufwecken können. Mit einem Knurren warf sie die Decke zurück und stand auf. Die kalte Luft, die auf ihre erhitzte Haut traf, ließ sie zusammenzucken.

Sie warf einen Blick auf das Thermometer, das vor ihrem Schlafzimmerfenster klebte: 17 Grad. *Bäh!*

Sie zog sich ein dickes Paar Socken über die Füße, schnappte sich einen Bademantel und streifte ihn über ihren Schlafanzug, während sie den Flur entlang stapfte. Im Vorbeigehen warf sie einen Blick in Gregs Zimmer.

Er schlief noch. Wie konnte er bei diesem Krach schlafen?

Warum ging derjenige, der es war, nicht einfach weg?

Als sie die Haustür erreichte, saß Chaos aufmerksam davor und starrte vor sich hin, während seine buschige Rute langsam auf dem Boden hin und her wischte. Super Wachhund; er hatte nicht einmal gebellt.

Na ja, wer auch immer es war, sie würde der Person die Hölle heiß machen.

Sie schob Chaos mit dem Fuß beiseite und riss die Tür auf.

»Was?!« Sie stutze und runzelte die Stirn. »Oh … hallo.«

»Wird auch Zeit, dass Sie endlich aufstehen.«

Eine grauhaarige, kräftige Frau in den späten Sechzigern stand vor ihr. Sie trug ein buntes Hauskleid mit einem Reißverschluss an der Vorderseite, schwarze Kniestrümpfe und braune orthopädische Schuhe. Amanda verzog das Gesicht angesichts dieses grässlichen modischen Fauxpas.

Die Wangen der Frau wackelten, als sie Amanda einen Teller mit Keksen entgegenschob.

»Hier, die sind mit Erdnussbutter. Greg mag sie.« Sie warf Chaos einen bösen Blick zu. »Ich weiß nicht, warum Dolores ihm jemals diesen verdammten lauten Hund gekauft hat.«

Als ob er sie verhöhnen wollte, klopfte der *stille* Chaos mit seiner Rute glückselig auf den Boden. Verdammter Hund.

»Ich bin Amanda.«

»Ich weiß. Ich wohne nebenan. Dolores hat mir alles über Sie erzählt.«

Super. »Und Sie sind?«

»Mrs. Myers.« Die ältere Frau musterte Amanda von oben bis unten. »*Hmpf.* Ich habe Dolores gesagt, dass ein Mädchen, das nicht einmal zur Beerdigung ihres Vaters nach Hause kommt, nicht genug Verstand hat, um sich um den armen Jungen zu kümmern.« Sie runzelte die Stirn. »Ich bin sicher, Sie werden schnell genug beweisen, dass ich recht habe.«

Amandas Griff um den Keksteller wurde fester, während sie die griesgrämige alte Bitch vor sich anstarrte.

Sie holte tief Luft, bevor sie zuckersüß sagte: »Nun, ich weiß es zu schätzen, dass Sie mich in der Nachbarschaft willkommen heißen, Mrs. Myers, besonders so früh an diesem schönen Sonntagmorgen. Ich bin sicher, dass wir gute Freunde werden.«

Mrs. Myers hob einen Finger und wedelte mit ihm vor Amandas Gesicht, woraufhin diese einen kleinen Schritt zurückwich. »Ich werde Sie im Auge behalten, junge Frau. Passen Sie gut auf den Jungen auf! Und sorgen Sie dafür, dass ich den Teller zurückbekomme.«

Mit einem weiteren *Hmpf* drehte sie sich um und watschelte zurück zu ihrem Haus.

»War nett, Sie kennenzulernen«, rief Amanda und knallte die Haustür zu.

Sie warf dem Hund einen Blick zu. »Ich gebe dir die Erlaubnis, sie zu beißen, wenn sie noch einmal dieses Eigentum betritt.«

Sie betrachtete die Kekse in ihrer Hand. Sie entfernte die Plastikfolie und stellte den Teller auf den Boden. »Hier bitte, Chaos. Lass es dir schmecken!«

Sie lächelte, als der Hund ein paar der Kekse verschlang und begeistert mit der Rute wedelte. Als er anfing, an den anderen Keksen zu lecken, stoppte sie ihn. Das Letzte, was sie gebrauchen konnte, war, dass der Hund krank wurde. Und sie hatte wenig Lust, Hundekotze aufwischen. Vielleicht würde sie Chaos einen nach dem anderen geben. Wie selbstgemachte Hundeleckerlis.

Sie zog den Teller unter ihm weg und strich die Folie wieder über die restlichen Kekse. Sie musste die verstecken, damit Greg nicht die Erdnussbutterkekse mit der Hundesabberglasur essen würde.

<hr>

HINTER IHR HÖRTE sie das *Tatüü Tataa* der Sirene. Amanda schlug mit der Hand auf das Lenkrad; sie hatte es fast nach Hause geschafft.

Sie wollte nur noch zum großen Walmart am Stadtrand fahren, ein paar Lebensmittel und das Nötigste einkaufen und dann nach Hause fahren. Es hätte so einfach sein sollen. Es hätte so einfach sein *können*.

Noch drei Straßen weiter, und sie hätte es geschafft. Sie hatte sogar extra bis zum Einbruch der Dunkelheit gewartet, um loszufahren.

Sie setzte den Blinker und fuhr mit einem Brummen an den Bordstein heran. Ein heller Scheinwerfer leuchtete ihr von hinten ins Auto. Sie kurbelte das Fenster herunter und klopfte ungeduldig mit ihren Fingernägeln auf den Rahmen.

»Was zum Teufel?« Officer Brysons Kopf füllte das Autofenster aus, und eine Maglite Taschenlampe wurde direkt auf sie gerichtet, sodass sie von dem Licht geblendet wurde. »Habe ich Ihnen nicht gesagt, dass Sie sich keinen Ärger einhandeln sollen?«

»Was ist denn?«, fragte sie mit gespielter Unschuld. Ungeduldig schob sie die Taschenlampe aus ihrem Gesicht.

»Sie fahren in der Stadt herum, ohne ein Nummernschild an Ihrem Fahrzeug zu haben.«

»Oh, es ist weg?« Sie hatte das GREGSMOM-Kennzeichen letztens von dem Wagen entfernt. Sie versuchte, das Thema zu wechseln. »Sind Sie der einzige Cop in dieser Stadt?«

»Zum Glück für Sie, nein. Es gibt noch meine Brüder Matt und Marc, um nur ein paar zu nennen. Ich scheine allerdings der Glückliche zu sein, der es immer wieder mit Ihnen zu tun hat. Aber so, wie Sie sich verhalten, werden Sie sie alle noch früh genug kennenlernen.«

»Ihre ganze Familie ist also bei der Polizei?« Er könnte zumindest einen seiner anderen Brüder schicken. Die konnten nicht alle so barbarisch sein wie er. »Ich muss mir wohl ein neues Nummernschild für das Auto besorgen.«

»Was ist mit dem alten passiert?«

Das, das sie in den Müll geworfen hatte? Sie fragte sich, ob das ein Verbrechen war. »Äh … es wurde gestohlen?«

»Dann müssen wir es als gestohlen melden. Und Sie müssen das Straßenverkehrsamt benachrichtigen.«

»Vielleicht ist es abgefallen.«

Er beäugte sie misstrauisch. Das Pochen in seinem Kiefer wurde von Minute zu Minute stärker. »Was war es denn nun?«, bohrte er nach. »Amanda, wurde es gestohlen oder ist es verloren gegangen?«

Warum konnte er das nicht auf sich beruhen lassen?

Warum stellte er ihr nicht einfach einen weiteren verdammten Strafzettel aus und schickte sie auf ihren Weg? Jedes Mal, wenn sie zu ihm aufsah, wurde sie an ihren Traum erinnert. Warum zum Teufel sollte sie sich jemanden, der sie so dominierte, für ihren feuchten Traum aussuchen? »Ich weiß es nicht.«

»Was?«

Sie erhob ihre Stimme und wiederholte: »Ich weiß es nicht!«

»Na gut, dann werde ich es als gestohlen melden. Ich bin mir sicher, wenn es jemand von hier genommen hat«, er hob eine Augenbraue, »dann wird uns sicher ein Fahrzeug mit dem Kennzeichen GREGSMOM auffallen.«

Amanda unterdrückte ein Stöhnen. »Ja, das dürfte nicht allzu schwer zu übersehen sein.«

»Nun, wenn Sie nach Hause kommen, Amanda – *Ms. Barber* –, schauen Sie sich *genau* um, um zu sehen, ob es heruntergefallen ist. Ich schlage vor, Sie schauen in der Garage nach. Wenn Sie es finden, rufen Sie uns an.«

Amanda spürte, wie ihr die Hitze in den Nacken kroch. »Das werde ich tun.«

»Dieses Mal lasse ich Sie gehen. Aber wenn ich Sie noch einmal ohne Nummernschild erwische, schleppe ich Ihr Auto ab.«

Wie süß.

»Ich werde Ihnen nach Hause folgen.«

Wie peinlich, dachte sie, als der schwarz-weiße Streifenwagen ihr die Straße hinauf zum Haus folgte.

Wie peinlich auch, dass Mrs. Myers, die neugierige Nachbarin von nebenan, gerade auf ihrer Veranda war. Mitten in der Nacht. Nur eine kahle gelbe Glühbirne beleuchtete ihre stämmige Gestalt, die Hände in die Hüften gestemmt, um ihr Missfallen auszudrücken.

Als sie in die gepflasterte Einfahrt einbog, rollte der Streifenwagen weiter die Straße hinunter. Sie stoppte das

Fahrzeug und starrte Mrs. Myers an. Die Frau mochte sie nicht. Das beruhte auf Gegenseitigkeit.

Großartig! Jetzt hatte sie es mit einem einmischenden Cop *und* einer einmischenden Nachbarin zu tun. Was stand als Nächstes an?

SIE HÄTTE sich diese Frage niemals stellen dürfen. Sie schien inmitten von Murphys Gesetz festzustecken.

Am nächsten Morgen wollte sie Greg wecken, um ihn für die Erwachsenenbetreuung fertig zu machen. Sein Bett war leer.

Sie versuchte, nicht in Panik zu geraten. Sie sah im Badezimmer nach. Es war leer. Sie pfiff nach Chaos. Keine Reaktion.

Sie rannte die Treppe hinunter und hinaus in den Garten. Leer.

Sie checkte das Auto in der Garage. Es stand leer da.

Jetzt konnte sie in Panik geraten.

Sie schnappte sich eine Jacke und ein Paar Turnschuhe, die sie im Laufen anzog, und rannte zur Haustür hinaus.

Nur um kurz darauf wieder gestoppt zu werden.

Ein Polizeiauto fuhr in der Einfahrt vor. Sie entspannte sich etwas, als sie Chaos und Greg auf dem Rücksitz entdeckte.

Sie zog eine Grimasse, als sie ein *tzz tzz tzz* aus der Richtung der Veranda nebenan hörte. Sie ignorierte die alte Besserwisserin.

Wenigstens war es nicht Officer Bryson, der den Streifenwagen fuhr. Das Letzte, was sie jetzt gebrauchen konnte, war eine weitere Belehrung von diesem Mann. Jedenfalls *glaubte* sie nicht, dass er es war. Als der Wagen zum Stehen kam, eilte sie los, um die hintere Beifahrertür zu öffnen.

Zum Glück war ihr Bruder unversehrt. »Greg! Wo warst du? Du hast mir einen Schrecken eingejagt!«

Sie umarmte ihn fest und strich ihm eine einzelne Locke von den Augen.

Der beunruhigend vertraut aussehende Polizeibeamte kletterte vom Fahrersitz herunter. »Ma'am. Ich bin Officer Bryson. Ich meine, Marc Bryson.« Er schenkte ihr ein leichtes Lächeln, als er sagte: »Ich habe gehört, dass Sie meinen Bruder Max schon kennengelernt haben.«

Sie waren sich unheimlich ähnlich. Das gleiche kurz geschnittene dunkle Haar, eisblaue Augen, ein kräftiges, kantiges Kinn und eine intensive Bräune, als ob sie beide viel Zeit im Freien verbracht hätten. Dieser hier hatte allerdings weniger Falten um die Augen. Und er sah nicht so missbilligend aus. Oder so barbarisch.

»Was ist passiert?«

Er neigte den Kopf in Richtung der Besserwisserin und senkte seine Stimme. »Mrs. Myers hat angerufen und gesagt, dass sie Greg von zu Hause weglaufen sah.«

»Was?«

Greg meldete sich in diesem Moment zu Wort. »Ich's bin nicht weggelaufen! Das bin ich's nicht, Manda.«

»Wir haben ihn unten in der Fifth Street gefunden.«

»Fifth Street! Heilige Scheiße!« Amanda zog eine Grimasse, als ihr klar wurde, dass sie gerade vor einem diensthabenden Cop geflucht hatte. Sie drehte sich zu Greg um, fasste ihn an den Schultern und schüttelte ihn ein wenig. »Was wolltest du denn auf der Fifth Street?«

»Ich habe Mama gesucht.«

Seine wütende Antwort zerriss ihr das Herz. Sie wusste nicht, was sie sagen sollte, wie sie reagieren sollte.

»Ma'am …«

»Amanda«, korrigierte sie ihn. Sie war noch nicht bereit für diesen Titel einer alten Dame. Den sollten die sich für Mrs. Besserwisserin aufheben.

»Amanda …« Mit einer Hand auf ihrem Rücken lenkte er sie von Greg weg, damit sie unter vier Augen reden konnten. Mit leiser Stimme fuhr er fort: »Die Kirche seiner Mutter ist auf der Fifth.«

Amanda schüttelte den Kopf. Sie verstand nicht.

Er räusperte sich. »Dort fand ihr Gedenkgottesdienst statt.«

Ihr Gedenkgottesdienst … Ah! Was für eine Idiotin sie doch war. Die Leute in dieser Stadt mussten sie für herzlos halten. Kein Wunder, dass Mrs. Besserwisserin sie nicht mochte. Amanda hatte ihre eigene Familie nie besucht. Sie kam nicht einmal zur Beerdigung ihres Vaters nach Hause. Oder zur Beerdigung ihrer Stiefmutter.

Kein Wunder, dass Officer Max Bryson sie für unreif und egoistisch hielt. Sie sah zu seinem Bruder auf; in seinen blauen Augen stand nichts als Mitleid. Im Moment fühlte sie sich so mies, dass sie es lieber gehabt hätte, wenn Max' Missbilligung auf sie herabgestarrt hätte. Um sie zu bestrafen.

Sie hatte es verdient.

Wie in Zeitlupe wandte sie sich ab und ließ sich auf die betonierte Eingangstreppe sinken. Sie sah ihren Bruder an, der in dieser Welt hilflos war. Sie war alles, was er hatte.

Greg blieb mit einer ungewöhnlichen Ruhe neben dem schwarz-weißen Auto stehen und war nicht mehr so lebhaft wie sonst. Chaos saß gehorsam zu seinen Füßen – ebenfalls ungewöhnlich ruhig.

Sie musterte den Hund. Chaos wusste nicht, dass sein Herrchen *anders* war. Chaos war es egal.

Das alles wuchs ihr über den Kopf. Aber sie war fest entschlossen, sich nicht unterkriegen zu lassen.

Amanda schaute zu Greg, der mit Wachsmalstiften malte … nur hatte er kein Malbuch. Er war in die Dekoration des Küchentisches vertieft. Amanda schloss ihre Augen und seufzte.

Sie hatte darauf bestanden, dass Greg nicht in die Tagesbetreuung ging, sondern zu Hause blieb, und hatte dann den halben Vormittag damit verbracht, ihm zu erklären, warum seine Mutter nicht mehr in der Kirche in der Fifth Street auf ihn wartete. Er hatte alles gehört, was sie zu sagen hatte, aber er hatte nicht wirklich *zugehört*.

Und Amanda war es leid, es zu erklären. Die beiden waren fast den ganzen Tag über extrem gereizt. Sogar Chaos war durch seine Hundeklappe verschwunden, um der Spannung zu entkommen.

Vielleicht musste sie Greg einfach von diesem Ort wegbringen.

»Bud, wie wäre es, wenn wir in die große Stadt ziehen?«

Ohne überhaupt aufzusehen, murmelte er: »Nein.«

Amanda ging um den Tisch herum und stellte sich neben seinen Stuhl. Sie strich mit ihren Fingern über sein Haar. »Vielleicht könntest du neue Freunde kennenlernen.«

»Nein.«

»Warum? Greg, willst du nicht viele Freunde und viel zu unternehmen haben?«

»Ich will nicht weg.«

»Warum?«

»Mama könnte zurückkommen.«

»Greg …« Amanda streckte die Hand aus und ergriff Gregs Hände mit ihren, um seine sinnlose Bewegung zu stoppen. »Greg, deine Mama kommt nicht zurück.«

»Doch, das wird sie.«

»Ist Daddy zurückgekommen?«

Gregs Hände verkrampften sich in ihren, seine Finger ballten sich zu Fäusten. »Nein … nein … Daddy ist für immer weg. Mama hat das gesagt.«

»Ja, und deine Mama ist jetzt bei unserem Daddy.«

»Nein. Sie kommt zurück.«

»Nein, Greg …«

»Doch, sie hat gesagt, sie würde mich nie verlassen.«

»Ich bin sicher, dass sie das gesagt hat.«

»Sie hat das gesagt!« Er riss sich los und starrte auf die zerbrochenen Wachsmalstifte in seinen Händen. »Oh, meine Wachsmaler sind kaputt. Mama wird sauer sein!«

Amanda ließ sich auf einen Stuhl am Tisch sinken. »Nein, das wird sie nicht.«

»Manda, hör auf! Hör auf! Mama hat gesagt …«

»Greg, deine Mama hat viele Dinge gesagt, aber …«

Greg stieß sich plötzlich vom Tisch ab, sodass sein Stuhl mit einem Krachen nach hinten kippte. Er überragte Amanda, sein Gesicht errötete und ein Stück Spucke blieb in seinem Mundwinkel hängen. »HALT DIE KLAPPE!«

Amanda musste sich die Ohren zuhalten, um sie vor seinem schrillen Schrei zu schützen. Seine Fäuste waren geballt und seine Augen wild. Zum ersten Mal spürte Amanda einen Funken von Angst. Vielleicht hatte sie ihn zu weit getrieben.

Max Bryson betrat die Küche. Ein flüchtiger Gedanke daran, wie er ins Haus gekommen war, schoss ihr durch den Kopf. Er ging auf Greg zu, legte seine Hände auf die Schultern des jüngeren Mannes und drückte sie leicht. »Hey, Kumpel, was ist los?«

Die Anspannung in Gregs Körper ließ merklich nach. Dafür war sie dankbar. Warum Max in ihrem Haus war, war eine andere Sache. Sie merkte, dass sie den Atem angehalten hatte, und stieß ihn schnell wieder aus.

»Max! Manda will mich mitnehmen!«

Hitze stieg von ihrem Hals in ihre Wangen, als Max ihr einen kurzen Blick zuwarf. Er runzelte die Stirn. »Will sie das?«

»Ja, sie will, dass ich … in die große Stadt gehe und … neue Leute treffe und neue Dinge kennenlerne.«

»Will sie das? Und du willst nicht gehen? Dann müssen wir sie eben davon überzeugen, dass du bleiben willst.«

Amanda zischte: »Als ob Sie das etwas anginge.« Sie stand auf und holte die Möbelpolitur unter der Spüle hervor. Mit einem Lappen schrubbte sie die Buntstiftflecken auf dem Küchentisch ab.

Je mehr sie darüber nachdachte, wie Max seine Nase in ihre Angelegenheiten steckte, desto härter schrubbte sie. Sie blendete das Gespräch aus und konzentrierte sich darauf, das farbige Wachs von der Holzoberfläche zu entfernen. Als sie fertig war, schaute sie auf und bemerkte, dass es still war.

Greg hatte den Raum verlassen und Max lehnte sich mit verschränkten Armen und überkreuzten Füßen an die Kochinsel. Er beobachtete sie aufmerksam.

»Haben Sie nichts Besseres zu tun? Zum Beispiel Verbrechen bekämpfen? Oder einer alten Dame einen Verweis für das Überqueren der Straße bei Rot schreiben? Haben Sie Ihre Parkplatz-Stoppuhr verloren?«

Seine Mundwinkel verzogen sich. »Sie sollten eine Geldstrafe bekommen, weil Sie so einen süßen Arsch haben. Wenn ich nur sehe, wie er beim Schrubben hin und her wackelt, bekomme ich …«

Er hielt abrupt inne, als hätte er gerade erst gemerkt, dass er seine Gedanken laut ausgesprochen hatte. Die Überraschung auf seinem Gesicht verwandelte sich schnell in einen unleserlichen Ausdruck.

Als sie seinen Gedanken beendete, flog Amandas Blick nach unten.

Sie drehte sich um, um Gregs zerbrochene Wachsstifte einzusammeln, warf sie in eine alte Kaffeedose und schloss den Deckel mit einem Klicken. Endlich konnte sie zu Max aufblicken, ohne rot zu werden. »Noch mal … warum sind Sie hier? Und vor allem, wie sind Sie hier reingekommen?«

»Na ja, ich bin durch die Haustür reingekommen. Sie war nicht verschlossen.«

»Stürmen Sie immer einfach so in die Häuser anderer Leute?«

»Nein, nur in Notfällen. Ich habe das Geschrei gehört und dachte, es könnte einer sein.«

Amanda schnaubte. Sie hielt inne und verengte ihre Augen. »Hat Sie diese Besserwisserin angerufen?«

»Wer?«

»Ach, egal. Was wollen Sie?«

»Ich habe gehört, was heute Morgen passiert ist, und wollte wissen, wie es Ihnen und Greg geht.«

Ah!

»Mein Bruder meinte, Sie waren ziemlich aufgewühlt.«

»Natürlich war ich das. Denken Sie, dass ich mich nicht um meinen Bruder sorge?«

»Das habe ich nicht gesagt.«

»Das mussten Sie auch nicht.«

»Hören Sie, das hier ist eine kleine Stadt. Jeder weiß alles. Oder denkt zumindest, dass er alles weiß. So ist es nun mal. In Miami ist es vielleicht keine große Sache, wenn die Tochter zur Beerdigung nicht nach Hause kommt, aber hier oben … Na ja, die Leute reden gerne.«

»Das liegt daran, dass es hier nichts zu tun gibt, außer zu tratschen und über Dinge zu reden, von denen die Leute keine Ahnung haben.«

»Vielleicht.«

»Da gibt es kein ›vielleicht‹. Oh, und sie sind super im unfairen Strafzettel verteilen. Das darf man nicht vergessen!«

»Sie haben Glück, dass ich Sie neulich nicht verwarnt habe, als Ihr Nummernschild verloren gegangen war.«

Wie aus dem Nichts fiel Amanda auf, dass *dies hier* Max Bryson war. Nicht Officer Max Bryson. Er trug keine Uniform. Sie war überrascht, wie gut er aussah. Ohne die

Uniform sah er weniger ... barbarisch aus. Weniger militant. Weniger herablassend.

Seine Jeans passten ihm gut, während sein abgenutztes Flanellhemd mit den hochgekrempelten Ärmeln sich sanft von der tiefen Bräune seiner Unterarme abhob. Ein dunkelblaues T-Shirt lugte aus dem V des reingesteckten Flanellhemds hervor. Sie konnte sich nicht vorstellen, wie er mit längerem Haar aussah. Der strenge Haarschnitt passte zu ihm. Ihr Puls beschleunigte sich.

Er war ein echter *Mann*. Maskulin. Erwachsen.

Sie fragte sich, ob er im echten Leben nackt genauso aussehen würde wie in ihrem Traum. Sie leckte sich über die Lippen.

»Lassen Sie das!« Seine Stimme war tief und rau, eindeutig eine Warnung.

Amanda schloss ihre Augen und versuchte zu sprechen.

Sie räusperte sich und versuchte es erneut. »Ich weiß Ihre Sorge zu schätzen, aber ich denke, Sie sollten jetzt besser gehen.« Sie öffnete die Augen und sah in seine, und das feurige blaue Eis ließ ihr den Atem stocken. »Wie ich sehe, haben Sie dienstfrei, und ich bin sicher, Sie haben Besseres mit Ihrer Zeit anzufangen.«

Er richtete sich auf und löste seine Beine und Arme. »Sie haben recht.« Er trat dicht an sie heran und zögerte nur eine Sekunde lang. Gerade lange genug, damit Amanda die sengende Hitze seines Körpers spüren konnte. Eine Gänsehaut breitete sich auf ihrer Haut aus. Er schob sich mit ein paar Abschiedsworten an ihr vorbei. »Halten Sie sich von Ärger fern.«

Als sie sah, wie er mit langen Schritten aus der Küche ging, fing sie sich an der Theke ab, bevor ihre Knie nachgaben.

· · ·

Nachdem er sich von Greg verabschiedet hatte, trat Max aus dem Haus und atmete die kühle Herbstluft tief ein. Er musste einen klaren Kopf bekommen. Marc hatte versucht, ihn davor zu warnen, zu ihr zu gehen, um nach ihr zu sehen, aber Max hatte nicht zugehört. Er hatte gedacht, es wäre die perfekte Gelegenheit, Amanda in einer nicht polizeilichen Angelegenheit zu sehen. Hoffentlich unter erfreulicheren Bedingungen.

Leider war es nicht so gekommen. Als er angekommen war, hörte er Gregs unkontrolliertes Gebrüll und stürzte hinein, um zu sehen, dass Amanda völlig überfordert war. Wie er es schon befürchtete. Er seufzte.

Was er sich als netten Nachbarschaftsbesuch vorgestellt hatte, war schiefgegangen. Er runzelte die Stirn und ging zu seinem Pick-up-Truck hinüber. Er sprang hinein und starrte auf das kleine Haus vor ihm.

Max hatte bemerkt, wie sich Amandas ausdrucksstarker Blick verändert hatte. In der einen Sekunde war sie noch eine ziemliche Zicke, in der nächsten musterte sie ihn mit ihren glühenden Augen. Uff. Wieder war er überrascht über die schnelle Reaktion seines Körpers. Er war dabei, die Kontrolle zu verlieren.

Er schnallte sich an.

Er musste sie wieder treffen. Das nächste Mal würde es besser sein. Wenn es keine Konflikte geben würde. Vielleicht sollte er sie auf einen Kaffee einladen.

Zum Teufel, er würde es stattdessen mit einem Bier versuchen. Sie musste lockerer werden.

Max klopfte an Amandas Tür. Keine Reaktion. Er klopfte erneut. Er versuchte es mit dem Türknauf. Sie war verschlossen, anders als beim letzten Mal, als er hier gewesen war.

Er hörte ein undeutliches: »Wer ist da?«

»Ma'am? Hier ist Officer Bryson, Ma'am. Bitte öffnen Sie die Tür!«

»Warum? Was ist los?«

»Es ist eine Polizeiangelegenheit, Ma'am.«

Die Tür schwang auf und gab den Blick frei auf Amanda in dem schönsten Negligé, das er je gesehen hatte.

»Hören Sie auf, mich Ma'am zu nennen. So alt bin ich noch nicht. Und kommen Sie schnell rein, es ist kühl da draußen.«

Ja, das war es. Ihre Nippel zeichneten sich unter dem seidigen Stoff ab – dem schwarzen Spitzenstoff, der kaum ihre vollen Brüste bedeckte. Er schwor, dass er die rosige Farbe ihrer Nippel sehen konnte.

Sie schloss die Tür hinter ihm und drehte sich zu ihm um.

»Wird es schnell gehen, Officer?«

»Oh, ich kann es schnell machen.« Dann zog er eine Grimasse, als ihm klar wurde, was er gesagt hatte. *Verdammte Scheiße!*

»Was war so wichtig, dass Sie mich aus dem Bett holen mussten?«

»Ma'am … Amanda, Sie haben Ihren Strafzettel nicht bezahlt. Ich habe einen Haftbefehl gegen Sie.«

»Was? Einen Haftbefehl? Zeigen Sie ihn mir!«

Max durchsuchte seine Taschen und konnte den Haftbefehl nicht finden. Er räusperte sich. »Nun, ich kann ihn gerade nicht finden. Aber es ist ein Haftbefehl.«

»Okay, könnte ich Sie jetzt bezahlen?« Sie machte einen Schritt auf ihn zu.

Warum hatte sie dieses sexy Outfit an? Das hier sollte eine Polizeiangelegenheit sein. Er war nicht in der Lage, sich auf die eigentliche Sache zu konzentrieren. Das war nicht seine Art.

»Ja, ich nehme die Bezahlung gern entgegen.«

»Bar, mit Scheck oder …?«

»Oder?«

Sie machte einen weiteren Schritt nach vorn und war nur wenige Zentimeter von ihm entfernt. Ihre Nippel waren durch den Spitzenstoff deutlich zu sehen.

»Oder … wie wäre es damit?« Sie schloss die wenigen Zentimeter zwischen ihnen, stellte sich auf die Zehenspitzen und berührte seine Lippen mit ihren.

Dann lehnte sie sich gerade so weit zurück, dass er sagen konnte: »Das ist nicht genug.«

Sie küsste ihn erneut, diesmal hielt sie sich an seiner Taille fest, um das Gleichgewicht zu halten, und drückte ihre Lippen noch ein bisschen länger auf seine. Als sie sich zurückzog, schüttelte er nur den Kopf.

»Nein? Wie wäre es dann damit?« Sie presste ihre Lippen auf seine und erkundete mit ihrer Zunge jeden Winkel seines Mundes, bis er aufstöhnte.

Ihre Hand schob sich in den Bund seiner Jeans und griff nach dem Saum seines T-Shirts, riss es ihm über den Kopf und warf es auf den Boden. Sie beugte sich vor und rieb ihre Brüste an seinem Oberkörper. Das Gefühl des seidigen Stoffes und ihrer harten Nippel brachte ihn fast dazu, sie hochzuheben und auf die Couch zu werfen.

Stattdessen griff sie wieder in den Bund seiner Jeans und zerrte ihn auf die Couch.

Verdammt, sie wollte die alleinige Kontrolle haben.

»Zieh deine Hose aus!«

Nachdem er seine Boots abgestreift hatte, tat er genau das. Sein Schwanz war hart und bereit und seine Eier waren prall. Das Blut schoss in Strömen durch seinen Körper und sein Herz raste.

Amanda gab ihm einen Schubs und er landete auf der Couch, sodass er einen freien Blick auf sie in ihrem schwarzen Negligé hatte. Neben der Spitze, die kaum ihre Brüste verdeckte, reichte der schwarze Stoff bis zu ihren

Hüften. Gerade so weit, dass er nicht erkennen konnte, ob sie ein Höschen trug.

Sein Blick wanderte über ihre Beine, von den Oberschenkeln bis hinunter zu den Zehen, und genoss jede ihrer Kurven. Ihre Innenschenkel, ihre Knie, ihre Waden.

»Komm her!«, sagte er, seine Stimme war so kiesig, dass er nicht wie er selbst klang. Er streckte eine Hand aus, und sie nahm sie. Dann zog er sie zu sich heran und plötzlich saß sie mit gespreizten Beinen auf ihm. Sein Schwanz befand sich zwischen ihrer nackten Pussy – tja, da hatte er die Antwort – und seinem Schoß. Er war genau da. Genau da! Es würde nur eine kleine Bewegung nötig sein.

Sie lehnte sich in ihn hinein und eroberte seine Lippen erneut, stöhnte, als ihre Zungen sich verwickelten und erkundeten. Ihre Finger zwickten seine Brustwarzen, was ihn ein wenig zusammenzucken ließ, aber nicht genug, um die Berührung ihres Kusses zu verlieren.

Er löste sich von ihr, um die Spaghettiträger ihres Negligés herunterzuschieben und ihre Brüste freizugeben. Sie waren perfekt und wunderschön. Er vergrub sein Gesicht zwischen ihnen und küsste ihre gerötete Haut. Er saugte an einer Brustwarze, während er die andere mit seinen Fingern neckte und gerade so viel drehte, dass sie aufschrie, noch tiefer in seinen Schoß sank und sich gegen ihn presste.

Sein Schwanz zuckte gegen ihre Hitze und spürte ihre Nässe. Er fuhr mit den Zähnen über die andere Brustwarze und griff mit dem Daumen zwischen die beiden Körperteile, um ihren Kitzler zu finden. Sie stemmte sich gegen ihn wie ein wildes Pferd. Und mit einem kleinen Heben und Neigen ihrer Hüften fing sie seinen Schwanz ein. Ein langes, leises Stöhnen entkam ihr, als sie sich langsam, ganz langsam senkte, bis sie ihn vollständig in sich aufnahm. Ihre inneren Muskeln drückten ihn zusammen, während sie ihn ritt, erst ganz leicht, dann immer schneller. Sein Kopf fiel gegen die Couch, während sie die Bewegung kontrollierte. Hoch, runter, kreisend. Sie gab ihn fast frei, um ihn dann schnell wieder zu schlucken.

Ihre Hüften bewegten sich und neigten sich, während sie seine Eier streichelte und sie dann drückte. In diesem Moment wäre er fast durchgedreht. Er versuchte, seine Atmung zu verlangsamen, aber sie verwüstete seine Kontrolle.

Er wollte, dass das so blieb. Aber zwischen ihrem kleinen Wimmern und ihrer sich zusammenziehenden Pussy war er kurz davor, die Beherrschung zu verlieren.

Und als sie schrie »Ich komme!«, verlor er sie.

Sein Schwanz pochte, als er sich in ihr ergoss und sich seine Erlösung mit ihrer vermischte …

Er drehte sich um und wachte auf.

Er fuhr mit einer Hand über seinen Bauch. Klebrig. Es war nur ein Traum. Ein verdammter pubertärer feuchter Traum. *Fuuuuuuuuuck!*

Diese verdammte Frau hatte ihm den Kopf verdreht.

Kapitel Vier

SIE HÄTTE SCHON FRÜHER auf diese Idee kommen sollen.
Anhand ihres Spiegelbildes in der Glastür vergewisserte sich
Amanda, dass jede Haarsträhne an ihrem Platz und ihre
Kleidung in Ordnung war, bevor sie die Tür mit einer Hand
aufstieß. Die andere war damit beschäftigt, den Teller mit
Mrs. Besserwisserins Erdnussbutterkeksen zu balancieren.

Sie hatte die ganze Zeit etwas Nettes für Officer Marc
Bryson tun wollen. Und als sie den Teller mit den Keksen
hinten im Schrank, wo sie ihn versteckt hatte, fand, kam ihr
die Idee. Er würde nie erfahren, dass sie sie nicht selbst
gebacken hatte. Oder dass der Hund sie abgeleckt hatte …

Ihre hochhackigen Stiefel klackten auf dem gefliesten
Boden, als sie das Polizeirevier betrat. In einer Ecke prangte
die amerikanische Flagge, direkt daneben die des Bundes-
staates Pennsylvania. An den Wänden hingen gerahmte
Bilder von Männern in Uniform. Sie konnte nicht erkennen,
ob es sich um aktuelle oder ehemalige Polizisten handelte,
aber eindeutig war keine Frau darunter. Klar. In einer
kleinen Stadt wie dieser gab es wahrscheinlich keine Gleich-
berechtigung. Es war wie im finsteren Mittelalter.

Sie glaubte, dort oben ein Bild der Brysons zu erkennen,

aber sie war sich nicht sicher und bevor sie näher treten konnte, um das Messingschild darunter zu lesen, wurde sie unterbrochen.

»Kann ich Ihnen helfen?«

Sie trat an den Tresen heran und lächelte den rothaarigen Officer an. Ein paar Sommersprossen zierten seine Nase und seine Wangen. Er war nicht viel älter als sie. Sie las sein Namensschild: Dunn.

»Hallo, ich bin nur hier, um ein paar Kekse für Officer Bryson abzugeben.«

»Oh, warten Sie! Ich glaube, er ist im Kontrollraum.« Officer Dunn drehte sich um und brüllte nach hinten. »Max, hier ist jemand, der dich sehen will.«

Max! Amanda geriet in Panik. »Nein! Nein. Das ist nicht … Tut mir leid, ich meinte Marc Bryson.«

»Oh.« Er zuckte mit den Schultern, als wäre es keine große Sache.

Zu spät.

Max kam mit gesenktem Kopf aus einem Nebenraum und war damit beschäftigt, die ledernen Halterungen, mit denen er seinen Dienstgürtel an seinem schmalen Hosenriemen befestigte, zu schließen. Amanda betrachtete das überladene Accessoire und fragte sich, wozu all die Dinge, die daran hingen, gut waren. Die Waffe erkannte sie natürlich.

Er blickte auf, als er sich dem Tresen näherte und erstarrte. Eine Röte überflutete sein Gesicht. Amandas Augenbrauen zogen sich zusammen. Sie hatte ihn noch nie in Verlegenheit gesehen. Was war ihm denn bitte so peinlich?

»*Ms. Barber.*«

»*Officer Bryson.*« Sie runzelte die Stirn. »Eigentlich war ich hier, um Ihren Bruder zu besuchen.«

Die Farbe verließ sein Gesicht so schnell, wie sie gekommen war. Eine dunkle Augenbraue hob sich.

»Ich habe ihm ein paar Kekse mitgebracht, um mich dafür zu bedanken, dass er Greg neulich nach Hause gebracht hat.«

Sie stellte den Teller auf dem Tresen ab. Beide Männer beäugten die Kekse hungrig.

Typisch Männer!, dachte sie. *Gib ihnen Essen oder Sex, und sie sind glücklich. Pussy oder Kekse, Hauptsache, es wird ihnen auf dem Silbertablett serviert.*

Max wandte sich an Dunn. »Geh und mach Pause!«

Der andere Beamte klopfte Max auf den Arm und sagte: »Lass mir ein paar übrig!« Dann verschwand er in einem hell erleuchteten Flur.

Max zog die Plastikfolie zurück und hielt einen Keks hoch, um ihn zu begutachten. Plötzlich bekam Amanda ein schreckliches Gefühl. Sie hätte diese Kekse nicht hierherbringen sollen. Chaos hatte sie vollgesabbert. Vielleicht wusste er das.

Uff! Warum wusste sie nicht einmal, wie man so etwas Einfaches wie Kekse backte? Sie wollte sich bei Marc bedanken und nicht dafür sorgen, dass er krank wurde. Würde es verdächtig aussehen, wenn sie Max plötzlich die Kekse aus der Hand schlug und sie alle in den Müll warf?

»Sind die vergiftet?«

Ohne auf eine Antwort zu warten, biss er mit seinen geraden, weißen Zähnen in den weichen Keks. Amanda schwieg, bis er fertig gekaut und geschluckt hatte.

»Ja«, sagte sie und lächelte.

Er zögerte nur eine Sekunde, bevor er den Rest des Kekses aufaß. »Tja, sie sind trotzdem gut. Ich werde dafür sorgen, dass du den Teller zurückbekommst.«

Sie nickte und wedelte mit einer Hand in Richtung seines Dienstgürtels. »Was ist das alles für ein Schrott?«

Die Überraschung stand ihm ins Gesicht geschrieben. Sie vermutete, dass Max nicht glaubte, dass sie wirklich interessiert war.

Das war sie eigentlich auch nicht, aber aus irgendeinem dummen Grund wollte sie sich mit ihm unterhalten. Sie hatte keine Ahnung, warum, denn er war echt nervtötend.

Mit unverkennbarem Stolz stellte er sich etwas größer hin und begann an seiner rechten Hüfte, wobei er eine Hand auf jeden Gegenstand legte, während er um den Gürtel herumging. »Meine Waffe. Das ist eine 45er Glock. Ausziehbarer ASP-Schlagstock. Zwei zusätzliche Magazine. Halterung für meine Maglite.«

»Ich wusste doch, dass ich die Taschenlampe erkannt habe«, sagte sie mit ein bisschen Sarkasmus. Nur ein bisschen …

»Funkgerätehalter. Pfefferspray. Und das hier …« Er klappte eine schwarze Ledertasche auf und holte ein Paar silbern glänzende Handschellen heraus, die er an einem seiner langen Finger baumeln ließ. »Die sind für böse kleine Mädchen. Wollen Sie sie mal anprobieren?«

Verdammt, die sahen genauso aus wie die aus ihrem Traum. Sie schloss die Augen, um ihn noch einmal zu erleben. Nur für eine Sekunde. Dann riss sie die Augen wieder auf, als er sich räusperte.

»Ich habe meine eigenen, vielen Dank.« Sie schenkte ihm ein verruchtes Grinsen. »Sie sind rosa und mit Plüsch.«

Sie machte auf dem Absatz kehrt und warf ihm über die Schulter zu: »Genießen Sie die Kekse. Und halten Sie sich aus meinen Träumen raus.«

Als sie wegging und ihn sprachlos zurückließ, meldeten sich die Schuldgefühle in ihr wieder. Sie schob den Gedanken beiseite. Er hatte alles verdient, was sie ihm gab.

Sie hörte, wie er »Was?« rief, als sie die Tür mit einem Lächeln aufstieß und ins Sonnenlicht hinausging.

Ein bisschen Hundespucke würde niemandem schaden.

DIE KEKSE WAREN WEG, und der Teller wurde längst wieder auf Mrs. Besserwisserins Veranda abgestellt – mitten in der Nacht –, als das Ende des Oktobers schnell in den November überging. Und so sehr sie Manning Grove auch hasste – nein, das war zu hart –, *nicht mochte*, musste sie sich eingestehen, dass das Herbstlaub wunderschön war.

Auf das kältere Wetter konnte sie allerdings verzichten.

Amanda hatte es geschafft, sich von Ärger fernzuhalten, wie Max es ihr schon mehrmals geraten hatte. Besser noch, sie hatte es geschafft, sich auch von ihm fernzuhalten. Gelegentlich sah sie einen schwarz-weißen Streifenwagen in der Stadt und fragte sich, wer ihn fuhr. Marc oder Max oder der andere Bruder, wer auch immer er war. Sie hatte noch nicht das Vergnügen gehabt, ihn kennenzulernen. Sie zog es vor, sich aus dem Blickfeld der Polizei herauszuhalten. Auch wenn einer der Polizisten immer wieder in ihre Träume einfiel. Aber wenigstens hielten ihre Träume sie nachts warm.

Sie hatte das Hauptschlafzimmer nach ihrem Geschmack umgestaltet, sodass sie sich im Haus etwas wohler fühlte.

Tatsächlich verließ sie das Haus nur noch, wenn sie Lebensmittel oder andere Dinge, die sie brauchten, abholen musste. Sie versuchte, sich vor neugierigen Blicken zu verstecken. Vor allem vor denen von Mrs. Besserwisserin.

Sie hatte das Haus nicht einmal verlassen, um sich mit dem Anwalt zu treffen. Stattdessen hatte sie Mr. Wells angerufen, um ihm mitzuteilen, dass sie noch eine Weile hierbleiben würde. Und wenn sich etwas ändern sollte, würde er es als Erster erfahren. Damit schien er vorerst zufrieden zu sein.

Außerdem war es ja nun nicht so, dass sie sich einfach problemlos eingliedern konnte; allein ihr Sinn für Style ließ sie herausstechen. Aber sie weigerte sich, ihre modische Garderobe für langweilige Hausfrauenjeans und dicke

Sweatshirts mit »knuffigen« Bildern auf der Vorderseite aufzugeben. Das schien hier der letzte Schrei zu sein.

Sie hatte sich mit Teddy angefreundet. Sie verbrachten Stunden damit, sich wie zwei Freundinnen zu unterhalten – am Telefon oder in seinem Salon. Er erinnerte sie sehr an ihr Zuhause und an einige der Freunde, die sie zurückgelassen hatte. Miami war ein Mekka der Vielfalt an Menschen. Das vermisste sie.

Das Beste an allem war, dass Amanda endlich ihren Laptop eingerichtet und einen Kabelanschluss im Haus installiert hatte – wer konnte heutzutage noch ohne Kabel leben? Jetzt hatte sie also einen WLAN-Zugang. Endlich hatte sie eine Verbindung zur realen Welt.

Als sie ihre vernachlässigte Facebook-Seite überprüfte, erregte das vertraute Klingeln ihrer Privatnachrichten ihre Aufmerksamkeit. Das Chat-Fenster öffnete sich auf dem Bildschirm.

Sie schaute nach, wer ihr eine Nachricht geschickt hatte. *Carlos.*

Hey, Baby, was treibste?, blitzte es vor ihr auf.

Leider hatte sie ihren Status für andere nicht blockiert, sodass er wusste, dass sie online war. Der kleine grüne Kreis zeigte ihm das an.

Nichts, tippte sie und drückte dann die Enter-Taste mit etwas mehr Kraft als nötig.

Eine Sekunde später: *Vermiss dich.*

Ja, klar, schrieb Amanda zurück.

Vergibst du mir?

Nein. Sie blockierte schnell sein Profil und verschwand mit dem X aus dem Fenster. Das war's.

Bis ihr Handy dreißig Sekunden später klingelte. Sie schaute auf das Display. Sie erkannte die Nummer; jetzt rief der selbsternannte »Hot Tamale« an.

Sie wischte über den Bildschirm. »Was?«

Der schwere Akzent am anderen Ende zerrte an ihren Nerven. »Du solltest nicht mehr sauer auf mich sein.«

»Warum nicht?«

Er wusste, dass sie jedes Recht hatte, noch sauer auf ihn zu sein. Das war an der langen Pause zu erkennen. »Ich vermisse dich, *pocita*.«

»Das hast du schon erwähnt.«

»Ich könnte dich besuchen kommen.«

Amanda lachte. Carlos in Manning Grove. Genau.

Das war fast so lächerlich, wie dass Amanda in Manning Grove war. Sie schnitt eine Grimasse.

»Ich könnte *tu madre* mitbringen.«

»Nein!«

»Sie vermisst dich genauso wie ich. Sie sagt, es war ein Fehler, dass du gegangen bist.«

»Das ist ihre Meinung. Der einzige Fehler, den ich gemacht habe, war, dich zum zweiten Mal zurückzunehmen, nachdem du mit Rena geschlafen hast.« Dieser betrügerische, verlogene *Perro*.

»Es wird nicht wieder vorkommen.« Er klang wie ein kleiner Junge, und Amanda fragte sich, was sie jemals in ihm gesehen hatte. Er hatte sie mit seiner heißen Latino-Leidenschaft umgehauen, aber das war auch schon alles gewesen. Mehr war da nicht. Er war unreif und nach wie vor ein kleines Kind. Manchmal hattte er sich sogar schlimmer als Greg benommen.

»Nein, du hast recht, das wird es nicht. Ich bin fertig mit dir.«

»Du hast einen anderen Mann gefunden.«

»Nein.« Na ja, vielleicht. Irgendwie schon. Sie hatte einen Mann gefunden, der ständig in ihren Gedanken war. Und in ihren feuchten Träumen. Ein Mann in einer dunkelblauen Uniform. Ein stolzer, starker, unglaublich nerviger Mann. Aber ein echter Mann.

Nicht irgendein kleiner Junge. Sie war fertig mit dreißigjährigen kleinen Jungs. Fertig mit verlogenen Hunden.

»*No me llama otra vez.*« Sie hörte einen verletzten Laut am anderen Ende, bevor sie das Gespräch beendete.

Das Telefon klingelte erneut. Hatte sie ihm nicht gerade gesagt, er solle nicht noch mal anrufen?

Sie ließ den Anruf auf die Mailbox gehen und machte sich wieder daran, ihre endlosen E-Mails zu bearbeiten.

Innerhalb von zwei Minuten klingelte das Telefon erneut. Ihre Mutter.

Sie drückte auf die Power-Taste und schaltete das Telefon aus. Das war definitiv kein Zufall. Wahrscheinlich hatte ihre Mutter Carlos dazu angestiftet, sie anzurufen. Sie dachte, Amanda würde zu Carlos zurücklaufen.

Tja, da lag sie falsch.

So sehr sie auch zurück nach Miami wollte ... Selbst wenn sie Greg überzeugen konnte, würde sie jetzt warten müssen. Sie wollte auf keinen Fall, dass ihre Mutter dachte, sie käme ihretwegen zurück. Oder wegen Carlos.

Wenn sie diese arktische Tundra überlebte, würde sie im Frühjahr zurückkehren. So hatte sie genug Zeit, um Greg zu überreden.

EIN EREIGNISLOSES THANKSGIVING kam und ging. Derselbe einsame Kürbis, den Amanda für Halloween gekauft hatte, diente am Truthahntag als einzige Dekoration.

Nachdem die bunten Blätter gefallen waren, blieben nur noch kahle Bäume zurück. Der Wind wurde stärker und Amanda gab schließlich nach und kramte ein paar der unattraktiven, unförmigen Pullover ihrer Stiefmutter heraus, um sie anzuziehen. Eine Zeit lang hatte sie sich dagegen gesträubt, aber selbst wenn die Heizung an war, fröstelte sie im Haus.

Als sie im oberen Stockwerk an einem Spiegel vorbeikam, blieb sie stehen und musterte sich angewidert. Offenbar war ihre Stiefmutter eine wesentlich größere Frau gewesen, denn der Pullover, den sie angezogen hatte, hing ihr bis zu den Knien und verschluckte sie komplett. Sie sah aus wie ein riesiger Klops.

Auf dem Konto hatte sich Geld angesammelt, denn sie hatte den Treuhandfonds kaum angerührt, außer um Gregs Tagesbetreuung, Essen und die Nebenkosten zu bezahlen. Sie beschloss, dass es ein guter Zeitpunkt war, etwas davon auszugeben.

Sie befreite sich aus dem Pullover. Auf keinen Fall würde sie so in die Öffentlichkeit gehen – da würde sie lieber erfrieren. Sie vergewisserte sich, dass Greg gut eingepackt war, bevor sie ihn in den grauen Buick mit dem inzwischen unauffälligen Nummernschild setzte und sich auf den Weg zu einem Einkaufsbummel machte … und zwar bei Kohl's, dieser unspektakulären Warenhauskette. Neben Walmart war das der einzige Laden in der Gegend, der eine angemessen große Verkaufsfläche hatte.

Ein leichter Schneestaub bedeckte die Straßen, und so fuhr sie schließlich wie eine alte Frau. Sie war es nicht gewohnt, bei Schnee zu fahren. Die Knöchel an ihren Fingern waren ganz weiß, sodass sie sie langsam vom Lenkrad lösen musste, als sie endlich an ihrem Ziel ankam. Sie merkte, dass ihre Kiefer die ganze Zeit über verkrampft gewesen waren, und zwang sich, sie zu entspannen, während sie den Krampf wegmassierte.

Greg hatte sie die ganze Fahrt über geneckt und ihr gesagt, sie sähe komisch aus. Sie war zu nervös, um eine Hand vom Lenkrad zu nehmen und die Lautstärke des Radios zu erhöhen. Sie wollte sein ohrenbetäubendes Lachen übertönen.

Als sie auf den Parkplatz einbog, rutschte das hintere Ende des Wagens ein wenig und sie kreischte vor Schreck.

Greg hingegen genoss die Rutschpartie und schrie: »Juhuuuu!«

Sie schaute verärgert zu ihm hinüber. Wenn sie ihn nachher nach Hause fahren lassen würde, würde es ihm nur recht geschehen.

Aber sie entspannte sich langsam, während sie durch die verschiedenen Abteilungen schlenderten. Greg hatte einen Riesenspaß dabei, ganz aufgeregt Artikel auszusuchen, während die Spucke wie verrückt durch die Gegend flog. Er fand das perfekte Outfit für Amanda – lila Strümpfe, eine limonenfarbenen Spandex-Leggings und einen rosa Rollkragenpullover. Oh, und sie durfte die gelbe Mütze nicht vergessen. Amanda übergab alles einer Angestellten und entschuldigte sich. Sie hatte ein schlechtes Gewissen, weil das junge Mädchen die Sachen zurückbringen musste.

Stattdessen ging sie in die Juniorenabteilung, wo die Kleidung etwas moderner war, und probierte ein paar wirklich hübsche Oberteile und ein paar enge, hüftbetonte Jeans an. Bei ihrem x-ten Besuch in der Umkleidekabine zog sie sich einen kuscheligen, weichen Pullover mit V-Ausschnitt in Herbstgold und einen dunklen waldgrünen Cord-Minirock an. Sie schlüpfte in schwarze, kniehohe Lederstiefel und stapfte durch den Dschungel der Kleiderständer auf die Verkaufsfläche hinaus.

»Was hältst du davon, Greg?«

Greg saß nicht auf dem Vinylsitz vor der Umkleidekabine, wo sie ihn zurückgelassen hatte. Stattdessen sprach er angeregt mit niemand anderem als Officer Bryson. Sie holte tief Luft. Er trug eine Uniform mit einer dunklen marineblauen Jacke, die seine breiten Schultern bedeckte. In seinen Händen hielt er einen Notizblock.

Und er durchbohrte sie mit seinem Blick. Amandas Zehen krümmten sich in den engen Stiefeln.

Sie ging hinüber und machte vorsichtige Schritte in den

steifen Stiefeln. Sie wollte nicht stolpern und wie ein Trottel aussehen. »Gibt es ein Problem, Officer?«

Obwohl sie vollständig bekleidet war, gab er ihr das Gefühl, vollkommen nackt zu sein, während er mit seinen Augen über ihren Körper wanderte. Wärme breitete sich auf ihren Schenkeln aus.

Seine Hand verkrampfte sich um den Notizblock und sie bemerkte, wie sich seine Kiefer kurz anspannten und wieder löste,n bevor er sprach … etwas heiser. »Ganz und gar nicht.« Max räusperte sich, um seine Stimme zu entzerren. »Ich war nur hier, um zusätzliche Informationen über einen früheren Vorfall zu bekommen.«

»Oh. Klingt aufregend.«

»Ist es aber nicht. Greg hat mir gerade erzählt, dass ihr beide Thanksgiving allein gefeiert habt.«

Amanda warf ihrem Bruder einen Blick zu. Wie immer blieb dieser unbemerkt. Greg hüpfte von einem Fuß auf den anderen und nickte zustimmend mit dem Kopf.

»Wir waren nicht allein«, sagte sie vorsichtig. »Wir hatten einander.«

»Ihr habt keine anderen Familienmitglieder, mit denen ihr die Feiertage verbringen könnt?«

Amanda runzelte die Stirn und murmelte: »Keine, mit der ich sie verbringen möchte.«

»Was?«

»Keine in der Nähe. Ich will Greg nicht nur für ein paar Tage nach Miami schleppen.« Sie fügte hinzu: »Wenn ich ihn dorthin schleppe, dann möchte ich, dass es für immer ist.«

Amanda entging sein finsterer Blick nicht. Es ging ihn aber immer noch nichts an.

Max wandte sich an Greg. »Willst du Weihnachten mit meiner Familie verbringen? Wir werden einen großen Baum und Geschenke haben und Weihnachtslieder singen.«

Greg quietschte vor Freude und seine Arme schwangen

unkontrolliert. Es war ein fieser Hinterhalt, sie nicht erst unter vier Augen zu fragen, bevor er Greg Hoffnungen machte.

»Und einen Mistelzweig ...« Er starrte auf ihre Lippen. Sie leckte sich instinktiv darüber.

Er trat einen Schritt vor. Sie wich zurück. Ihre Blicke trafen sich.

Amanda riss sich schließlich aus der Trance und sah ihren Bruder an. Sie wollte ihn nicht enttäuschen. Sie wollte nicht, dass er ein fröhliches Weihnachtsfest verpasste. Selbst wenn es mit diesem nervtötenden Mann und seiner Familie war. *Seiner Familie.*

»Hat Ihre Frau denn nichts dagegen?«

Ein tiefes Grummeln bildete sich in Max' Bauch und arbeitete sich den Weg nach oben. »Nein. Meine Frau hat nichts dagegen.«

Er zwinkerte Greg zu. Greg wollte zurückzwinkern, aber schloss stattdessen beide Augen gleichzeitig.

»Oh«, murmelte sie und wunderte sich, warum diese Frage witzig sein könnte.

Max klappte seinen Notizblock auf und kritzelte eine Adresse darauf, bevor er die Seite aus dem Buch riss. »Hier. Kommt früh genug, damit ihr die Geschenke auspacken könnt.« Als sie nach dem Zettel griff, zog er ihn zurück, um noch mehr darauf zu kritzeln. »Ab jetzt heiße ich Max für dich und das hier ist meine Handynummer. Falls du dich verirrst ... oder zu spät kommst.« Er klappte den Notizblock zu und steckte ihn in seine hintere Hosentasche. »Aber komm nicht zu spät!«

Er gab ihr einen Befehl!

Sein wandernder Blick musterte sie von Kopf bis Fuß.

»Und zieh dieses Outfit an!« Mit diesen Worten drehte er sich um und schritt davon.

Hatte er ihr gerade gesagt, was sie anziehen soll? Von wegen!

Kapitel Fünf

SCHEIß AUF IHN! Was dachte er sich, *ihr* vorzuschreiben, was sie anziehen soll?

Amanda betrachtete sich in dem langen Spiegel und zupfte leicht an ihrem neuen Cord-Rock. Sie rupfte einen Fussel von ihrem goldenen Pullover und wackelte mit ihren Füßen in den kniehohen Lederstiefeln. Sie hatte genau das an, was er von ihr verlangt hatte. Zusätzlich trug sie eine durchsichtige schwarze Nylonstrumpfhose. Und um ihre Augen zu betonen, trug sie smaragdgrünen Schmuck, den sie in der Schmuckschatulle ihrer Stiefmutter gefunden hatte.

Sie vergewisserte sich, dass Greg gut gekleidet war, bevor sie ihn und die Geschenke, die sie − etwas schlampig, aber dennoch − eingepackt hatte, in den furchtbar unscheinbaren Buick lud.

Als sie durch die Stadt fuhr, machte ihr Magen ein kleines Tänzchen.

Sie wollte glauben, dass sie einfach nur nervös war, weil sie Greg in ein fremdes Haus brachte. Sie hoffte, dass er nicht außer Kontrolle geriet. Aber das war es nicht. Tatsächlich hatte sie gelernt, mit den Stimmungsschwankungen ihres Bruders umzugehen.

Stattdessen war es der Gedanke, Max' Familie zu treffen. Sie nahm an, dass Marc dort sein würde. Und vielleicht auch der mysteriöse dritte Bruder Matt, der angeblich auch ein Cop war. Über den Rest der Familie konnte sie nur Vermutungen anstellen. Max könnte eine Frau und eine Schar von Kindern haben. Wenn dem so war, war er ein elender Hund, dafür, dass er sie ständig so anstarrte.

Vielleicht hatte er Mitleid mit Greg und lud sie deshalb ein. Nicht ihretwegen, sondern aus Sorge um ihren Bruder. Als ob sie nicht in der Lage wäre, ihm schöne Feiertage zu bescheren.

Na ja, das war schon in Ordnung. Sie wollte ihren Bruder glücklich machen. Und wenn es für Greg gut war, in einer großen Familie zu feiern, dann sollte es eben so sein.

Trotzdem war sie sich sicher, dass sie sich wie eine Außenseiterin fühlen würde.

Mit einem Kopfschütteln erinnerte Amanda sich daran, dass sich nicht mehr alles nur um sie drehte.

Sie folgte Max' Anweisungen und fuhr aus der Stadt hinaus auf eine Landstraße. Sie überprüfte noch einmal die Nummer auf dem Briefkasten und bog dann rechts in eine lange Steineinfahrt ein. Das bemalte Holzschild war kaum zu übersehen. Bryson's Weihnachtsbaumfarm.

Und das war sie auch. Dunkelgrüne, schön gepflegte Bäume säumten beide Seiten der Einfahrt. Ein kleiner Kiefernwald versperrte die Sicht auf alle Gebäude, bis sie zu einer Lichtung kamen.

Ein altes, gepflegtes Bauernhaus erschien, umgeben von mehreren Nebengebäuden. Einige waren klein, alt und aus Holz, andere groß und aus Metall. Ein paar Traktoren standen auf dem Hof herum. In der Einfahrt waren eine Handvoll Pick-up-Trucks und SUVs wahllos geparkt. Sie fühlte sich in dem kleinen, schlichten Auto völlig fehl am Platz. Offensichtlich war dies das Land der Trucks.

Kaum hatte Amanda den Wagen zum Stehen gebracht, schnallte sich Greg ab und ließ den Sicherheitsgurt fliegen. Amanda zuckte zusammen, als die Metallschnalle gegen das Beifahrerfenster schlug. Zumindest war es nicht zersprungen. Er riss die Tür auf und rannte auf die überdachte Veranda, wo er vor Aufregung kreischte.

Noch bevor sie die Zündung ausschalten konnte, hämmerte er an die Haustür. Greg verschwand drinnen, kaum dass sie sich geöffnet hatte. Amanda kletterte aus dem Auto und stand starr da, die Hände in die Hüften gestemmt.

Wer sollte ihr jetzt helfen, die ganzen Pakete hineinzutragen?

Ihre Antwort kam in Form eines großen, schlanken Mannes, der aus dem Haus trat. Mit seinen langen Schritten schloss er schnell die Lücke zwischen ihnen.

Sein Atem vernebelte die Luft, als er sprach. »Du musst Amanda sein.«

Sie blinzelte bei dem Bild, das sich ihr bot. Genau so würde Max in etwa fünfundzwanzig Jahren aussehen. Das konnte nur Max' Vater sein.

Der gut gebaute Mann streckte seine Arme aus, um sie in eine kräftige Bärenumarmung zu schließen. Amanda japste, als sie spürte, wie sich ihre Rippen zusammenzogen.

»Paps! Paps! Lass sie runter!« Mit genau demselben Gang kam Max von der Veranda und folgte seinem Vater zum Auto.

Als Paps Bryson sie zu Boden kommen ließ, griff sie nach Max' Arm, um sich abzustützen. Marc joggte die Vordertreppe hinunter und gesellte sich zu den beiden. »Paps, belästigst du etwa unseren Gast?«

Amanda kam endlich wieder zu Atem und öffnete den Kofferraum. »Gut. Ihr Jungs könnt mir helfen, die Geschenke hineinzutragen.«

Die drei warfen einen Blick in den Kofferraum des Autos. Er war vollgepackt mit bunt verpackten Kartons.

Paps erklärte: »Du hättest uns keine Geschenke mitbringen müssen, Mädchen!«

Amanda errötete. »Habe ich auch nicht. Sie sind für Greg. Ich wollte, dass er Geschenke hat, die er auspacken kann, während alle anderen ihre Geschenke auspacken.«

»Mach dir darüber keine Sorgen, Mädchen! Er wird genug Geschenke bekommen. Und jetzt geh du nur rein und wärm dich auf. Überlass das schwere Heben uns Männern.«

Das tat sie nur zu gerne, auch wenn keines der Pakete schwer war.

Als sie das Haus betrat, wurden ihre Sinne überflutet. Der frische Duft des riesigen Tannenbaums im Wohnzimmer mischte sich mit dem unverwechselbaren Geruch eines Truthahns, der im Ofen brutzelte. Ein sanfter Schein von Kerzen erhellte den Raum. Sie betrachtete sie mit Sorge. Sie würde aufpassen müssen, dass Greg sie nicht umstieß und sich entweder am heißen Wachs verbrannte oder das Haus abfackelte. Sie war schockiert, als sie feststellte, dass sie wie eine Mutter mit einem kleinen Kind dachte – einem Kind, das sehr neugierig war und sich ständig für alles Mögliche interessierte.

Ein schallendes Lachen drang durch den Raum und unterbrach ihre Gedanken. Amanda hörte Gregs Quietschen. Sie folgte dem Geräusch in die warme Küche. Sie war erleichtert, als sie eine gut aussehende Frau Mitte fünfzig – keine junge und wunderschöne Ehefrau für Max – neben Greg stehen sah. Die Frau zeigte ihm, wie man den Truthahn beträufelte. Geduldig hielt sie seine zappelnde Hand fest, damit er die heißen Säfte nicht irgendwohin spritzte, wo sie nicht hingehörten.

»Okay, jetzt tritt zurück und lass mich den Truthahn

wieder in den Ofen schieben. Er muss noch eine Weile braten.«

»Tom«, äffte Greg. »Lecker!« Er drehte sich um und entdeckte Amanda. »Manda! Wir's werden Tom essen.«

»Das sehe ich. Tom sieht gut aus.«

»Lecker! Lecker in meinem Bauch.« Er rieb sich den Bauch und tanzte ein wenig, dann lachte er über seine eigene Albernheit.

Die ältere Frau trat vor. Nachdem sie sich die Hände an einem Geschirrtuch abgewischt hatte, reichte sie ihm eines. »Ich bin Mary Ann.« Sie schenkte Amanda ein warmes Lächeln. »Und Ron kennst du ja sicher schon.«

Amanda rieb sich die Rippen. »Ja, er, Marc und Max kamen raus, um mich zu begrüßen. Sie sehen sich sehr ähnlich.«

Mary Ann seufzte. »Der Apfel fällt nicht weit vom Stamm. Oder sollte ich lieber sagen, ein ganzer Sack voller Äpfel? Verflucht … ups, ich meine gesegnet mit drei Jungs. Alle sehen aus wie Ron. Zum Glück für sie ist ihr Vater ein gut aussehender Mann.« Sie winkte Amanda zu einem Stuhl an dem alten Dielentisch und setzte sich ihr gegenüber. »Sie sehen nicht nur aus wie er. Sie verhalten sich alle wie er. Dickköpfig. Besitzergreifend. Unerbittlich loyal. Wusstest du … ich darf dich doch duzen, oder? Wusstest du, dass Ron ein pensionierter Cop ist? Er hat in der gleichen Einheit gearbeitet, in der sie jetzt alle arbeiten. Dreißig Jahre lang! Und Rons Vater wurde im Dienst als Polizist getötet. Das liegt ihnen im Blut.«

Amanda erinnerte sich an das Bild, das sie in der Polizeiwache hängen gesehen hatte. Jetzt ergab es einen Sinn. Das war Max' Vater gewesen.

»Du hast Matt ja noch gar nicht kennengelernt. Er ist zu Hause, zumindest im Moment. Er ist ein Jarhead. Das waren sie alle. Weißt du, was ein Jarhead ist?«

Amanda versuchte nicht einmal, zu antworten, sondern schüttelte stattdessen nur den Kopf.

»Ein Marinesoldat. Er ist in der Reserve, aber ursprünglich wurde er in den Nahen Osten geschickt, um dort zu kämpfen. Er ist über die Feiertage zu Hause, aber in ein paar Wochen wird er wieder nach Übersee geschickt, für weiß Gott was auch immer. Ich hoffe nur, dass seine Mission bald zu Ende ist und er für immer nach Hause kommen kann. Eine Mutter kann nicht anders, als sich Sorgen zu machen.«

»Mutter!« Eine noch jüngere Version von Max, Ron und Marc betrat die Küche. Seine sehr vertrauten Augen fixierten Amanda auf ihrem Platz. Er sah aus, als wäre er ungefähr so alt wie sie.

»Na ja, kannst du es mir verübeln, Matt? Ich war bei jedem deiner Brüder beunruhigt, als sie gedient haben. Warum sollte ich das bei dir nicht auch tun? Vor allem, weil du in einem dieser gottverlassenen Länder bist.«

»Komm schon, Mom!«, bellte Matt. »Ich bin nur für eine kurze Zeit zu Hause. Lass es uns nicht verderben!«

»Ich wünschte, ihr würdet sesshaft werden, heiraten und mir ein paar Enkelkinder schenken.«

Ein kollektives Stöhnen war aus dem anderen Zimmer zu hören. Amanda unterdrückte ein Lachen. Mary Ann schniefte und warf das Geschirrhandtuch auf den Tisch. Sie packte Greg an der Hand. »Komm, mein Junge! Lass uns die Geschenke auspacken.«

»Ja, Geschenke. Viele Geschenke!«, rief er.

»Das beste Geschenk, das eine Mutter bekommen kann, sind ein paar Hochzeiten und …«

Das Gebrüll von »Mutter!« betäubte den Raum noch ein zweites Mal.

. . .

Max sah Greg dabei zu, wie er mit Begeisterung das bunte Geschenkpapier von einem weiteren Geschenk abriss. Gregs Aufmerksamkeitsspanne war kurz; sobald er ein neues Geschenk öffnete, vergaß er, was er zuvor geöffnet hatte. Aber er würde mit einer ordentlichen Beute nach Hause gehen.

Max erinnerte sich an die Zeit, als er ein Junge gewesen war und sich bestimmte Geschenke wünschte. Seine Eltern hatten ihm meistens genau das geschenkt, was er sich gewünscht hatte – natürlich alles in Maßen. Jetzt wusste er, wo all die Briefe an den Weihnachtsmann gelandet waren – in der Tasche seines Vaters, bevor Ron zum Weihnachtsshopping ging. Seine Eltern hatten immer einen Weg gefunden, ihre Söhne nicht zu enttäuschen, auch wenn sie nie reich waren.

Liebe war im Hause Bryson immer wichtiger gewesen als Geld. So war es auch jetzt noch.

Sein Vater lümmelte in seinem Lieblingssessel und versuchte, beide Augen offenzuhalten, verlor aber gelegentlich den Kampf. Seine Mutter schwebte über Amanda und Greg. Ihre Augen leuchteten vor Freude, während sie dich mit *uuuhs* und *aaaahs* über die endlosen Geschenke des Jungen freute, was Greg noch mehr begeisterte. Max konnte sehen, dass seine Mutter es genoss, wieder ein Kind im Haus zu haben, auch wenn das *Kind* schon Anfang zwanzig war.

Als er seiner Mutter erzählt hatte, dass er sowohl Amanda als auch Greg zu den Feiertagen eingeladen hatte, war Mary Ann ganz aus dem Häuschen gewesen. Sie war sofort losgerannt, um weitere Geschenke zu kaufen. Seine Mutter machte keinen Hehl daraus, wie schön es wäre, eine weitere Frau im Haus zu haben. Sie sagte immer wieder, dass sie es satthatte, die einzige Frau zu sein, die von einem Haufen dickköpfiger Männer umgeben war.

Max musste bei dem Gedanken lachen. Plötzlich war er im Mittelpunkt der Aufmerksamkeit aller.

»Ist irgendetwas lustig, Bruder?«, fragte Matt. Matt war viel zu ernst geworden, seit er im Ausland war. Max hoffte, dass er bald wieder klarer sehen könnte. Sein jüngerer Bruder war seit seiner Rückkehr nach Hause launisch und still.

»Nein, nichts.« Max war froh, dass endlich etwas die intensiven Blicke seiner beiden Brüder von der attraktiven Frau, die sich mit seiner Mutter unterhielt, abgelenkt hatte.

Aber es dauerte nicht lange. Als Amanda aufstand, um den Müllberg aufzusammeln, den Greg mit seinem Geschenkpapier-Massaker angerichtet hatte, bewunderten alle männlichen Augen – auch die seines Paps' – wieder den knackigen Hintern in dem kurzen Rock. Und als sie sich bückte …

Max hustete heftig, was die Aufmerksamkeit seiner Brüder erneut auf sich zog, und warf ihnen dann einen gezielten finsteren Blick zu. Er hätte ihr nie sagen dürfen, dass sie diesen Rock tragen sollte. Sein Fehler.

Seine Mutter runzelte die Stirn über das laute Geräusch. »Geht es dir gut, Max? Wirst du krank?« Sie eilte herbei und legte ihm den Handrücken auf die Stirn.

Ob es ihm gut ging? Na ja, wenn sie es genau wissen wollte …

»Mir geht's gut.«

»Du fühlst dich schrecklich warm an.«

»Ich glaube nicht, dass Max krank wird, Mom«, mischte sich Marc grinsend ein. »Es gibt einen anderen Grund, warum er ein bisschen aufgeheizt ist.«

»Ach? Welchen Grund denn?«

»Mutter, das Feuer hier drin ist nur ein bisschen warm«, beschwichtigte Max sie.

Amanda richtete sich auf, nachdem sie das Geschenkpapier in den Kamin geworfen hatte. »Entschuldige, ich dachte, ihr habt gesagt, ich soll das Papier ins Feuer werfen.«

Ron knallte seinen Sessel in eine aufrechte Position, ein beeindruckendes Geräusch, bei dem sich die Wirbelsäulen aller Brüder aus purer Gewohnheit aufrichteten. »Alles in Ordnung, Mädchen. Mach einfach so weiter wie bisher und ignoriere diese … *Jungs*.«

Max sprang auf, bevor Amanda die Gelegenheit hatte, sich wieder zu bücken. Sein gewürgtes »Ich mach das schon« kam etwas zu laut heraus. Er drängte sie zurück zur Couch. »Setz dich und entspann dich! Du bist unser Gast.«

Das Lachen der Männer im Raum ignorierend sammelte er das zerknüllte Papier ein und warf es in die Flamme. Er war kurz fasziniert von den Farben des Feuers, als das Papier verbrannte.

»Das ist das wahre Leben«, gurrte Mary Ann, als sie sich neben Amanda auf die Couch setzte. Sie tätschelte ihr Knie. »Was für ein schöner Feiertag. Meine Jungs sind hier, alle zusammen und zum Glück gesund. Und jetzt hat einer von ihnen sogar ein Mädchen mit nach Hause gebracht.«

Max stöhnte auf.

Matt schnitt eine Grimasse. »Mom, wir sind keine fünfzehn.«

»Ich weiß. Genau das sage ich ja auch. Es wird Zeit, dass ihr Jungs euch niederlasst und darüber nachdenkt, ein paar Kinder zu …«

»Mary, ich glaube, es riecht verbrannt«, unterbrach Ron schnell.

Mary Ann sprang auf und eilte mit einem besorgten Blick in die Küche.

Alle drei Brüder stießen gleichzeitig einen erleichterten Seufzer aus. Amanda lachte über das offensichtliche Unbehagen, das die Männer bei diesem Thema hatten.

Ron lächelte. »Wisst ihr, Jungs, manchmal fühle ich

euren Schmerz. Wie auch immer, komm mal her, Mädchen!« Er tätschelte die Armlehne des Sessels.

Amanda erhob sich gehorsam von der Couch, und als sie näher kam, legte Ron einen Arm um ihre Taille und drückte sie leicht. Mit der anderen Hand griff er zwischen die Polster des Sessels. Er zog eine lange schwarze Samtschachtel heraus.

»Was hältst du hiervon? Glaubst du, sie wird ihr gefallen?« Er öffnete die Schachtel und enthüllte eine schlichte, aber elegante goldene Halskette, an der drei Edelsteine in verschiedenen Farben baumelten.

»Sie ist wunderschön«, flüsterte Amanda.

»Jeder Edelstein steht für den Geburtsmonat dieser dickköpfigen Jungs.«

»Wow, dann wird sie es lieben.«

Max näherte sich und lehnte sich über Amandas Schulter, um in die Schachtel zu schauen. »Sehr schön, Paps. Wann wirst du es ihr geben?«

»Später, wenn sich der ganze Tumult gelegt hat.« Ron räusperte sich grob. »Wenn wir allein sind.«

»Das finde ich sehr romantisch«, antwortete Amanda.

Noch mehr Röte kroch über die ohnehin schon rötlichen Wangen seines Vaters. Max war sprachlos. Das musste das erste Mal sein, dass er seinen Vater erröten sah. Er begegnete Amandas Blick über den Kopf seines Vaters hinweg.

»Ich habe etwas für dich.« Er packte ihr Handgelenk, befreite sie aus Rons Umarmung und führte sie zurück zu der bequemen Couch.

»Max, ich habe dir nichts mitgebracht.«

»Das macht nichts. Ich habe auch nichts erwartet.«

»Aber …«

»Willst du etwas Privatsphäre, Max?«, mischte sich Matt ein.

Er runzelte die Stirn über seine sich einmischenden Brüder. Er wollte Marc das lächerliche Grinsen aus dem

Gesicht wischen. »Hör zu, es ist keine große Sache.« Er ging zum Baum, um ein rechteckiges Geschenk unter den duftenden Ästen hervorzuholen. Max reichte ihr das hübsch verpackte Geschenk.

Greg quietschte vor Freude, als er ein weiteres ungeöffnetes Geschenk sah und setzte sich schnell neben seine Schwester. »Lass' mich aufmachen …«

»Greg«, sagte Max geduldig. »Das hier ist für deine Schwester. Warum lässt du sie es nicht aufmachen?«

Greg antwortete, indem er seine Unterlippe vorschob.

Marc mischte sich ein. »Greg, komm rüber zum Feuer und zeig mir die neuen Comics, die du bekommen hast«.

Greg grinste und eilte zu Marc hinüber und vergaß seine Schwester dabei schnell.

Max würde sich später bei seinem Bruder bedanken müssen − auch wenn es das Mindeste war, was Marc für seine Klugscheißerei tun konnte. Max ließ sich neben Amanda auf die Couch sinken. »Mach es auf!«

Amanda öffnete zögernd das Papier und entdeckte ein dickes Hardcover-Buch. Es war ein Fachbuch über den Umgang mit geistig behinderten Erwachsenen.

Sie sah auf und begegnete Max' Augen. Er verfluchte sich selbst. Es war dumm von ihm, ihr dieses Geschenk zu machen. Er hätte ihr etwas Schöneres schenken sollen. Etwas Persönlicheres. Etwas …

»Sehr romantisch, Max. Super gemacht«, mischte sich Matt sarkastisch ein.

»Nein, es ist nett. Danke.« Amanda beugte sich vor, legte eine Hand auf seinen Oberschenkel und küsste ihn auf die Wange. Ihre Hand verweilte nur eine Sekunde länger als nötig.

Max spürte die Anspannung in seiner Leiste und die Hitze dort, wo ihre Hand gewesen war. Er wollte mehr als ein Küsschen auf die Wange oder ein Streicheln ihrer Hand über seinen Oberschenkel. Wäre seine Familie nicht anwesend gewesen, hätte er sie in eine Umarmung gezwängt, um ihr zu zeigen, was er ihr wirklich geben wollte. *Verdammt!* Das war keine besonders *weihnachtliche* Vorstellung.

Mary Anns Stimme unterbrach seine unzüchtigen Gedanken. »Das Essen ist fertig!«

Marc führte Greg weg, und Matt kam herüber und bot seinen Arm an, um Amanda in den Speisesaal zu begleiten. Max blieb sitzen; er konnte sich nicht bewegen, bis er wieder Kontrolle über seinen Geist und seinen Körper hatte.

Amanda machte ihn höllisch geil.

Ron kam zu ihm und klopfte ihm auf den Rücken. »Das ist schon in Ordnung, mein Sohn. Du hast alle Zeit der Welt, um das Mädchen zu beeindrucken. Heute sollte es eben einfach nicht sein.«

Sein Vater lachte, während er wegging.

ES WAR SPÄT. Ihr Magen war schmerzlich überfüllt. Greg döste in seinem neuen NASCAR-Pullover und seiner Baseballmütze am Feuer. Amanda fragte sich, ob sie ihn jemals wieder aus diesen Klamotten herausbekommen würde.

Die Männer hatten die lächerliche Anzahl von Geschenken, die Greg erhalten hatte, zum Auto getragen und waren dann verdächtig schnell verschwunden.

Max trampelte den frisch gefallenen Schnee von seinen Füßen, bevor er wieder ins Haus kam. Sie wartete an der Eingangstür auf ihn.

»Ich habe den Schnee vom Auto gefegt und es gestartet, damit es warm wird.«

»Danke«, murmelte sie, während er ihr in ihre Kunstfelljacke half.

»Ich kann dir nach Hause folgen.«

»Nein, das ist schon okay. Ich möchte dir keine Umstände machen.«

»Das ist kein Problem. Ich fahre sowieso nach Hause.«

»Oh, du wohnst nicht hier?«

Max gluckste und neigte ihr Gesicht zu seinem. »Ich wohne nicht mehr bei meinen Eltern, seit ich achtzehn bin. Ich habe ein Haus näher an der Stadt.« Er strich mit dem Daumen über ihre Unterlippe. »Ich bin froh, dass du gekommen bist.«

»Das bin ich auch.«

Er deutete auf etwas über ihrem Kopf. Sie hob ihren Blick zu dem berühmt berüchtigten Mistelzweig, der über ihr hing.

Sie zog die Augenbrauen hoch. Wollte er sie küssen? Hier? Im Haus seiner Eltern?

Ihre Augenlider glitten zu, als er den Kopf senkte.

O ja. Er wollte sie küssen. Daran bestand kein Zweifel.

Ihr Herz hämmerte.

Sie sollte es nicht zulassen; ihr Verstand sagte ihr, dass das keine gute Idee war. Doch ihr Körper sagte etwas anderes.

Sein warmer Atem streichelte ihre Lippen und vermischte sich mit dem ihren. Sie wartete. Und wartete. Ihre Augenlider flatterten wieder auf; die Intensität seiner eisblauen Augen bohrte sich in sie. Sie versuchte zu sprechen, aber er zerdrückte ihre Lippen schnell mit seinen. Er neigte den Kopf und verschmolz seine Zunge mit ihrer. Sie griff nach oben, um in sein Hemd zu greifen.

Oh! Ja!

Er fuhr mit seinen Fingern in ihre langen kastanienbraunen Wellen und zog sie noch näher an sich heran. So schnell, wie es begonnen hatte, löste er sich auch wieder von ihr und legte seine Stirn an ihre, während sie beide leise nach Luft schnappten.

Das war noch besser, als sie es sich vorgestellt hatte.

Amanda löste ihre Finger aus dem Hemd und strich mit ihrer Hand über seine breite Brust, zu seiner schmalen Taille und tiefer … Max packte sie am Handgelenk, fest.

»Es fällt mir ohnehin schon schwer, mich zu beherrschen.«

Sie nickte leicht, berührte ihre Lippen mit zittrigen Fingern und wandte sich dann ab. Sie ließ ihn stehen und ging los, um Greg zu wecken und ihn in seinen schweren Wintermantel zu wickeln. Max stand weiterhin starr an der Haustür und beobachtete schweigend, wie sie das Haus verließen. Mit zitternden Beinen trat sie hinaus in den Schnee.

Sie hielt Gregs Hand fest, um ihn über den rutschigen Gehweg zum Auto zu führen. Das Mondlicht, das sich im Schnee spiegelte, beleuchtete ihren Weg.

Ein heftiger Schauer lief ihr den Rücken hinauf.

Amanda wollte glauben, dass es an der Kälte lag. Aber sie wusste es besser.

Kapitel Sechs

ALS AMANDA DIE STRASSE HINUNTERFUHR, wurde ihr klar, dass sie das Angebot von Max, sie nach Hause zu begleiten, hätte annehmen sollen. Es hatte etwas mehr geschneit, als sie dachte. Bis jetzt war sie zwar durch ein bisschen Pulver gefahren, aber nicht durch richtigen Schnee.

Als sie auf die Hauptstraße kam, geriet sie noch mehr in Panik. Die Straßen waren nicht geräumt. Nicht einmal mit Salz gestreut.

Sie hoffte, dass der Buick es nach Hause schaffen würde. Auf keinen Fall wollte sie wie ein Feigling umdrehen und zum Haus der Brysons zurückfahren. Sie würde sich einfach Zeit lassen.

Sie warf einen kurzen Blick auf Greg, bevor sie ihre Aufmerksamkeit wieder auf die Straße richtete und sich konzentrierte. Wenigstens war er wieder eingeschlafen und würde sie nicht wegen ihrer Fahrweise ärgern.

Die Fahrt zur Farm vorhin hatte nur etwa fünfundzwanzig Minuten gedauert. Und jetzt waren bereits fünfundvierzig Minuten vergangen, und sie war immer noch nicht zu Hause.

Jedes Mal, wenn das hintere Ende des Wagens ins

Rutschen geriet, unterdrückte sie ein Quietschen. Sie wollte Greg nicht aufwecken.

Wie aus dem Nichts tauchten plötzlich Scheinwerfer hinter ihr auf. Sie waren so nah dran, dass sie sie fast abdrängten. Die Lichter waren hoch, wie die eines Trucks, und ihr greller Lichtstrahl im Rückspiegel schmerzte in ihren Augen. Sie wollte die Person um sich herum winken, aber sie hatte Angst, eine Hand vom Lenkrad zu nehmen.

Dann begann das Hupen, das sie zusammenzucken ließ. Es gab keinen Verkehr aus der entgegengesetzten Richtung – warum überholten die nicht einfach?

Der Truck fuhr um sie herum und dann neben ihr her. Sie warf einen flüchtigen Blick zu ihm hinüber.

Max.

Sie wusste nicht, ob sie erleichtert oder genervt sein sollte. Er hätte sie nicht so erschrecken dürfen.

Er fuhr sein Beifahrerfenster herunter und sie konnte gerade so verstehen, wie er ihr zurief, sie sollte anhalten oder rechts ranfahren.

Sie tat es. Sie trat auf die Bremse und der Buick rutschte zehn Meter weit, bevor er schief in der Mitte der Straße zum Stehen kam.

Max stellte seinen Wagen hinter ihr ab und kam auf das Auto zu.

Er blieb einen Moment davor stehen, und als sie sich nicht rührte, klopfte er mit an die Scheibe.

»Mach dein Fenster runter!«

Amanda löste den schmerzhaften Griff am Lenkrad und drückte den Knopf für das elektrische Fenster.

Er lehnte sich ins Auto. »Was treibst du da?«

Sie warf ihm einen scharfen Blick zu. »Ist das nicht offensichtlich? Ich fahre nach Hause.«

»Du bist nicht mal zehn Kilometer pro Stunde gefahren.«

»Oh.«

»Amanda, hier draußen liegen nicht mal drei Zentimeter Schnee.«

»Wirklich?«

Sie hörte sein Lachen. Sie fand das nicht lustig. Nur nicht mal drei Zentimeter? Es hatte sich wie dreißig angefühlt. *Scheiße!*

»Ich schätze, du bist noch nie im Schnee gefahren.«

»Nicht, bevor ich hierherkam.«

»Zum Teufel, der Winter hat noch nicht mal richtig angefangen.«

Super.

»Ich sag' dir was! Ich werde meinen Truck parken und den Buick für dich nach Hause fahren.« Er nickte Greg zu. »Ich will ihn nicht aufwecken, nur damit ich ihn in meinen Truck verfrachten kann.«

Und dann tat er, was er sagte. Ohne eine Antwort von ihr abzuwarten, ging er zurück zu seinem Fahrzeug, parkte es abseits der Straße auf einem Feld, kam zurück und ließ sie auf dem Rücksitz Platz nehmen, da Greg auf dem Beifahrersitz schlief.

Er fuhr das Auto wortlos zu ihrem Haus zurück, aber sie konnte sein Grinsen und die Blicke, die er ihr immer wieder zuwarf, im Rückspiegel sehen. Er fand es bestimmt lustig, dass sie nicht im Schnee fahren konnte. Sie war eben nur eine hilflose Frau.

Mit ernstem Gesicht zeigte sie ihm den Stinkefinger und rutschte in die Ecke des Rücksitzes, damit er sie nicht mehr sehen konnte. Ein leises Kichern kam vom Fahrersitz.

Sie schaute aus dem Fenster und bemerkte, dass sie bereits in ihre Einfahrt fuhren. Er betätigte den Garagentoröffner und fuhr das Auto hinein, bevor er die Zündung ausschaltete und das Garagentor wieder schloss.

Er stieg aus, ging auf die Beifahrerseite und weckte Greg vorsichtig auf. Dann half Max ihm aus dem Auto. Amanda blieb auf dem Rücksitz sitzen und beobachtete, wie der

Mann ihren Bruder ins Haus brachte. Max hatte eindeutig eine Schwäche für Greg. Sie musste zugeben, dass in ihm mehr steckte, als sie erwartet hatte. Nach außen hin war er nichts als professionell, aber im Inneren? Er war jemand, der sich genug sorgte, um Greg und sie zu Weihnachten zu seiner Familie einzuladen und sich danach darum zu kümmern, dass sie sicher nach Hause kamen. Beides hätte er nicht tun müssen. Aber das hatte er.

Doch sie wollte sich auf niemanden verlassen, außer auf sich selbst. Sie musste unabhängiger werden. Wie sollte sie das erreichen, wenn er ständig eingriff, um ihren Arsch zu retten?

Sie war die meiste Zeit ihres Lebens abhängig gewesen. Jetzt musste sie das genaue Gegenteil sein.

Aber so sehr es sie auch ärgerte, dass er sie nach Hause fahren musste, war sie doch erleichtert, dass er es getan hatte. Allerdings hatte sie nicht vor, ihm das zu sagen. Sie wollte nicht, dass er dachte, er könnte sich einmischen, wann immer er wollte.

Keine fünf Minuten später kam Max zurück in die Garage und starrte sie durch das Autofenster an. »Willst du die ganze Nacht da drin sitzen?«

Sie zuckte leicht mit den Schultern.

Er öffnete die Hintertür und schlüpfte neben ihr hinein.

»Amanda …«

»Du denkst, ich bin hilflos, oder?«

Er warf ihr einen überraschten Blick zu. »Wie kommst du darauf?«

»Ich hätte selbst nach Hause fahren können.«

»Okay«, sagte er vorsichtig. »Und was willst du damit sagen?«

»Ich will damit sagen, dass *ich* uns nach Hause hätte bringen sollen. Ich hätte deine Hilfe nicht brauchen sollen. Ich muss lernen, die Sachen selbst zu erledigen. Wie zum Beispiel bei leichtem Schneefall zu fahren.«

»Wirklich? Denn bei dem Tempo, mit dem du gefahren bist, wärst du noch kilometerweit von hier entfernt.« Er fuhr mit seinen Fingern an ihrem Kinn entlang und schob ihr eine Haarsträhne hinters Ohr. »Sei nicht so hart zu dir selbst! Ja, du solltest auf jeden Fall in der Lage sein, im Schnee zu fahren, aber verdammt, heute Nacht war keine gute Nacht zum Üben. Vor allem, weil Greg im Auto saß. Ich kann dir helfen, es zu lernen, wenn du willst.«

Amanda presste die Lippen zusammen und schaute aus dem gegenüberliegenden Fenster, weg von ihm. Er mischte sich schon wieder ein.

Sie fühlte sich zwar geschmeichelt, dass er ihr helfen wollte, aber ... sie wollte auf ihren eigenen Füßen stehen und nicht von einem Mann gestützt werden. Max packte ihr Kinn und drehte ihr Gesicht zu sich. »Amanda. Ich wollte nur helfen. Das ist mein Job.« *Ich bin hier, um zu schützen und zu dienen.*

Sie löste ihr Kinn aus seinen Fingern und sah ihm in die Augen. »Ich bin nicht dein Job«, flüsterte sie.

Er sagte einen Moment lang nichts, sondern sah sie nur an. Sie konnte ihn nicht lesen. Sie wollte wissen, was er dachte.

Er streckte eine Hand aus und ergriff dann schnell ihr Handgelenk. Er zog es zu seinem Mund und streifte mit seinen Lippen sanft ihren Puls.

»Ich weiß«, sagte er schließlich.

Sie schloss ihre Augen angesichts der Hitze, die sie in seinem Blick sah.

»Amanda ... sieh mich an!«

Sie öffnete die Augen und murmelte: »Du kommst nicht mehr nach Hause.«

»Das ist mir egal.« Er drückte seine Lippen auf ihre Finger.

»Ich ... ich habe vergessen, dir zu danken, dass du uns heute eingeladen hast ...« Er stoppte ihre Worte mit einem

Daumen auf ihren Lippen. Dann strich er über ihre Unterlippe, über ihren Kiefer und fuhr mit den Fingern in ihr Haar. »Und …« Sie seufzte. »Und dafür, dass du uns nach Hause gefahren hast.«

»War mir ein Vergnügen.«

Er ballte eine Faust, packte ihr Haar und zog ihren Kopf nach hinten, sodass ihr Hals frei lag. Er beugte sich vor und knabberte an ihrer Kehle. Seine warme Zunge streichelte ihre Haut.

Sie keuchte, als sich Nässe zwischen ihren Beinen sammelte. Ihre Brüste sehnten sich nach seiner Berührung. Sie wollte ihn tief in sich spüren.

Er knabberte am Ausschnitt ihres Pullovers und an den Vertiefungen ihres Schlüsselbeins entlang.

Plötzlich setzte er sich aufrecht hin und zog sie unsanft auf seinen Schoß. Ihr Minirock spannte sich um ihre Hüften, während sie auf ihm mit gespreizten Beinen auf dem Rücksitz des langweiligen Buicks saß.

Nur war er im Moment gar nicht so langweilig.

Die harte Linie seines Schwanzes zeichnete sich deutlich in seiner Jeans ab. Sie spürte, wie er sich an ihre sensible Hitze schmiegte, da ihre dünne Strumpfhose keinerlei Schutz bot.

Max fuhr mit seinen Händen über ihren Rücken und schob sie unter ihren weichen Pullover. Die Rauheit seiner Finger auf ihrer erhitzten Haut brachte sie dazu, sich ein wenig gegen ihn zu stemmen.

»Fuck«, stöhnte er und schob sich selbst ein wenig hoch.

Er griff weiter oben an ihrem Rücken entlang, um ihren BH zu öffnen, und schob dann mit seinen Händen die Vorderseite ihres Pullovers und ihren BH nach oben, sodass er ihre Brüste sehen konnte.

»Perfekt«, flüsterte er.

Sie wollte seinen Mund auf sich spüren. Sie wollte, dass er an ihr saugte. Dass er jeden Nippel in den Mund nahm und fest an ihm zerrte. Sie wollte, dass er an ihr knabberte und sie küsste …

Amanda griff nach seinem Gesicht und riss seinen Blick von ihren Brüsten los. Seine Lider waren nur noch auf halber Höhe und seine Augen unleserlich. Mit einem Stöhnen eroberte sie seinen Mund. Ihre Lippen pressten sich aufeinander, ihre Zungen kämpften, und sie hielt sein Gesicht fest umklammert, ließ ihn nicht los, ließ ihn nicht entkommen.

Er fand ihre beiden Nippel mit seinen Fingern und zwickte sie. Er zog, kniff und drehte sie, sodass sie sich auf seinem Schoß krümmte.

Sein Schwanz war hart, seine Jeans rau und scheuerte durch ihre Strumpfhose und ihr Höschen, aber das war ihr egal. Es fühlte sich gut an. Sie presste sich noch fester gegen ihn. Sie dachte, sie hätte ein Reißen gehört. Aber auch das war ihr egal.

Alles, was sie in diesem Moment wollte, war, ihm näherzukommen. Ihn zu verschlingen. Die Kontrolle über seinen Mund zu erlangen, während ihre Lippen sich berührten. Sie zog sich zurück, nur um zu sagen: »Härter!«

Er tat, was sie verlangte. Er drückte ihre Nippel härter, zog härter, drehte härter.

Sie musste seinen Mund freigeben. Sie musste ihn loslassen, während sie gegen seinen Hals keuchte. Sie erschauderte gegen ihn, wippte mit den Hüften und spürte seinen harten Schwanz so nah, aber trotzdem nicht nah genug.

Immer noch mit ihrem Gesicht an seiner Schulter vergraben, griff sie nach dem Druckknopf an seiner Jeans und zog daran. Er gab problemlos nach, aber der Reißverschluss hielt standhafter. Der Druck seines Schwanzes machte es schwierig, den Reißverschluss zu öffnen.

Bevor sie etwas sagen konnte, hatte er seine großen Hände auf ihren Hüften und hatte sie unter sich auf den Rücksitz geworfen. Max ließ sich zwischen ihren Beinen nieder und hielt ihre Handgelenke fest, um sie stillzuhalten.

»Weißt du eigentlich, was du da forderst?«

Natürlich!, wollte sie schreien. Aber stattdessen würgte sie nur ein »Ja!« hervor.

Er packte ihre Handgelenke fester und streckte ihre Arme über ihren Kopf. »Magst du es hart?«

Amandas Herz setzte einen Schlag aus. »O ja.«

Max' Lächeln wurde breiter.

Sein Handy, das er vorhin auf das Armaturenbrett geworfen hatte, trällerte eine unerträgliche Country-Melodie.

Max runzelte die Stirn, rührte sich aber nicht.

Amanda zog an ihren Handgelenken und drückte sich gegen ihn, um ihn daran zu erinnern, was sie gerade vorhatten. Sie wollte, dass er weitermachte.

Die Melodie hörte auf und das Telefon piepte, um eine Voicemail-Nachricht zu signalisieren.

Max' eisblaue Augen fixierten sie. Er nahm ihre beiden Handgelenke in eine Hand und bewegte die andere zwischen ihnen, bis er das Loch in ihrer Strumpfhose fand, das an einer *sehr* günstigen Stelle entstanden war. Genau zwischen ihren Beinen.

Er grub seine Fingerspitzen in das Loch und zog, sodass es größer wurde und er mehr Zugang zu dem hatte, was darunter lag. Er schob seine Finger so weit in ihre Strumpf-hose, dass er ihr Höschen zur Seite schieben konnte, und tauchte dann mit zwei Fingern tief in sie ein. Seine Finger trafen auf keinen Widerstand. Sie war feucht und heiß.

»Du bist verdammt feucht«, sagte er zwischen zusam-mengebissenen Zähnen. »So gottverdammt feucht. Verfluchte Scheiße!«

Amanda keuchte vor Erregung, als seine Finger in sie eindrangen und wieder aus ihr herauskamen. Das war noch nicht genug. »Meinst du, du bist Manns genug für mich?«

Plötzlich hielt er inne. Ein leichtes Zögern. Sie hatte ihn überrumpelt.

»Baby, ich bin alles, was du jemals brauchen wirst.«

»Dann zeig es mir!«

Max' Handy dröhnte wieder diese dämliche Melodie und ließ ihn einen Fluch ausstoßen. Er riss sich von ihr los und schnappte sich sein Handy. »Was, Marc?«

Amanda holte tief Luft. Sie versuchte, sich zu sammeln. Was taten sie da? Sie lagen auf dem Rücksitz des Autos, das in der Garage geparkt war. Und Greg war direkt über ihnen.

»Ja, mir geht es gut … Nein, ich habe meinen Truck dort gelassen … Ich habe ihn nicht geschrottet … Amanda brauchte Hilfe, um nach Hause zu kommen.«

Amanda versteifte sich und zog ihre Knie an, wodurch Max das Gleichgewicht verlor. Er musste komplett von ihr hinuntergehen, um sein Gespräch zu beenden.

»Äh. Ich schätze ja … Okay. Wie bald? Bist du?« Amanda beobachtete, wie Max sich anspannte und nervös mit der Hand durch sein kurzes Haar fuhr. »Klar.« Max betätigte den Beenden-Knopf mit mehr Druck als nötig und drehte seinen Kopf, um Amanda anzuschauen. »Marc parkt in deiner Einfahrt.«

»Was?« Sie setzte sich schnell auf und richtete ihren Minirock und das, was von ihrer Strumpfhose übrig war.

»Er hat gesagt, wenn ich nicht in fünf Minuten draußen bin, kommt er rein.« Er runzelte die Stirn. »Ich werde ihn umbringen.«

Amanda schloss ihren BH wieder, schob ihre Brüste zurück in die Körbchen und zog ihren Pullover herunter. »Warum ist er hier?«

»Er hat meinen verlassenen Truck auf dem Feld gesehen und sich Sorgen gemacht. Er hat in der Nähe zwei Spuren im Schnee gesehen und dachte, dein Auto sei das zweite Fahrzeug.«

»Oh. Tja, Scheiße.«

»Scheiße ist das richtige Wort. Er fährt mich zurück zu meinem Truck.«

»Oh!«

»*Heilige Scheiße.* Ist das alles, was du sagen kannst?« Er griff in seine Jeans und rückte sie zurecht, bevor er sie mit dem Reißverschluss und dem Schnappverschluss schloss. Seine Bewegungen waren ruckartig und seine Kiefer verkrampft. Sie fragte sich, auf wen er wütend war. Auf sie? Marc? Auf sich selbst?

»Was willst du von mir hören?«

»Dass du enttäuscht bist?«

»Ich …« *Bin enttäuscht. Ich will dir das Hirn rausvögeln. So … bist du jetzt zufrieden?* »Na ja, vielleicht ist es besser so.«

Er schaute sie ungläubig an. »Besser so?«

»Guck uns an! Wir liegen auf dem Rücksitz eines Autos. Wir mögen uns nicht einmal wirklich.«

»Tun wir nicht?«

»Na ja, nein. Ich finde, du bist viel zu herrisch, und du hältst mich für unverantwortlich und unreif.« Ausreden, Ausreden. Aber sie ließ sich nicht anmerken, wie enttäuscht sie wirklich war.

»Amanda …«

Max' Telefon klingelte wieder und er drehte sich um, während er seinen Bruder von oben bis unten verfluchte. Er stieß die Tür auf und kletterte aus dem Auto. Er schnappte sich seinen Mantel, den er vorhin ausgezogen hatte, und stopfte seine Arme in die Ärmel.

»Wir reden später weiter. Ich muss erst noch einen Mord begehen.«

»Frohe Weihnachten«, rief sie. Das Zuschlagen der Seitentür zur Garage war ihre Antwort.

Heute Nacht würden ihre Träume zur Folter werden.

Kapitel Sieben

Ihr Einkaufswagen quoll fast über. Gläser mit Erdnussbutter, kiloweise Butter, Tüten mit Mehl, Eier, Milch … Amanda schaute auf ihre Liste. Sie musste noch in der Fleischabteilung vorbeischauen. Sie hatte einen Dampfkochtopf aus dem Schrank gekramt, nachdem sie ein einfaches Rezept gefunden hatte, das sie mit dem Schongarer ausprobieren wollte. Es enthielt nur eine Handvoll Zutaten und nicht viel Vorbereitung. Damit konnte sie umgehen. Aber das Einkaufen, das war …

Ihre Einkaufsliste war drei Seiten lang – beidseitig. Sie hatte bereits fünfundvierzig Minuten in diesem Supermarktriesen verbracht. Sie konnte sich nicht ausmalen, wie hoch die Rechnung sein würde, wenn sie zur Kasse kam.

Und zu allem Überfluss hatte sie sich einen Wagen mit einem defekten Rad ausgesucht. Alle paar Meter blieb er stecken und quiekte wie ein eingeklemmtes Schwein, wenn sie weiter schob. Sie biss die Zähne zusammen.

Das Rad blockierte erneut, als sie versuchte, um die Ecke in den nächsten Gang zu fahren. Sie schob fester, das Rad löste sich abrupt und der Wagen entwischte ihrem Griff.

Sie zuckte zusammen, als sie frontal mit dem Wagen einer anderen Einkäuferin zusammenstieß. Nachdem die andere Frau ihr einen bösen Blick zugeworfen hatte, entschuldigte Amanda sich mehrmals. »Es tut mir so leid. Das verdammte Rad hat geklemmt.«

Die genervte junge Mutter drückte das Kleinkind an ihrer Seite fester an sich. Sie sah aus, als würde sie Amanda gleich die Meinung geigen.

»Ich werde wohl einen Unfallbericht aufnehmen müssen. Muss der Rettungsdienst gerufen werden?« Max rollte seinen Wagen neben die *Unfallstelle*. Für Amanda sah es so aus, als wäre der Rettungsdienst bereits eingetroffen.

»Schon okay, Mrs. Leonard. Ich übernehme ab hier. Sie können gehen.« Er beugte sich zu dem Kleinkind hinunter und kitzelte es unter dem Kinn. »Und du auch, Jessie.«

Mrs. Leonard hob ihr Kind hoch und setzte es in den Wagen. Als sie wegrollte, brummte die Frau: »Sie sollten ihr einen Strafzettel wegen rücksichtslosem Fahrens ausstellen, Max.«

Max schenkte Mrs. Leonard ein freundliches Lächeln. »Das werde ich tun.« Dann richtete er seine Aufmerksamkeit auf Amanda, wobei sein Lächeln ein wenig nachließ.

»Was machst du hier?«, fragte sie ihn. Amandas Wangen glühten. Was für eine dumme Frage.

»Einkaufen?« Er musterte den Inhalt ihres Wagens. »Was machst *du* hier? Eröffnest du ein Restaurant?«

»Nein. Ich arbeite an ein paar Rezepten und brauche ein paar Zutaten. Ich habe einen Haufen Kochbücher bei einem Kirchenverkauf ergattert.«

Er schnappte sich ein Glas mit Erdnussbutter. »Wie man sieht. Zehn Gläser Erdnussbutter? Du backst bestimmt noch mehr von deinen tollen Erdnussbutterkeksen. Die kannst du gerne jederzeit beim Revier vorbeibringen. Wir fanden sie alle superlecker.«

»Ähm, klar, das mache ich.« Die Hitze, die eine Sekunde

zuvor ihre Wangen verlassen hatte, kehrte mit voller Wucht zurück. Sie musste das Thema wechseln. Sie sah sich seinen Einkaufswagen an. Gemüsesaft, *gesunde* Tiefkühlgerichte, verschiedene Obstsorten und eine Gallone Magermilch füllten den Wagen kaum aus. Kein einziger Donut war auf dem Speiseplan dieses Cops zu finden. »Achtest du auf dein Gewicht?«

»Ich achte immer auf meine mädchenhafte Figur«, scherzte Max.

Für Amanda war seine Figur nicht schlecht. Alles andere als schlecht. Seine harten Linien und maskulinen Winkel sahen geradezu …

»Amanda?«

»Hmm?« Sie richtete ihre Aufmerksamkeit von der engen Passform seiner Jeans zurück auf sein Gesicht. Na ja, fast. Ihr Blick blieb an der Ausbeulung seines Bizeps, den man durch sein langärmeliges Baumwollhemd sehen konnte, hängen. Dann begegnete sie endlich seinem Blick.

»Ich muss los. Ich arbeite heute die zweite Schicht.« Er bewegte sich nicht. »Wenn du jemanden brauchst, der die Rezepte testet, stehe ich dir gerne zur Verfügung.«

»Ich werd's dich wissen lassen.«

»Du hast meine Handynummer.«

»Jupp.«

»Ich habe es immer an.«

»Ach was.«

»Das muss ich, wegen meines Jobs …« Seine Stimme versiegte. Max bewegte sich näher an sie heran und ihre Blicke trafen sich.

Amanda sagte leise: »Da bin ich mir sicher.« Wollte er sie küssen? Hier? Im Müsligang von Walmart?

»Okay, ich muss los.«

»Ich auch.« Er hatte vor, sie zu küssen. Ihre Lippen öffneten sich in Erwartung.

»Wir sehen uns später«, flüsterte er heiser.

»Okay.« Ihr Herz hämmerte.

Aber er strich ihr nur mit dem Daumen über die Lippen. »Halt' dich von Ärger fern!« Widerwillig zog er seine Hand weg.

»Klar.« Die Unterbrechung des Kontakts ließ sie erschaudern. *Verdammt!* »Max?«

Er hielt inne. »Ja?«

Sie schenkte ihm ein vorsichtiges Lächeln. »Pass auf dich auf!«

Er antwortete ihr ebenfalls mit einem Lächeln. »Das werde ich.«

Dann war er weg und Amanda stand allein bei dem gemahlenen Weizen und fragte sich, wie es weitergehen würde. Und wann.

AMANDA FUHR den schlichten Buick in die Garage und öffnete den Kofferraum. Sie musste die Einkäufe ausladen und einräumen, bevor Greg nach Hause kam. Auch wenn ihr Bruder versuchte, ihr nach dem Einkaufen zu helfen, passierte es immer wieder, dass Eier zerbrachen, eine Einkaufstüte zerriss oder ein Dutzend Äpfel in der Garage und der Auffahrt herumrollten. Er meinte es gut, aber …

Als sie hinten am Auto vorbeikam, bemerkte sie Max' Truck, der gerade vorfuhr.

Was zum Teufel?

Er sprang aus seinem Chevy und rief: »Hey, du hast was vergessen!«

Sie zog die Augenbrauen zusammen und tastete ihre Taschen ab. Hatte sie ihre Kreditkarte im Laden vergessen?

Er stürmte auf sie zu, woraufhin sie überrascht zurückwich. »Was habe ich vergessen?«

»Das hier«, sagte er, als er sie in seine Arme zog und ihre Lippen mit seinen eroberte.

O ja. Verflucht sei ihre Vergesslichkeit.

Sein Mund schmiegte sich an den ihren, ihre Zungen verschlangen und drehten sich. Er zog ihre Hüften an sich und sie spürte, wie seine Härte durch die Jeans gegen ihren Unterleib drückte.

Er fuhr mit den Fingern durch ihr Haar und zog ihren Kopf wieder zurück, sodass ihr Hals frei lag. Er leckte ihr über die Unterlippe und fuhr dann mit seiner Zunge ihren Hals hinunter, über den rasenden Puls an ihrer Kehle. Er beendete seinen Kuss an ihrer Halsbeuge.

»Du weißt nicht, wie sehr ich das beenden möchte, was wir auf dem Rücksitz dieses verdammten Buicks angefangen haben.«

Ein Schauer lief Amanda den Rücken hinunter. *Oh, ich auch.*

Das Zuschlagen einer Fliegengittertür ließ sie einander anschauen, bevor sie zum Haus von Mrs. Besserwisserin hinüberblickten.

»Scheiße!«, flüsterte Max.

»Ich dachte, du müsstest zur Arbeit.«

»Muss ich auch.« Er schaute auf seine Uhr. »Ich schaffe es pünktlich. Ich wollte dir beim Ausladen der Lebensmittel, die du eingekauft hast, helfen. Und … und ich wollte dich küssen. Ich habe im Laden gezögert und es dann bereut.«

»Was ist mit deinen Einkäufen?« Durch die Windschutzscheibe konnte sie die Tüten auf der Beifahrerseite seines Trucks sehen.

»Ich werfe sie in den Kühlschrank im Revier.«

Max konnte mehr Tüten auf einmal packen, als Amanda es je könnte, und innerhalb weniger Minuten hatten sie alles auf der Küchentheke abgeladen.

Als sie sich umdrehte, um ihm zu danken, legte er seine Arme um sie und zog sie an sich.

»Ich will nicht zur Arbeit gehen. Ich will hierbleiben und mich tief in dir vergraben.«

Ihre Pussy pochte bei der Fantasie, die seine Worte in ihrem Kopf auslösten. Ja, das wollte sie auch.

Er fuhr mit seiner Handfläche über ihre Jeans, bis er ihre Pussy mit der Hand umfasste. Sie keuchte auf, als seine Finger durch ihren Pullover hindurch mit ihren Nippeln spielten. Sie waren hart und fest, und sie wollte seinen Mund auf ihnen spüren. Sie wollte, dass er an ihnen saugte und sie drückte. Er knabberte an ihrem Hals entlang bis hinunter zu ihrem entblößten Schlüsselbein. Durch den weiten Ausschnitt des Pullovers konnte er mit seiner Zunge über ihre zarte Haut fahren, bevor er mit einem Kuss endete.

Stöhnend zog er sich zurück. »Ich muss los, bevor ich zu spät komme und Dunn mir den Arsch aufreißt, weil ich ihn zu spät ablöse.«

Amanda richtete ihren Pullover und verfluchte die Nässe zwischen ihren Beinen. Wahrscheinlich musste sie gleich, wenn er weg war, ihr Höschen wechseln.

»Ich mache gegen neunzehn Uhr Abendessenspause. Ich kann vorbeikommen. Hättest du Lust, einem hungrigen, hart arbeitenden Mann etwas zu essen zu machen?«

Amanda hatte einen Anflug von Panik. Oh, er würde nicht wollen, dass sie für ihn kochte. Zumindest jetzt noch nicht. Auch wenn sie versuchte, sich das Kochen beizubringen, hatte sie noch einen langen Weg vor sich.

»Ich … ich weiß, ich habe gerade all diese Lebensmittel gekauft, aber ich wollte eigentlich nur eine Pizza für Greg und mich bestellen. Ich wollte es heute Abend einfach halten.« Gut gerettet, dachte sie.

»Wie wär's, wenn ich die Pizza hole und gegen sieben hier bin? Vorausgesetzt, dass ich nicht in letzter Minute einen Notruf erhalte. Ich schreibe dir, falls ich mich verspäten sollte.«

Bevor sie überhaupt zustimmen konnte, war er schon

aus dem Haus gestürmt. Ein paar Sekunden später hörte sie die Reifen seines Trucks auf der Straße quietschen.

Amanda berührte ihre Lippen und lächelte.

———

GREG RANNTE ZUR TÜR, als die Scheinwerfer des Streifenwagens die Vorderseite des Hauses erleuchteten.

»Max hier! Max hier!«

Chaos erwiderte die Aufregung seines Besitzers, rannte im Kreis und bellte die Haustür an.

»Chaos!«, rief Amanda aus der Küche. »Greg, geh raus und hilf Max mit der Pizza.«

Amanda spürte den kalten Luftzug, als Greg aus der Haustür stürmte und sie weit offen stehen ließ, Chaos dicht auf den Fersen.

Wahrscheinlich hatte er sich nicht einmal die Mühe gemacht, sich Schuhe anzuziehen. Amanda seufzte.

Innerhalb weniger Minuten übernahmen drei männliche Wesen ihre Küche. Einer bellte. Einer hüpfte, redete wie ein Wasserfall und wrang seine Hände. Und einer …

Amanda hörte auf, die Servietten zu verteilen, und richtete sich auf. *O ja.*

Und einer, der seine dunkelblaue Uniform trug, mit der er so gut aussah, wie kein Mann, den sie jemals zuvor gesehen hatte. Als sie ihn ansah, konnte sie verstehen, warum Frauen Männer in Uniform mochten.

Sowohl Greg als auch Max hatten einen Pizzakarton dabei, also nahm sie den von Greg und stellte ihn auf den Tisch, bevor er umgedreht auf dem Boden landete. Max schob seinen auf den anderen Karton.

Er griff nach dem Funkgerät an seiner Schulter und drückte den Knopf. »Meldung von Manning Grove acht.«

Das Funkgerät dröhnte laut durch den Raum. Gregs Augen leuchteten auf und weiteten sich, während er von einem Fuß auf den anderen wippte. »Manning Grove acht, bitte sprechen.«

»Meldung, ich bin erst mal abwesend fürs Abendessen. Bin aber auf dem tragbaren Gerät zu erreichen.«

»Verstanden, Manning Grove acht.«

Max löste den Empfänger von seiner Schulter und das Funkgerät von seiner Hüfte und legte beides auf den Tresen.

»Oh, kann … kann … kann ich's da reinsprechen?«

Bevor Max antworten konnte, schaltete sich Amanda ein. »Nein, Bud, das ist kein Spielzeug. Nur Max darf das Funkgerät benutzen.«

Greg verdrehte enttäuscht die Augen. »Mannooooo.«

»Geh' dir die Hände waschen.« Sie scheuchte ihn zum Waschbecken. »Heilige Scheiße, Chaos, beruhige dich!«

Der Hund setzte sich endlich und schlug mit der Rute auf den Linoleumboden. Sie schwor, dass der Hund sie wissend anlächelte. Sie schüttelte den Kopf und sah wieder zu Max.

Max beugte sich zu ihr und küsste sie auf die Wange. Sie wünschte sich einen intensiveren Kuss, aber sie konnte verstehen, dass er sich zurückhielt, da sie ein Publikum hatten. Und dieses Publikum war wie ein Schwamm.

»Ist das eine Waffe an deiner Hüfte oder freust du dich einfach nur, mich zu sehen?«, fragte sie ihn mit leiser Stimme.

Er lehnte sich wieder näher heran und flüsterte ihr ins Ohr: »Beides.«

»Waffe! Kann … kann ich's sie mal halten? Max? Max! Darf ich?«

»*Nein!*« Sie antworteten beide gleichzeitig. Offenbar hatte sie nicht leise genug gesprochen. Sie notierte sich das mental.

Greg schmollte. »Warum nicht?«

Max ging zum Waschbecken, um sich die Hände zu

waschen, während er Greg belehrte. »Waffen sind gefährlich, Greg. Man muss eine Menge Übung haben, bevor man eine halten darf. Du willst doch nicht aus Versehen jemanden verletzen, oder?«

»Nein«, antwortete Greg mit einem übertriebenen Kopfschütteln. »Aber …«

Amanda musste das Thema wechseln, bevor Greg zwanzig Fragen darüber stellte, warum er nicht mit Max' Waffe hantieren durfte. »Also, Manning Grove acht, was für Pizzen hast du mitgebracht?«

»Ich war mir nicht sicher, was ihr mögt, also habe ich eine halb mit Pilzen, halb mit Salami und die andere nur mit Käse belegt.«

»Das ist eine ziemlich große Menge Pizza für nur drei Personen.«

»Na ja, Greg und ich sind ja auch noch Jungs im Wachstum.«

Greg ließ sich auf einen Stuhl am Tisch plumpsen. »Ja, Manda, Max und ich's sind ja auch noch Jungs im Wachstum.«

Max wackelte mit den Augenbrauen in Richtung Amanda. Ja, sie wusste genau, wo er noch wuchs. Und es war nicht seine Höhe.

Innerhalb weniger Minuten hatte Max drei Stücke verschlungen und Greg versuchte, mit ihm mitzuhalten. Während Max eine Serviette benutzte, hatte Greg die Sauce überall im Gesicht, als er sich ein Stück Kruste reinschob.

Greg stieß einen so lauten Rülpser aus, dass Chaos anfing zu bellen.

»Manieren!«, schimpfte Amanda mit ihm.

Aber Max lachte im Gegenzug und brachte Greg dazu, während seiner Entschuldigung zu lachen. »Änschuldige bidde.«

Sie warf Max einen bösen Blick zu. »Ermutige ihn nicht noch!«

Max zuckte nur mit den Schultern. Dann fragte er Greg: »Geht es dir besser?«

Greg nickte, während er auf einem weiteren Stück Kruste kaute.

Max zwinkerte Amanda zu. »Gut.«

»Wie lange ist deine Abendessenpause?«

»So lange, wie das Funkgerät leise ist.«

Und mit diesen Worten hatte er das Gerät natürlich direkt verhext. Plötzlich piepte es und Max war sofort aufgestanden. »Zentrale an Manning Grove acht.«

Max schnappte sich das tragbare Gerät. »Hier Manning Grove acht. Sprich!«

»Unfall mit zwei Fahrzeugen auf der Williams Road und Hollow Hill Lane. Unbekannte Verletzungen. Feuerwehr und Rettungsdienst sind unterwegs.«

Amanda beobachtete, wie sich sein ganzes Verhalten plötzlich von dem entspannten, Pizza essenden Typen von vor ein paar Sekunden zu dem breitschultrigen, schützenden und dienenden Typen veränderte. Sie hatte sogar den Eindruck, dass seine Brust sich noch ein bisschen weiter aufblähte.

»Verstanden, Zentrale. Ich bin auf dem Weg.«

»Kann ich's mit Max gehen?«

Amanda strich ihm das Haar aus dem Gesicht, während sie Max dabei beobachteten, wie er sich seine schwere Jacke überzog. »Nein, Bud. Manchmal müssen wir unsere Angelegenheiten allein regeln.«

Max schenkte ihr ein entschuldigendes Lächeln, bevor er zur Tür hinausging.

Tja, Scheiße!

Während Amanda begann, den Tisch abzuräumen, piepte ihr Handy. Sie checkte ihre Nachrichten.

Triff mich um 23:15 Uhr in deiner Einfahrt.

Zumindest war der Mann pünktlich.

Amanda schlüpfte auf die Beifahrerseite von Max' Chevy Pick-up-Truck. Nur der Schein seines Armaturenbretts erhellte den Innenraum, als sie die Tür leise schloss. Das Letzte, was sie wollte, war Greg zu wecken. Oder die Nachbarn. Wie zum Beispiel Mrs. Besserwisserin.

Er trug wieder seine Zivilkleidung, eine weiche, abgetragene Jeans und ein kurzärmeliges T-Shirt, das das Marine-Tattoo auf seinem Arm zur Schau stellte. Amanda wollte sich hinüberbeugen und es ablecken. Und das wäre nur der Anfang.

»Du weißt, dass es draußen ungefähr minus zwanzig Grad sind.«

Max lachte leise, was ihr einen leichten Schauer über den Rücken jagte und ihre Pussy zum Vibrieren brachte. »Es sind drei Grad. Meine Jacke liegt hinter dem Sitz und ich habe die Heizung an.«

Sie legte den Kopf schief und betrachtete seine kräftige Kieferpartie und die zu einem Lächeln geschwungenen Lippen.

»Wenn du nicht aufhörst, mich so anzuschauen, muss ich die Heizung vielleicht abstellen.«

Sie legte eine Handfläche auf seine Brust über die dünne Baumwolle. »Du fühlst dich tatsächlich ein bisschen warm an.«

Er verschränkte seine Finger mit ihren und führte ihr Handgelenk zu seinem Mund. Er drückte seine Lippen auf ihre Haut und strich mit seiner Zunge über ihren Pulsschlag.

»Ich möchte dich besser kennenlernen, Amanda …«

Die Art und Weise, wie er nach ihrem Namen zögerte, ließ sie nachdenklich werden, *oh-oh*. Das würde nicht so einfach werden, wie es sein könnte.

»Aber?«

Als er seufzte, zog sie ihre Hand zurück und ließ sie in ihren Schoß fallen.

»Aber meine Eltern mögen dich sehr.«

Amanda erschrak innerlich. Was? »Und das ist ein Problem. Inwiefern?«

»Hör zu! Ich bin schon mein ganzes Leben lang Junggeselle.«

Ah, jetzt geht's los.

»Ich meine, ich treffe mich mit Frauen – hab es getan. Aber zwischen meinem Einsatz bei den Marines direkt nach der Highschool, der Polizeiakademie und meinem Beruf hatte ich nie das Bedürfnis, eine ernsthafte Beziehung einzugehen.«

»Wer hat etwas von einer ernsten Beziehung gesagt?« Amandas Magen drehte sich um. Worauf zum Teufel sollte das hinauslaufen?

»Niemand … noch nicht.« Max räusperte sich und starrte auf die Hände, mit denen er das Lenkrad umklammerte. »Hier ist das Problem …«

Sie starrte auf sein Profil und wünschte, er würde zum Punkt kommen. Das wurde langsam schmerzhaft. »Okay, du willst mich also nur ficken und nichts Ernstes haben. Das ist kein Problem. Für mich ist das völlig in Ordnung. Du kommst vorbei, fickst mich, bis ich komme, und dann gehst du nach Hause.«

Sein Kopf schwang zu ihr und er runzelte die Stirn. »Nein.«

»Doch. Ich verstehe schon. Du willst nur ab und zu jemanden ins Bett kriegen.«

»Nein. Warte! Lass mich ausreden!«

»Was, Max? Was willst du denn? Was willst du mir damit sagen?«

»Du hast meine Eltern … nein, meine Mom an Weihnachten, gehört. Sie war so begeistert, eine Frau in ihrem Haus zu sehen. Sie drängt uns alle, sesshaft zu werden und

Kinder zu bekommen. Ich meine, das hören wir ständig, wenn wir da sind.«

»Okay, ich hab's kapiert. Ich bin nicht diejenige, mit der du dich niederlassen und Kinder haben willst.«

»Nein. Na ja, doch … Nein! Fuck!« Max fuhr sich mit einer Hand über sein kurzes, borstiges Haar. »Nein. Ich will nur nicht, dass sie einen falschen Eindruck bekommt. Wie gesagt, ich möchte dich besser kennenlernen, aber ich … ich … kann den Druck meiner Mutter einfach nicht gebrauchen.«

»Du sagst also, du bist eine Pussy und kannst dich nicht gegen deine Mutter durchsetzen.«

Max kniff sich in den Nasenrücken und schüttelte nur den Kopf.

»Du sagst, wenn du dich mit jemandem triffst, hört deine Mom plötzlich Hochzeitsglocken.«

Max seufzte und stieß einen langen, zittrigen Atemzug aus.

»Du sagst, dass du Angst hast, mit jemandem zu ficken, weil deine Mom dich unter Druck setzt, Gören in die Welt zu setzen, sollte sie es herausfinden.«

Amanda lachte und Max' Augenbrauen schossen in die Höhe.

»Weißt du, du kannst ein Kontrollfreak sein, aber das klingt, als ob du genau so dran bist. Du magst es, andere zu kontrollieren, aber du hast Angst davor, dass deine Mutter dich kontrolliert.« Sie war ein bisschen gemein. Sie wusste, wie eine richtig kontrollsüchtige Mutter aussah. Sie hatte selbst eine. Ihre Mutter war eine beherrschende, manipulative Frau, aber sie sah Mary Ann ganz und gar nicht als eine solche an. »Nach dem, was ich gesehen habe, will sie nur das Beste für dich. So wie es eine gute Mutter tun sollte. Du hast großes Glück, sie zu haben.«

»Ich habe Glück, dass ich sie habe. Und auch meinen

Paps. Aber ich glaube, du verstehst nicht, worauf ich hinaus will.«

»Nein. Ich verstehe schon. Du willst mich ficken, aber du willst, dass wir es nicht an die große Glocke hängen. Ich hab's total verstanden.«

»Nur nicht vor meinen Eltern.«

Sie wusste, worauf er hinauswollte, aber sie würde ihm nicht helfen, den Fuß aus dem Fettnäpfchen zu bekommen.

»Du willst doch nicht, dass meine Mom sich einmischt und alles übertreibt. Meine Mom weiß nicht, warum jemand es langsam angehen oder eine Person erst besser kennenlernen will. Deswegen sollten wir es nicht an die große Glocke hängen.«

»Weißt du, ein Polizist hat mir mal gesagt, dass das hier eine kleine Stadt ist, in der jeder weiß, was jeder macht«, stichelte sie.

Er schnaubte und schüttelte den Kopf. »Ich bin so ein Arsch.«

Sie lächelte. »Das werde ich nicht bestreiten. Aber du hast auch einen sehr geilen Arsch und ich will dich ficken, aber ich will dich nicht heiraten oder mit dir Nachwuchs ausbrüten. Also was jetzt?«

»Jetzt ziehen wir uns aus und ficken«, schlug er vor. Er schenkte ihr ein verlegenes Grinsen, das ihr Herz zum Schmelzen brachte.

»Hier? Ist das überhaupt möglich in der Fahrerkabine eines Pick-up-Trucks?«

»O ja. Alles ist möglich, wenn du es unbedingt willst.«

»Also, Officer Bryson, wollen Sie sagen, dass Sie mich unbedingt wollen?«

»Ich will dich so sehr, dass ich es förmlich schmecken kann.«

Amanda kicherte. »Na ja, schmecken ist gut.« Sie schaute sich in dem beengten Raum des Trucks um. »Aber ich weiß immer noch nicht, wie das funktionieren soll.«

Max klappte das Lenkrad nach oben, um ein bisschen mehr Platz zu schaffen. Er drehte sich auf dem Fahrersitz, um ihr zugewandt zu sein. Er strich mit dem Daumen sanft über ihre Unterlippe.

Dann fuhr er mit den Fingern in ihr langes Haar und zog sie an sich. Er murmelte gegen ihre Lippen: »Ich will, dass du kommst. Ich will dich stöhnen hören. Ich will hören, wie du meinen Namen schreist.«

Das klang für sie nach einem guten Plan.

Er erdrückte ihre Lippen mit seinen und Amanda seufzte, ihr Atem vermischte sich mit seinem, ihre Zunge streifte seine. Und als er den Kuss vertiefte, verhärteten sich ihre Nippel schmerzhaft unter ihrem Pullover.

Er zog sich zurück und unterbrach ihren Kuss. »Siehst du den Griff da oben? Halte dich daran fest und zieh dich hoch, damit ich rüberrutschen kann.«

Sie zog sich hoch und er rutschte unter sie, aber bevor sie sich auf seinem Schoß niederlassen konnte, packte er ihre Yogahose und zog sie an ihren Beinen herunter. Sie war so froh, dass sie die bequemere, leichter zu entfernende Hose angezogen hatte. Außerdem trug sie nie ein Höschen unter ihrer Yogahose. Er warf sie zusammen mit ihren Turnschuhen auf den Fahrersitz.

Sie ließ den Griff los und zog sich, immer noch mit dem Rücken zu ihm, den Pullover über den Kopf. Ach ja, sie hatte beim Umziehen auch ihren BH ausgezogen. Sie war vorbereitet.

Bevor sie sich umdrehen konnte, fuhr er mit seiner Hand über ihre Hüfte und dann hinunter zum V ihrer Beine. Ihre Schenkel zitterten, als er anfing, sie zu erforschen, seine Finger spreizten sie, drückten auf ihren Kitzler, bevor er zwischen ihre geschwollenen Lippen fuhr und ihre Nässe entdeckte. Sie biss sich auf die Unterlippe und schloss die Augen. Ihre Handflächen schlugen auf das Armaturenbrett, damit sie sich abstützen konnte, und ihr Kopf fiel nach vorn, als er seine Finger in sie stieß. Sie war so heiß, so feucht, dass er diese Worte in ihre Haut flüsterte, während er über ihre Wirbelsäule leckte und sie küsste.

Mit einer Hand zwirbelte er einen Nippel, während seine andere immer wieder in sie eindrang, bis ihre Knie nachgaben und sie schreiend gegen ihn zurücksank.

»Dreh dich um!« Seine Stimme war rau. Befehlend. Und sie brachte die Hitze in ihrem Inneren zum Kochen.

Sie drehte sich in seinen Armen, auf seinem Schoß, bis sie mit gespreizten Beinen auf ihm saß. Seine Augenlider hingen schwer, sein Atem rasselte und der Ständer in seiner Jeans war unübersehbar.

Er küsste sie lange und innig und ließ sie schließlich los, um ihren Hals zu küssen und die Kehle zu erforschen. Er umschloss ihre Brust, senkte seinen Kopf und saugte den Nippel zwischen seinen Lippen.

Ihr Rücken wölbte sich. Sie wollte, dass er noch stärker saugte, noch fester zupackte, an ihrem Nippel zog und ihn stimulierte.

Er tat all das. Und noch mehr. Er knabberte, streichelte, leckte ihre Haut, biss in ihre Schulter und streichelte ihren Kitzler mit seinem Daumen.

Sie wollte ihn jetzt. In sich. Sonst würde sie zusammenbrechen und verrückt werden.

»Ich will dich. Jetzt.« Sie stöhnte und richtete sich wieder auf, um ihm genug Platz zu geben, seine Jeans herunterzuziehen. Er schaffte es, sie bis knapp über die Knie zu schieben, bevor er sich auf den Sitz zurücksinken ließ und sie mit sich zog. Seine Oberschenkel waren kräftig und muskulös, und als ihre Knie genug Halt fanden, um gespreizt auf ihm zu sitzen, waren ihre Beine weit geöffnet, einladend und wartend.

Er nahm ihren Hintern in die Hand und zog sie fest an sich. Er machte eine Faust um seinem Schwanz, und sie bewegte sich, bis die Krone an ihrem Eingang war. Als sie ihren Körper locker ließ, sank sie auf ihn herab und saugte ihn komplett in sich auf.

Sie neigte ihre Hüften ein wenig, um ihn noch tiefer in sich zu spüren. Sie hatte ihn vollständig vom Ansatz bis zur Krone in sich.

Er grub seine Finger in das Fleisch um ihre Hüften, während sie sich hob und senkte und auf seinem pulsierenden Schwanz ritt.

Er beobachtete, wie sie ihn beobachtete. Sie wollte ihn anlächeln, ihm sagen, wie gut sich das anfühlte, wie hart er war, wie feucht sie für ihn war. Aber es kam nur unsinniges Zeug heraus. Flüche. Stöhnen. Schreie. Er tat es ihr gleich, wortlose Laute, während sie ihn hart ritt.

Bis sie ihr Inneres fest um ihn herum zusammenpresste. Und er verstummte, seine Nasenlöcher blähten sich auf, seine Augen waren geschlossen, seine Kiefer angespannt.

Sie drückte seinen Schwanz wie in einer Faust zusammen, ließ ihn los und drückte wieder zu. Loslassen. Zudrücken.

Sie presste ihre Hüften gegen ihn. Einmal. Zweimal. Die Lust steigerte sich, bis sie von ihrem Innersten ausströmte, ihre Zehen krümmte und ihre Augen in ihrem Kopf zurückrollen ließ.

Mit einem letzten Schrei pulsierte ihr Körper um ihn herum und ihr Höhepunkt schoss aus ihrem Zentrum.

Er warf seinen Kopf zurück gegen den Sitz. »Fuck!« Und dann entlud er sich tief in ihr.

Sie ließ ihre Stirn auf seine Schulter fallen und stieß einen langen, zittrigen Atem aus.

***

AMANDA LAG mit ihrem Kopf in seinem Schoß, als er sich auf dem Fahrersitz aufrichtete. Ihre Beine waren gegen die Beifahrertür gelehnt und ihre Muskeln beschwerten sich ein wenig über die beengte Position. Der Schaltknüppel drückte in ihre Rippen, aber das war es wert, denn er streichelte ihr Haar, während sie zu ihm hochschaute. Sie hatten schon eine Weile nichts mehr gesagt und sie wollte das entspannte Schweigen nicht brechen. Seine Finger in ihrem Haar brachten sie zum Surren.

Seine andere Hand wanderte an ihrem verrutschten Pullover hinunter und zog Kreise um ihren nackten Bauchnabel. Am Ende jedes Kreises schnippte er gegen den goldenen Reif in der Mitte.

»Was ist dein Traum, Mandy?«

Ihre Gedanken waren langsam und entspannt, und das war die letzte Frage, die sie von Mr. Personentyp Dominant erwartet hatte. Ihr Traum …

»Ich weiß es nicht. Aber wenn du mich vor ein paar Monaten gefragt hättest, als mein Leben noch ganz anders war, hätte ich auch keine Antwort darauf gehabt. Ich hatte keine Perspektive. Ich hab' einfach von Tag zu Tag gelebt. Von Stunde zu Stunde. Ich hab' mit meinen Freunden gefeiert, als Barkeeperin gearbeitet, in Nachtclubs oder in South Beach abgehangen. Wo auch immer die Action war.« Sie seufzte. »Jetzt fühle ich mich nur noch verloren.«

»Du bist nicht verloren.«

»Ich fühle mich, als hätte mir eine Flut den Boden unter den Füßen weggerissen.«

»Du wirst deinen Halt wieder finden.«

»Vielleicht, wenn ich wieder zu Hause bin.« In Miami. Zurück zu vertrauten Dingen. Zu gewohnten Wegen. »Was ist dein Traum?«

»Ich lebe ihn.«

Sie drehte ihren Kopf, um einen besseren Blick auf sein Gesicht zu bekommen. »Wirklich? Eine Uniform tragen, Leute verhaften, Katzen aus Bäumen retten?«

»Ich habe einen Beruf, auf den ich stolz sein kann. Mit einem sicheren Arbeitsplatz. Ich arbeite für meine Rente, damit ich es mir leisten kann, irgendwann in Pension zu gehen. Ein eigenes Haus zu besitzen. Menschen zu helfen. So viel sparen, dass ich meine Eltern unterstützen kann, wenn sie später einmal Hilfe brauchen.«

Amanda täuschte ein Gähnen vor. »Klingt aufregend.«

Max schüttelte den Kopf. Er schaute ihr ins Gesicht und musterte sie. »Du bist noch jung.«

»Ich bin achtundzwanzig.«

»Alter ist nur eine Zahl. Du bist jung; in ein paar Jahren wirst du verstehen, was ich meine.«

»Ich weiß ja nicht. Das hört sich nicht nach meiner Art von Leben an.«

Er holte tief Luft. »Stimmt.« Er schaute auf seine Uhr. »Verdammt. Es ist ein Uhr nachts. Ich muss ein bisschen schlafen.«

Amanda gähnte. Diesmal aber wirklich. »Ja, ich auch. Früher bin ich die ganze Nacht unterwegs gewesen, aber jetzt könnte ich das niemals, selbst wenn ich wollte. Greg weckt mich so früh auf. Morgen werde ich meinen Arsch bestimmt nicht hochkriegen.«

Sie setzte sich auf und richtete ihre Kleidung, bevor sie durch die Beifahrertür verschwand.

»Wir sehen uns, Officer Bryson.«

»Hey«, rief er ihr hinterher.

»Ja?«

»Halt' dich von Ärger fern!«

»Warum? Ich habe jetzt einen Insiderkontakt bei der örtlichen Polizei.« Mit einem Zwinkern knallte sie die Tür zu und rannte ins Haus.

Kapitel Acht

»DIE BESTE HAUSMANNSKOST wird von Generation zu Generation weitergegeben.«

»Na ja, in meinem Stammbaum gibt es keine wirklich guten Köche«, sagte Amanda zu Mary Ann, während sie in Amandas Küche standen.

»Blödsinn. Ich kann nicht glauben, dass deine Mutter dir nie etwas in der Küche beigebracht hat.«

»Wenn du sie kennen würdest, würde dich das kaum wundern.«

Mary Ann biss in einen der restlichen Kekse, die noch auf dem Teller lagen und die Amanda nach ihrer Rückkehr von der Nachbarin einfach auf den Tresen geworfen hatte. »Oje.«

Sie riss ein Papiertuch von der Rolle und spuckte den Bissen vorsichtig aus. Sie wickelte es zusammen und warf es in den Müll.

Amanda zog eine Grimasse. Sie dachte, sie hätte sich wenigstens ein bisschen verbessert, vor allem, weil sie nach den ersten paar Dutzenden aufgehört hatte, sie zu verbrennen. Aus diesem Grund hatte sie verzweifelt bei Max' Mom angerufen. Aber Mary Anns Gesichtsausdruck bewies es. Amanda war ein hoffnungsloser Fall in der Küche.

»Ach, Schätzchen, so schlimm ist es nicht. Okay, zugegeben, es ist auch nicht besonders gut. Aber es war ein guter Versuch. Du brauchst nur ein wenig … äh, vielleicht auch viel … Anleitung. Ich bin so froh, dass du mich angerufen hast. Jetzt können wir etwas Zeit miteinander verbringen. Ich möchte dich unbedingt besser kennen lernen. Vor allem, weil du dich mit meinem Sohn triffst.«

»Na ja, also eigentlich sind wir nicht …«

Die ältere Frau wedelte ihr mit einer Hand zu. »Okay, wir fangen besser an. Wir haben eine *Menge* Arbeit vor uns.«

Sie wühlten sich durch alle Kochbücher, nicht nur die, die Amanda im Haus gefunden hatte, sondern auch durch den Stapel von Büchern, den sie auf dem Kirchenverkauf ergattert hatte. Dort hatte Mary Ann sie getroffen und ihr freundlicherweise angeboten, ihr beim Kochen zu helfen. *Falls* sie Hilfe benötigen würde. Und das tat sie eindeutig.

In der ersten Lektion waren weder Hitze noch Feuer oder irgendetwas Brennendes im Spiel. Mary Ann schaute einfach nur gemeinsam mit Amanda ihre umfangreiche Kochbuchsammlung durch, zeigte ihr simple Rezepte zum Ausprobieren, erklärte ihr die dazugehörigen Techniken, erzählte ihr mehr über einige der Zutaten und erklärte ihr die Unterschiede zwischen den Kochutensilien.

Die Zeit verging wie im Flug, aber es gab so viel zu lernen, dass Amandas Kopf zu schmerzen begann. Mary Ann wollte sich zuerst auf das Backen konzentrieren, aber Amanda flehte sie an, ihr das Kochen und Backen gleichzeitig beizubringen, damit sie für Greg auch mal gesunde Mahlzeiten kochen konnte. Mary Ann lenkte widerwillig ein und beschloss, dass sie Amanda jedes Mal, wenn sie sich trafen, ob hier oder auf der Farm, ein Gericht und eine Backware beibringen würde.

Amanda wusste, wie man Kaffee kochte, und das tat sie

auch, während sie am Küchentisch saßen und über zukünftige Rezepte sprachen.

Am späten Nachmittag waren beide ausgebrannt. Amanda nahm einen Schluck des dampfend heißen Kaffees. »Weißt du, dass deine Initialen MA ergeben? Mary Ann. Ma.«

Mary Ann gluckste, was Amanda an ihren Sohn erinnerte. »Natürlich weiß ich das.«

»Also, kann ich dich einfach kurz Ma nennen? Würde es dir etwas ausmachen?«

»Schätzchen, es macht mir überhaupt nichts aus. Ich würde mich freuen. Du kannst mich nennen, wie du willst.« Mary Ann seufzte und blickte ausdruckslos über ihre Tasse. »Ich habe es immer bereut, keine Tochter bekommen zu haben. Aber ich wollte einfach nicht riskieren, noch einen Sohn zu bekommen. Drei waren genug. Ich habe Ron gesagt, dass ich ihn persönlich kastriere, wenn er mich noch einmal schwängert. Er war schon immer ein lüsterner Mann. Das ist er immer noch. Und seine Söhne sind genau wie er. Gott helfe den Frauen, die sie sich aussuchen. Starrköpfig, hirnrissig …« Sie hielt abrupt inne, als würde sie sich plötzlich daran erinnern, mit wem sie hier sprach. »Ups, ich sollte seine guten Seiten unterstreichen. Wenn ich die Wahrheit sage, werde ich die alle nie verheiratet kriegen.« Mary Ann lachte so sehr, dass sie ihren Kaffee abstellen musste. »Nun, ich muss nach Hause und meinem Mann etwas zu essen machen. Er wird ziemlich launisch, wenn er sein Abendessen nicht rechtzeitig bekommt.« Mary Ann stieß sich vom Tisch ab und stand auf.

»Ich kann dir gar nicht genug für das hier danken.«

»Kein Problem. Warum treffen wir uns nicht einfach in ein paar Tagen wieder? Ich gebe dir bis dahin ein paar Hausaufgaben.« Sie schob Amanda zwei aufgeschlagene Kochbücher zu. »Bereite diese beiden Rezepte für das nächste Mal vor. Wir werden sehen, wie du dich machst.«

»Danke, Ma.«

Nachdem Mary Ann gegangen war, lehnte sich Amanda zurück. Ihr Herz klopfte vor Freude. Es fühlte sich unglaublich befriedigend an, Zeit mit Max' Mutter zu verbringen.

Sie hatte das Gefühl, dass Max das nicht gefallen würde.

Aber wer sollte es ihm schon sagen?

DAS KLIMPERN der Glocken folgte ihr in den Salon. Teddy sah von dem Kopf, den er gerade wusch, auf und schenkte ihr ein breites Lächeln.

»Hey, Freundin.«

»Selber hey.«

Er schob seine Unterlippe vor und machte einen Schmollmund. »Warum so trübsinnig?«

»Ich langweile mich zu Tode. Habe ich dir schon erzählt, dass Mrs. Bryson mir das Kochen beibringt?«

Teddy hob eine Augenbraue. »Ich glaube, das hast du ausgelassen.«

»Ja, und ich bin auch nicht schlecht, aber … man kann ja nicht für immer in der Küche stehen.«

»Warum suchst du dir dann nicht einen Job?«

»Sich mit Greg zu beschäftigen, ist ein Job.«

»Nein, im Ernst. Irgendwas in Teilzeit, damit du was zu tun hast, während er in der Tagesbetreuung ist. Ich würde dich ja einstellen, aber ich habe nicht genug Kunden. Na ja, wenn der Herrenfriseur unten an der Straße schließen würde, wäre ich wahrscheinlich überlastet und würde deine Hilfe beim Köpfewaschen brauchen.«

Amanda rümpfte die Nase. »Igitt. Ich wasche den Leuten doch nicht die Haare.« Sie sah die ältere Frau an, deren Kopf er gerade im Waschbecken schrubbte. »Nichts für ungut.«

Die Frau schnaubte verärgert.

»Nicht gut genug für dich?«, fragte Teddy.

Amanda ignorierte das. »Ich brauche einfach etwas Spaß.«

»Hält dich dieser Bryson-Bock nicht genug auf Trab?«

Amanda errötete, als Teddys Kundin ihren Kopf ein wenig anhob, gerade genug, um sicherzugehen, dass sie den neuesten Klatsch nicht verpasste.

Amanda wandte sich ab und betrachtete sich in einem nahe gelegenen Spiegel. »Ich weiß nicht, wovon du redest. Jemand muss dir ein paar falsche Informationen gegeben haben.«

»Okay. Wie du meinst.« Er spülte das blaue Haar der Frau aus. »Aber die Reparatur meines Salons übernimmst dann auf jeden Fall du!«

»Reparatur? Ich hab' doch nicht mal irgendwas angefasst.«

»Nee, aber du lügst, dass sich die Balken biegen.«

Amanda wandte sich wieder ab, um ihr Lachen zu verbergen, merkte aber, dass sich ihr Bild im ganzen Laden widerspiegelte. Sie streckte ihm die Zunge heraus, was ihn zum Lachen brachte.

»Setz dich auf den Stuhl da drüben. Ich bin im Handumdrehen mit Mrs. Andersons Haar fertig. Dann können wir uns ausführlich unterhalten. Ich habe erst in fünfundvierzig Minuten wieder einen Termin.«

Ausführlich unterhalten. Er würde sie so lange bearbeiten, bis sie zusammenbrach und wie ein katholisches Schulkind beichtete. »Oh, Vater, ich habe gesündigt …«

Und er würde jedes Wort ihrer *Sünden* aufsaugen wie ein Kätzchen einen Teller mit Sahne. Kein einziger Tropfen würde verschwendet werden. Danach würde er sich die Schnurrhaare abschlecken.

Amanda biss sich bei der Vorstellung auf die Lippe und schlenderte zum Wartebereich hinüber.

In jedem Fall war sie froh, dass Teddy hier in Manning

Grove war. Er hielt sie auf dem Boden, wenn das überhaupt möglich war. Und er hielt sie ordentlich gepflegt. Er experimentierte immer mit ihrem Haar und ihrem Make-up und verpasste ihr Maniküren und Pediküren, wenn er ein Versuchskaninchen brauchte.

Sie ließ sich in einen der gepolsterten Stühle sinken, die aussahen, als stammten sie aus den Fünfzigerjahren. Die Zeitung von gestern war auf einen Stapel Frisurenmagazine, der unsicher auf einem Tisch aus Glas und Chrom wippte, geworfen worden. Sie schnappte sich die Zeitung und begann sie durchzublättern. Die Stellenanzeigen waren dürftig.

Suchen Kellnerin für das Diner. Nein.

Suchen einen Freiwilligen für die Bibliothek. Nein.

Suchen nach einer Lunch Lady *für die Grundschule.* Niemals!

Amanda seufzte. Sie musste nicht wirklich arbeiten. Sie wollte auch niemandem die Chance auf einen Job wegnehmen, denn Jobs waren hier schwer zu bekommen. Und Kochen zu lernen, füllte einen großen Teil ihrer Zeit aus, aber trotzdem …

Sie überflog den Rest der kargen Zeitung, und eine Anzeige fiel ihr ins Auge.

Crazy Pete's Bar.

Mittwochabend Karaoke von zwanzig bis dreiundzwanzig Uhr. Montags *Lady's Night*. Dienstags Happy Hour – Getränke zum halben Preis. Chicken Wings und ein Krug Bier am Freitag, Silvester, den ganzen Tag im Angebot.

Silvester. Das war heute.

Mann, sie könnte eine Nacht auswärts gebrauchen, um diesen *Bryson-Bock* aus dem Kopf zu bekommen.

Nachdem Teddy mit Mrs. Anderson fertig war, begleitete er die Frau zur Tür hinaus und ließ sich dann seufzend auf den Stuhl neben Amanda fallen.

»Diese Frau ist unglaublich. Ich sage ihr, dass eine blaue Spülung *soooo* unmodern ist. Aber das ist ihr egal. Die Leute hier sind so rückständig. Aber wenn es die alten Damen in dieser Stadt nicht gäbe, hätte ich nicht genug Arbeit. Wenn es mehr junge Leute gäbe, dann würde ich …«

»Wo ist dieses Crazy Pete's? Was gibt es hier sonst noch für Bars?«

Teddy warf ihr einen besorgten Blick zu. »Crazy Pete's? Das ist die einzige Bar in der Stadt und glaub mir, die reicht völlig aus. Sie liegt drüben in der Third Street.«

»Willst du mit mir ins neue Jahr feiern?«

Teddy warf ihr einen skeptischen Blick zu. »Nicht Pete ist crazy, du bist es! Du erwartest von einem offen schwulen Mann, dass er ins Crazy Pete's geht? Nein, danke.«

»Ist es so schlimm?«

»Freundin, wenn ich vorbeifahre, nehme ich nicht einmal Augenkontakt mit jemandem auf, der aus dem Laden kommt.«

»Du machst Witze, oder?«

»Ja, aber ich werde trotzdem nicht hingehen. Ich habe ein Date mit diesem süßen Ryan Seacrest.«

Max' wiederholte Warnungen »Halt' dich von Ärger fern!« schossen ihr durch den Kopf.

»Ich werde es tun. Ich muss mir das Nachtleben hier ansehen.«

»Schätzchen, draußen im Wald gibt es mehr Nachtleben.«

Sie sprang auf. »Komm, wir machen mir die Haare und die Nägel.«

Teddy klatschte aufgeregt in die Hände. »Endlich hast du mal etwas Sinnvolles von dir gegeben. Eine Maniküre kommt sofort. Ich mache es dir, wenn du es mir machst!«

Die beiden fielen in einem Anfall von Gekicher ineinander.

NACHDEM SIE DEN Salon verlassen hatte, holte Amanda Greg früher von der Tagesbetreuung ab. Sie wollte ohnehin mit Donna sprechen.

Als sie durch die Türen der Einrichtung trat, erinnerte sie sich an das erste Mal, als sie ihren Bruder getroffen hatte. Und wie ängstlich sie gewesen war – nicht, dass sie jetzt voller Selbstvertrauen wäre.

Sie entdeckte Donna hinter der Rezeption, die überrascht von dem Papierkram, den sie gerade erledigte, aufschaute. Amanda ging hinüber.

»Amanda, wie schön, Sie zu sehen. Wie kommen Sie mit Greg zurecht? Ich hatte erwartet, dass ich viele Anrufe von Ihnen bekommen würde. Tatsächlich hatte ich erwartet, dass Sie mich stündlich anrufen würden.« Die Frau lachte und schenkte Amanda ein aufrichtiges Lächeln.

Amanda erwiderte die Geste. »Ich bin sicher, dass Sie das dachten. Aber wir kommen gut zurecht. Ich lerne alles nach und nach.« *Und versuche, ihn nicht mit meinen Kochkünsten zu vergiften*, fügte sie im Stillen hinzu.

»Mannomann, Greg liebt Sie wirklich. Er redet die ganze Zeit von Ihnen.«

»Tut er das?«

»Ja, natürlich.«

»Und sagt er nette Dinge?«

Donna lachte wieder. »Ja. Ich bin froh, dass alles gut für ihn läuft. Für eine Weile hatte ich wirklich Angst.« Sie holte tief Luft. »Sie sind also nur hier, um Greg abzuholen? Er ist im Hinterzimmer und isst einen Snack.«

»Ja. Aber eigentlich wollte ich Sie um einen Gefallen bitten. Ich wollte fragen, ob Sie mir jemanden empfehlen können, der auf Greg aufpasst, wenn ich nicht zu Hause bin.« Sie wollte nicht *Babysitter* sagen, denn Greg war wohl kaum ein Baby und sie war sich nicht sicher, ob das der richtige Begriff war.

»So was wie ein Babysitter?«

Amanda seufzte erleichtert. »Ja, genau.«

»Nun, da wäre Joni. Sie ist nur ein paar Jahre jünger als Sie und arbeitet hier in Teilzeit. Daher kennt sie Greg und Greg kennt sie. Ich würde sagen, sie wäre perfekt. Sie könnte das zusätzliche Geld wahrscheinlich auch gut gebrauchen.«

»Super. Ist sie hier?«

»Nein, heute nicht, wegen des Feiertags. Ich gebe Ihnen ihre Telefonnummer.« Donna schnappte sich ein nahegelegenes Telefonbuch und blätterte es durch. »Hier ist sie.« Sie kritzelte eine Nummer auf einen Block und riss das Blatt ab, um es Amanda zu reichen.

»Danke. Ich werde sie sofort anrufen.« Amanda holte ihr Handy aus der Tasche.

»Währenddessen mache ich Greg startklar.«

Innerhalb weniger Minuten hatte Amanda Joni dazu gebracht, in dieser Nacht bei Greg zu bleiben. Sie wollte ausgehen. Sie wollte sich amüsieren und niemand – nicht einmal jemand, der eine blaue Uniform trug und dessen Initialen M.B. lauteten – würde sie aufhalten.

Kapitel Neun

Max wäre überrascht, wenn nicht jedem Mann in der Bar gerade der Sabber über das Kinn laufen würde.

Er wischte sich seinen eigenen ab.

Dann setzte er die Bierflasche an seine Lippen und die kühle Flüssigkeit rann seine Kehle hinunter. Leider senkte sie nicht seine Körpertemperatur.

»Verdammt!«, fluchte sein Bruder neben ihm, als er Max mit seinem Ellbogen anstieß. »Hast du das schon flachgelegt?«

Marc starrte auf genau das Gleiche wie er – Amanda Barber in einem kurzen, *sehr kurzen* Rock während sie sich über einen Billardtisch beugte und versuchte, einen fast unmöglichen Stoß zu landen. Die grüne Kugel flog in die Ecktasche. Sie johlte, bewegte sich zur anderen Seite und beugte sich dann wieder über den Tisch.

Max schwor, dass er die stummen Pfiffe aller anwesenden Männer hören konnte. Alle Barhocker waren zum Billardtisch gedreht. Er glaubte sogar, ein paar Seufzer und Stöhngeräusche aus der überfüllten Bar zu hören, als sich der kleine rote Lederrock über ihre Oberschenkel schob. Höher, höher …

Verflucht noch mal! Er hoffte, dass sie wenigstens einen Schlüpfer trug.

Jemand trat hinter sie, legte ihr eine Hand auf die Hüfte und beugte sich über ihren Rücken. Anscheinend um ihr einen nützlichen Rat zu geben. *Scheiße!* Als ob sie einen Rat gebraucht hätte; sie kam gut genug allein zurecht. Jeder in der Bar konnte das sehen!

Max knallte die nun leere Bierflasche auf den Tresen hinter sich und fluchte laut. Marc warf ihm einen kurzen Blick von der Seite zu. Der wissende Gesichtsausdruck, den sein Bruder ihm schenkte, machte ihn noch wütender.

Er beobachtete, wie Amanda den Ratschlag mit einem Lächeln auf den Lippen annahm. Sie musste eine witzige Bemerkung gemacht haben, denn der *hilfsbereite* Mann lachte – etwas zu laut – als Reaktion.

Amanda schoss daneben. So viel zum Thema Hilfe.

Max beobachtete, wie Amanda taktvoll den kräftigen, aufdringlichen Pfoten des Mannes entkam.

Marc erhob sich hastig von seinem Stuhl und stellte sich vor Max, um ihm die Sicht zu versperren. »Bruder, mach keinen Scheiß! Du hast getrunken, und das Letzte, was du willst, ist, deinen Job zu verlieren.« Marc wartete, bis sein Bruder ihn ansah. Nicht ohne offensichtliche Ungeduld. »Und du … *wir* sind das Gesetz in dieser Stadt. Wir müssen mit gutem Beispiel vorangehen und nicht in Kneipenschlägereien verwickelt werden. Das ist es nicht wert.«

Max grunzte als Antwort und schnappte sich die neue Flasche Bier, die ihm der Barkeeper vor die Nase schob. Er drängte sich an seinem Bruder vorbei und ging zum Billardtisch hinüber. Amanda stützte sich auf ihren Billardstock und sah ihrer neuen Bekanntschaft beim Anstoßen zu.

»Wer ist dein Freund?«

Amanda hob ihre Schultern leicht an. Sie schaute von der Seite zu ihrem Gegner hinüber. »Wie heißt du noch mal?«

Ein verletzter Ausdruck huschte über die Züge des Mannes, bevor er antwortete: »Jack.«

Amanda drehte sich wieder zu Max und wiederholte: »Jack.«

»Kennst ihn lange?«

»Oh, ungefähr«, sie schaute auf die neonbeschlagene Budweiser-Uhr, die über der Bar hing, »eine Stunde.«

Max richtete seine Aufmerksamkeit auf Jack. »Woher kommst du, Jack?«

»Parsington.«

»Parsington?« Kein Wunder, dass er den Kerl nicht kannte. Er kannte jeden in der Stadt, das war sein Job. »Was machst du hier?«

Jack legte den Queue langsam und vorsichtig auf den Tisch und drehte sich um, um Max seine volle Konzentration zu schenken. »Soweit ich weiß, ist das hier ein freies Land.«

Max lehnte sich zu Jack, fast Nase an Nase. »Hör zu, Jack …«

Ein abruptes Räuspern machte ihm klar, dass er es gerade mächtig vermasselte. Er richtete sich auf und ging einen Schritt zurück. Behielt seine Augen aber trotzdem verengt und auf den Mann vor ihm fixiert.

Jack hob die Handflächen vor die Brust und ging einen Schritt zurück. »Hey, ich habe nichts Falsches getan. Es ist vollkommen legal, mit einer hübschen Lady einen Drink zu genießen.«

Amanda trat zwischen die beiden, während sie Max anstarrte. »Du hast recht, Jack. Es ist nicht illegal, mit einer Frau einen Drink zu nehmen – und danke für das Kompliment.« Sie schenkte dem anderen Mann ein breites Lächeln und drehte sich dann wieder zu Max.

»Kann ich kurz mit dir reden?« Als Max zögerte, fügte sie entschlossen hinzu: »Jetzt gleich?« Sie neigte ihren Kopf zu einer ruhigen Ecke in der schummrigen Bar.

Als sie wegging, hatte Max keinen Zweifel daran, dass er ihr folgen sollte. Egal, was passierte. Und zwar ohne Wenn und Aber.

Er beobachtete, wie sich ihr fester, geschmeidiger Hintern in dem kurzen Rock bewegte, während sie zielstrebig weiterging. Und er war sich sicher, dass er nicht der Einzige war, der diesen Anblick genoss. Er wollte nicht einmal den Kopf bewegen, um es bestätigt zu wissen. Er hatte schon genug damit zu tun, sein Temperament zu kontrollieren.

In einer abgedunkelten Ecke des Raumes lehnte sie sich gegen die alte Holzvertäfelung und verschränkte die Arme vor der Brust, bevor sie sich ihm zuwandte. »Also …«

»Warum hast du mir nicht gesagt, dass du heute Abend ausgehst?«

Ihre Augenbrauen hoben sich fast bis zu ihrem Haaransatz, bevor Amanda sie wieder senkte und ihre Lippen aufeinanderpresste.

Er bewegte sich auf dünnem Eis. Aber noch nie zuvor war er so besitzergreifend gegenüber einer Frau gewesen, mit der er nur einmal geschlafen hatte. Einmal!

Warum? Was war es, das ihn dazu brachte, sie über seine Schulter werfen, aus der Bar stürmen und sie mit nach Hause nehmen zu wollen, um sie dann in sein Bett zu werfen?

Er wollte sie in einem richtigen Bett ficken. Nicht auf dem Rücksitz eines Autos. Nicht in seinem Truck. Sondern in einem Bett, in dem er sie ausbreiten und mit ihr machen konnte, was er wollte …

»Weißt du noch, was du mir gesagt hast? Wir sollten es nicht an die große Glocke hängen, damit deine Mami es nicht herausfindet?«

Hatte er das gesagt? *Verdammt!* »Ja, aber …«

»Nichts Ernstes, oder?«

Max trommelte sich die Faust auf die Stirn und verzog das Gesicht. »Richtig.«

»Und jetzt willst du auf einmal, dass ich mich bei dir melde, bevor ich ausgehe?« Ihre Augenbrauen schossen wieder nach oben.

Ja. Ja, ich muss wissen, wo du dich aufhältst und mit wem. Verdammte Scheiße. »Nein.«

Sie nickte. »Gut, denn es wäre doch eine verdammte Schande, wenn es jemanden gäbe, der mein Leben in allen Belangen kontrollieren wollte, nicht wahr?«

Max strich sich mit den Fingern über sein kurzes Haar. Sie spielte mit ihm. Sie konterte mit seinen eigenen Worten und war eine absolute Besserwisserin. Und sie genoss jede Sekunde davon.

Aber es spielte keine Rolle, dass sie heute Abend vielleicht nicht mit ihm in die Bar gekommen war, denn sie würde heute Abend ganz sicher in seinem Bett landen und nicht in dem von jemandem wie Jack aus Parsington. Nicht, wenn er ein Wörtchen mitzureden hatte.

Ohne auf eine Antwort zu warten, stieß sie sich von der Wand ab und ging auf Marc an der Bar zu. Sein Bruder schüttelte den Kopf und lachte.

Sie hielt vor Marc inne. »Sag deinem Bruder, dass er in zehn Minuten bei mir sein soll, sonst werde ich ihn nicht reinlassen.«

Max seufzte, als sie die Bar verließ und sich dabei das Haar zurückwarf. Marc rief ihr »Frohes neues Jahr!« hinterher und lachte lauthals.

Dann wandte er sich an Max und fragte: »Worauf wartest du noch, du Idiot?«

AMANDA ÖFFNETE LEISE DIE HAUSTÜR; sie wollte Greg nicht wecken. Sie legte die Autoschlüssel auf den Tisch, als sie den Raum betrat. Sie kramte etwas Bargeld heraus, bevor sie ihre Handtasche in den nahe gelegenen braunen Sessel warf und ihre High-Heels auszog.

Gregs Babysitterin war vor dem Fernseher im Wintergarten eingenickt. Mit einem sanften Schütteln weckte Amanda Joni und begleitete das Mädchen zur Tür, wo sie ihr das Geld und ihren Dank mitgab. Sie schloss die Tür, lehnte sich dagegen und holte tief Luft.

Okay, der Mann war heiß und sie fühlten sich zueinander hingezogen – zumindest sexuell –, aber er war ein herrischer Cop, der sich einfach nicht um seine eigenen Angelegenheiten kümmern konnte. Sie glaubte nicht, dass Gelegenheitssex seine Stärke war. Dafür schien er viel zu besitzergreifend zu sein.

Ein leichtes Klopfen an der Tür ließ sie aufschrecken. Sie spähte durch den Vorhang, der das Fenster der Tür verdeckte. Er war gekommen.

Sie erstarrte. Vielleicht war es doch keine so gute Idee gewesen, dass sie ihn eingeladen hatte. Sie könnte so tun, als hätte sie es nicht gehört und einfach ins Bett gehen. Oder sie könnte …

»Amanda, ich sehe, dass du da stehst«, hörte sie gedämpft durch die Tür. Na ja, sie könnte ihn trotzdem ignorieren und ins Bett gehen. Nur weil er ein Cop war, hieß das nicht, dass er ihr Haus betreten konnte, wann immer er wollte. Er bräuchte eine Art Durchsuchungsbefehl. Oder etwa nicht?

Ach, verdammt. Er hatte dieses Haus schon oft betreten, ohne zu fragen.

Die Türklinke rüttelte. »Amanda«, rief er in einem heftigen Flüsterton. »Komm schon, lass mich rein!«

»Warum sollte ich?« Sie trat zur Tür und schob den Vorhang beiseite, um ihn zu betrachten. Ja, er war wirklich heiß. *Scheiße!*

»Weil du mich eingeladen hast.«

O ja. Das war's.

»Du hast nicht wirklich lange gebraucht.« Sie öffnete die Tür, bevor sie sich selbst davon abhalten konnte, und er kam herein und erfüllte den Raum mit dem Duft seiner Männlichkeit.

»Du sagtest zehn Minuten, und ich wollte nicht, dass du deine Meinung änderst.«

Aber in diesem Moment war ihr Bedürfnis, ihn in die Schranken zu weisen, stärker als ihr Verlangen. »Ich habe nur eine unschuldige Partie Billard gespielt. Als ob *dich* das irgendetwas angehen würde. Was gibt dir das Recht, dich in meinen Abend einzumischen? Ich habe versucht, in dieser ekelhaft langweiligen Stadt etwas Spaß zu haben.«

Max fuhr sich mit der Hand durch sein stacheliges, kurzes Haar, und seine Verärgerung war ihm deutlich anzusehen. »Das war nicht unschuldig. Deine *unschuldigen Partien* guckten unter deinem kurzen Rock hervor.« Er starrte auf den Rock, was eine Welle der Erregung in ihr auslöste.

Amanda schürzte ihre Lippen und stemmte eine Hand in die Hüfte. »Vielleicht war das so. Vielleicht wollte ich Jack mit nach Hause nehmen und heißen, wütenden, verschwitzten Sex mit ihm haben. Du weißt schon, so eine zwanglose ›Ein Mal ficken, weiterschicken‹-Sache.«

Max hielt inne und Amanda beobachtete, wie sein Adamsapfel ein paar Mal wippte, bevor er herausplatzte: »Tja, wenn du nach Freiwilligen suchst …«

»Bewirbst du dich?«

»Vielleicht.« Max packte sie am Arm und zog sie zu sich heran. »Verdammt, du bist echt heiß, wenn du wütend bist.«

Amanda riss sich von ihm los und ging zur nahestehenden Kommode. Sie schnappte sich ein Notizblatt und einen Stift. Sie drückte ihm beides in die Brust.

»Hier, füll einen Antrag aus! Ich rufe dich an, wenn ich Vorstellungsgespräche führe.« Sie drehte sich abrupt um und ging in die Küche. Er folgte ihr und warf den Stift und das Papier auf den Küchentisch. Sie verschränkte die Arme und lehnte sich mit dem Rücken gegen den Tresen.

»Amanda …«

Amanda hob eine Hand, um ihn davon abzuhalten, sich ihr zu nähern. Sie musste zuerst einige Grundregeln festlegen. »Du bist nicht mein Aufseher.«

»Ich weiß.«

»Ich bin nicht dein Job.«

Er hielt etwas länger inne, als er hätte tun sollen, bevor er antwortete. »Ich weiß.«

»Du stimmst mir nur zu, um mich zu beschwichtigen.« Wenn er ihr noch einmal mit einem *ich weiß* antwortete, würde sie ihm einen Tritt verpassen.

Amanda ging in Richtung Wintergarten.

»Genau, lauf weg wie das kleine Mädchen, das du bist.«

Amanda blieb wie erstarrt stehen.

Dieser Mistkerl! Sie drehte sich und ging direkt zu ihm zurück. Sie stand vor ihm, eins-zweiundsechzig schauten zu eins-neunundachtzig hoch.

Mit einem gemurmelten Fluch griff sie nach oben, packte seinen Hemdkragen und zog seinen Kopf zu sich heran. Als ihre Lippen seine berührten, konnte sie seine Überraschung spüren. Sein Mund öffnete sich und erlaubte ihr, ihre Zunge zwischen seine Lippen zu schieben.

Ihre Zungen trafen aufeinander und kämpften miteinander; er neigte seinen Kopf, um ihr noch näherzukommen. Seine Hände griffen nach ihren Hüften. Errötet und außer Atem wich Amanda mit einem abwägenden Blick zurück. Sie knöpfte ihre elfenbeinfarbene Bluse auf. Langsam. Sie löste einen glänzenden Knopf aus seinem Gefängnis, dann einen weiteren. Bis ihre Bluse offen hing und ihren gebräunten, straffen Bauch und den goldenen Bauchnabelring enthüllte. Sein Blick schweifte über ihren schwarzen Spitzen-BH und das runde Fleisch darin. Ihre Nippel verhärteten sich. Ihr Atem stockte.

Amanda schob sich den glatten Stoff über die Schultern und mit einem leichten Ruck rutschte ihre Bluse zu Boden.

Sie griff nach oben, um den Vorderverschluss, der ihre Brüste gerade noch so unter Kontrolle hielt, zu betätigen.

»Amanda«, warnte er noch einmal, konnte aber nur kurz den Atem anhalten, bevor ihre Finger den Verschluss lösten und ihre vollen Brüste zum Vorschein kamen. »Heilige Scheiße!«

»Also, Officer Bryson, bin ich«, ihre Stimme stockte, »bin ich ein kleines Mädchen?«

Max' Augen funkelten dunkel, als er sie von ihrer Brust auf ihr Gesicht hob. Sein Kiefer pochte. »Nein.« Seine Nasenflügel blähten sich auf, als würde er gegen einen Dämon in seinem Inneren kämpfen. »Zum Teufel, nein.«

Mit einem kehligen Lachen zog sie den BH aus und ließ ihn zusammen mit ihrer entledigten Bluse auf den Boden fallen. Sie hob eine Hand an ihren Hals und fuhr mit einem Finger über ihre Brust, um einen ihrer schmerzlich harten Nippel zu umkreisen. Dann umkreiste sie die andere. Sie biss sich auf die Lippe und warf den Kopf zurück, ihre Augenlider waren gesenkt. Amandas Atmung wurde schwerer, als sie ihre Hand über ihren flachen Bauch gleiten ließ und einen roten Fingernagel um ihren goldenen Bauchring kreisen ließ. Dann fuhr sie noch tiefer.

Max war still. So still. Zu still. Sie wollte ihn. Wollte, dass er sie nahm. Hier. Jetzt. Warum hatte er sich nicht bewegt?

»Scheiße«, stöhnte sie. Sie setzte ihren Weg nach unten fort und öffnete den Verschluss ihres Rocks – das Gleiten des Reißverschlusses hallte ohrenbetäubend.

Sie fuhr mit der Zunge über ihre geschwungenen Lippen und hinterließ eine Spur von Nässe. Sie keuchte ganz leicht.

Max' Augen hatten jede ihrer Bewegungen verfolgt. Er war wie angewurzelt stehen geblieben. Bis jetzt …

Er packte sie an der Taille, hob sie hoch, wirbelte herum und warf sie praktisch auf den Tresen. Er packte ihren Bund und riss ihr den Rock über die Hüften, wobei er ihren Tanga mit einer Handbewegung mitriss.

Amanda sagte nichts. Ihre Worte schienen den Moment immer zu ruinieren. Das wollte sie nicht. Sie wollte seinen Körper an ihrem, sein Gewicht, das sie erdrückte, seine Lippen auf jedem Teil von ihr. Sie wollte, dass seine Zunge jeden Zentimeter ihres Körpers erforschte.

Sie wollte einen willenlosen Schrei ausstoßen, während sie immer und immer wieder zum Orgasmus kam.

Und sie wurde nicht enttäuscht.

In der einen Sekunde thronte er über ihr und in der nächsten kniete er sich hin, spreizte ihre Schenkel, schaute genauer hin.

Dann nahm er sie in seinen Mund. Er strich mit seiner Zunge einmal, zweimal über ihren Kitzler, bevor er darüber streichelte. Amanda ließ ihren Kopf nach hinten gegen den Schrank fallen und stieß einen leisen Schrei aus. Sie griff intuitiv nach ihm, packte seinen Hinterkopf und zog ihn näher an sich heran, falls das überhaupt möglich wäre.

Seine Finger teilten ihre Hitze, streichelten zusammen mit seiner Zunge, schmeckten, knabberten. Er reizte und neckte sie, bis sich ihre inneren Muskeln vor Verlangen verkrampften.

Er tauchte seine Zunge in sie ein, um sie zu quälen. Er quälte sie! Seine Finger ersetzten seine Zunge und stießen tief in sie hinein, während seine Lippen erneut ihren Kitzler umschlossen. Er saugte, während seine Finger einen Rhythmus fanden.

Sie zwang sich, ihren Schrei zu unterdrücken; sie wollte Greg nicht wecken. Sie wollte nicht, dass er nach unten käme und seine Schwester mit gespreizten Beinen auf dem Tresen vorfand, während der örtliche Cop sie wie ein Festmahl verschlang.

Ihre Gedanken verflüchtigten sich, als sein Daumen seinen Mund auf ihrem Kitzler ersetzte und er aufstand. Dann umklammerten seine Lippen ihren Nippel und seine freie Hand fand ihre andere Brust. Er kniff in ihre Nippel und zwickte sie so sehr, dass sie ihren Rücken krümmte. Seine Zähne kratzten immer wieder an der anderen, und seine Zunge milderte das Brennen.

Sie stieß ein leises Keuchen aus, dann ein leises Wimmern, als sie spürte, wie der Orgasmus anfing. Ihre Muskeln verkrampften sich wie wild um seine Finger. Max erstarrte und hielt inne. Er hob seinen Kopf und sah sie an.

»Heilige Scheiße!« war alles, was er sagte, bevor er ihren Mund eroberte, sie bearbeitete, seine Finger in sie stieß und das Vergnügen von Neuem begann. Sie schmeckte sich selbst auf seinen Lippen und wäre fast wieder gekommen, aber er zog sie zurück.

Im Bruchteil einer Sekunde stand Max nackt vor ihr. Wunderschön. Ein dunkler Hengst. Sein Schwanz war so hart, so steif, dass er fast schon gequält aussah. An der Kuppe befand sich ein perlenartiger Lusttropfen. Sie wollte ihn ablecken.

Sie wandte ihren Blick von ihm ab und sah ihm in die Augen, die sie mit Intensität fixierten. So intensiv, dass sie ein Aufflackern von Angst spürte, aber das wurde weggespült, als er ihre Hüften packte und tief in sie stieß, sie ausfüllte und dehnte.

Ihr Keuchen ließ ihn innehalten, seine Brust hob und senkte sich schnell. Sie stemmte ihre Hüften gegen ihn, wollte mehr, wollte ihn tiefer und härter, aber er hielt sie fest. »Nicht! Beweg dich nicht … nur für eine Sekunde.« Dann knirschte er mit den Zähnen und stieß wieder und wieder tief zu.

Sie schlang ihre Beine fest um seine Taille. Jeden seiner Stöße erwiderte sie mit einem eigenen Stoß. Sie presste sich gegen ihn, wollte jeden Zentimeter seines Schwanzes.

Seine Arme stützten sich auf beiden Seiten der Theke ab, zitternd. Er kämpfte mit seiner eigenen Kontrolle. Er küsste sie wieder, wobei sich seine Zunge kurz mit ihrer verband, bevor er sich zurückziehen musste, um zu Atem zu kommen. Seine Kiefer spannten sich an, während seine Hüften bei jedem Stoß nach vorn kippten. Er rammte sie hart. Er wollte das. Sie wollte es auch. Es gab keinen Grund, romantisch zu werden. Kein Schnickschnack. Einfach nur Verlangen. Nur Bedürfnis.

Sie wölbte ihren Rücken, und als sie wieder kam, bohrte sie ihre Zähne in seine Schulter, um ihre Schreie zu unterdrücken.

Eine Schweißperle lief an ihm herunter und vermischte sich mit ihrer. Er griff nach oben und packte ihr Haar, zog es grob zurück und entblößte so ihren Hals. Seine Zähne bohrten sich in ihren Hals, nicht so tief, dass er die Haut aufriss, aber hart genug, dass sie erschauderte und die Muskeln ihrer Pussy sich noch stärker zusammenzogen.

Sie gab Worte von sich – sie hatte keine Ahnung, welche. Es war ihr auch egal, denn er spannte sich an und kam tief in ihr. Ihr Körper saugte ihn aus. Er sackte auf ihr zusammen und vergrub sein Gesicht in ihrem Nacken.

Ihre Atmung war schnell und flach, sein Herz pochte gegen ihren Körper.

Max zog seine Hände unter ihr weg und verschränkte seine Finger mit ihren. Er hatte sie immer noch auf der Arbeitsplatte fixiert. Er drückte ihr einen leichten Kuss auf den Hals, wo sein Kopf lag.

Amanda konnte sich nicht bewegen. Nicht, dass sie es wollte. Er war immer noch in ihr und dehnte sie aus. Sie wollte diese Nähe nicht verlieren. Zumindest jetzt noch nicht.

Abgesehen davon, dass sie ihre Hände ineinander verschränkt hatten, hatte sich auch Max kaum bewegt. Dann hob er seinen Kopf und schaute ihr tief in die Augen.

Sie wollte, dass er ihr etwas Bedeutendes sagte. Dass er sie liebte. Dass er ohne sie nicht leben wollte. Irgendetwas!

»Heilige Scheiße!« Er strich mit seinen Lippen leicht über ihre. »Das war verdammt noch mal unglaublich.«

Na ja, vielleicht doch nicht einfach irgendwas. Auch wenn er nicht der Einzige war, der zwanglosen Sex wollte, warum störte es sie, wenn er sich so verhielt? Als Amanda sich bewegte, zog er sich zurück und richtete sich auf. Er hielt ihr eine Hand hin und half ihr, sich aufzusetzen. Sie saß auf dem Tresen, nackt wie ein Neugeborenes, und sah den Mann an, dem sie sich gerade hingegeben hatte.

»Ja, das war verdammt noch mal unglaublich«, äffte sie nach.

Max strich ihr die wilden, feuchten, kastanienbraunen Locken aus dem Gesicht und steckte sie hinter ihr Ohr. Er fuhr mit dem Daumen an ihrem Kinn entlang und drückte ihr dann einen weiteren Kuss auf die Lippen.

Plötzlich erschien Amanda das Licht in der Küche grell und hart. Sofort fühlte sie sich unsicher. Na ja, das sollte sie auch. Sie saß splitternackt auf dem Küchentisch und hatte gerade wilden Sex mit einem Cop gehabt.

Verdammt! Sie stieß sich von der glatten Arbeitsplatte ab und sammelte ihre Kleidung ein. Sie notierte sich, dass sie den Tresen morgen früh mit Bleichmittel behandeln würde.

Zum Teufel, sie sollte ihn einfach austauschen lassen.

»Amanda, gehst du mit mir aus?«

Sie blieb stehen und warf ihm einen ungläubigen Blick zu. »Was?«

Er war dabei sich anzuziehen und hatte gerade seine Jeans zugeknöpft. Seine nackte Brust war noch feucht. Dunkle Haare umrahmten seinen Bauchnabel und verschwanden weiter unten in der Jeans. Er sah zum Anbeißen aus.

Verdammt! Hör auf damit. Das war es, was sie überhaupt erst in Schwierigkeiten gebracht hatte.

»Im Ernst, ich will mit dir ausgehen.« Max beugte sich vor, um sein Hemd aufzuheben. »Wie auf ein Date.«

Moment mal! Bat er sie wirklich gerade um ein Date? Das war also nicht so zwanglos, wie die beiden es geplant hatten?

Ein richtiges Date. In der Öffentlichkeit? Zum Teufel damit, dass seine Mutter es herausfinden könnte?

Sie schürzte ihre Lippen und blinzelte. War sie verwirrt oder war er es?

Ach, fuck! War ihr das in diesem Moment überhaupt wichtig?

Die Bewegung seines Bizeps mit dem *Semper-Fi*-Tattoo der Marine erregte ihre Aufmerksamkeit, als er in sein Hemd schlüpfte. Nachdem er es verdeckt hatte, antwortete sie: »Ich weiß nicht, ob ich dir bei einem Date vertrauen kann. Du könntest versuchen, die Situation auszunutzen.«

Max stieß ein leises Lachen aus, das Amandas Herz einen Schlag aussetzen ließ. Eines von Gregs Lieblingswörtern kam ihr in den Sinn – *lecker*. Max war so lecker.

»Hör zu, bring Greg mit! Wir werden viel Spaß haben.« Er packte ihre Hüften und drückte sie an sich. Max ließ seinen Kopf zu ihr sinken und drückte ihr einen Kuss auf die Lippen. Er vertiefte ihn, bevor er sie wieder losließ. »Ich werde dich und Greg morgen Abend abholen. Sag ja!«

Nein, nein, nein.

»Ja.«

Kapitel Zehn

MAX HATTE für Greg diese klassischen Rollschuhe und für sich und Amanda Inliner gemietet. Sie beobachtete Max aus den Augenwinkeln. Sie war gestern Abend in die Bar gegangen, um ihn aus dem Kopf zu bekommen, so viel zu dem Thema. Dieser Plan war wohl komplett nach hinten losgegangen. Na ja, einen Höhepunkt hatte es zumindest in dieser Nacht gegeben.

Jetzt gerade waren sie auf einer Rollschuhbahn und es gab ziemlich viele Leute, die im Kreis auf der Fläche herumfuhren. Max hatte sich mit Greg in die Mitte gestellt, um den Verkehr zu vermeiden und an seinem Gleichgewicht zu arbeiten. Greg schlurfte weiter und hielt sich mit beiden Händen an Max' ausgestrecktem Arm fest. Ein breites Lächeln bedeckte sein Gesicht. Er freute sich über die Aufmerksamkeit, die ihm der Cop schenkte.

Na ja, wenigstens bekam *einer* Aufmerksamkeit.

Amanda wurde es langweilig, im Kreis zu rollen. Sie bevorzugte, mit den Inlinern an den Stränden Floridas, wie am berühmten Broadwalk, wo es Sonne und Spaß gab, herumzufahren.

An diesem gottverlassenen Ort gab es weder Sonne noch Spaß. Na gut, das war ein bisschen *zu* hart.

Sie fuhr mit ihren Inlinern zur Seite und beschloss, einigen jungen Bewohnern von Manning Grove bei ihrer Freizeitgestaltung zuzusehen – Inliner fahren und sich unterhalten. Sie konnte sich nicht vorstellen, dass die Kinder diese Musik mochten. Die war einfach nur lahm.

Ein Typ in Gregs Alter fuhr vor und kam wenige Zentimeter vor ihr zum Stehen, um sie zu beeindrucken. »Hallo!«

»Hallo«, antwortete sie und sah, wie ein breites Grinsen über sein Gesicht huschte.

Er schaute sie von oben bis unten an – nicht *wirklich* offensichtlich – und plusterte seine Brust auf. »Ich bin Toby.«

Er war jung und sah nicht schlecht aus. Aber die Unreife triefte nur so aus seinen Poren. Er erinnerte sie an einen heißblütigen Latino, den sie in Miami zurückgelassen hatte.

Amanda merkte, dass er immer noch auf eine Antwort wartete. »Oh, ich bin Amanda.«

Das Licht wurde gedimmt und aus den alten Lautsprechern ertönte ein kitschiges Liebeslied. Es war ein Paarlauf.

»Hast Lust?«

Amanda schaute auf Tobys ausgestreckte Hand und versuchte, nicht zu lachen. Aber im selben Moment stellten sich die Haare in ihrem Nacken auf. Auf der anderen Seite der Fläche hatte ein anderer Mann sie mit seinen eisblauen Augen im Visier.

Officer Brysons wiederholte Warnungen »Halt' dich von Ärger fern!« sprangen in ihrem Kopf herum. Und ausnahmsweise wollte sie versuchen, seinen Rat zu befolgen.

»Nein danke.«

»Du bist hübsch.«

Amanda rollte mit den Augen. *Heilige Scheiße*, seine Sprüche waren so lahm wie die Musik. »Danke.«

»Du bist neu hier.« Das war mehr eine Feststellung als

eine Frage, und Amanda machte sich nicht die Mühe, darauf zu antworten. »Hast du einen Freund?«

Amanda öffnete den Mund – sie wollte nein sagen oder dass sie nicht auf der Suche war oder er zu jung für sie oder es viele nette Mädchen in seinem Alter gab. Aber sie hatte keine Gelegenheit dazu.

Stattdessen stieß Toby ein »Uff!« aus, als Max ihn *versehentlich* anrempelte.

»Oh, tut mir leid, Toby. Alles in Ordnung bei dir?«

Toby wirkte etwas verärgert, schaute aber zu dem größeren Mann auf und sagte widerwillig: »Ja, Sir.«

»Macht es dir was aus, wenn ich mit meinem Date eine Runde drehe?«

»Nein, nur zu, Officer Bryson. Solange es Amanda nichts ausmacht.«

Schlappschwanz.

Max streckte die Hand aus, schnappte sie und zog sie weg. »Nein, es macht ihr nichts aus.«

Kaum waren sie ein paar Meter entfernt, fragte Max: »Schließen wir Freundschaften?«

»Ja.«

»Er ist ein bisschen jung.«

»Und was willst du damit sagen?«

»Ich denke, dass du nach letzter Nacht einen Mann einem kleinen Jungen vorziehen würdest.«

Amanda stellte sicher, dass er das Augenrollen sah. »Klar, wenn ich einen *kennen* würde.« Amanda schaute sich um. »Wo ist Greg?«

»Ich habe ihm ein paar Münzen gegeben. Er ist in der Spielhalle.«

»Oh.« Sie drehten eine weitere Runde auf der Fläche, während die Discokugel bunte Reflexionen von den Wänden und dem Boden abprallen ließ. »Wir sollten nach ihm sehen.«

»Es geht ihm gut. Dunn ist hier mit seiner kleinen Schwester. Die beschäftigen ihn.«

Sie fuhren noch ein paar Runden schweigend. Seine warmen Finger waren mit ihren verschränkt. Es wäre keine große Sache gewesen, aber der Daumen, mit dem er immer wieder über ihren Handrücken strich, jagte ihr einen Schauer über den Rücken.

Max kam in einer dunklen Ecke zum Stehen, drehte sich zu ihr um und sah ihr tief in die Augen.

Er war verrückt. Hundertprozentig nachweisbar verrückt.

Sie war die Ursache.

Er war ein eifersüchtiges Arschloch geworden. Jedes Mal, wenn ein anderer Mann mit Amanda sprach, sie berührte oder auch nur anschaute, wurde er zum Höhlenmenschen zurückgestuft.

Das war nicht er. Er war noch nie in seinem Leben so besitzergreifend gegenüber einer Frau gewesen. Er war ein guter Fang. Das wusste er; seine Mutter hatte es ihm gesagt. Er war in dieser Stadt hoch angesehen. Er war ein guter Cop. Er war finanziell stabil und sah anständig aus. Er könnte sich jede einzelne Frau in dieser Stadt aussuchen. Na ja, so gut wie.

Aber er wollte nicht einfach jede Frau.

Er wollte Amanda.

Er strich ihr die wilden Strähnen aus dem Gesicht. Dann fuhr er mit dem Daumen über ihre volle Unterlippe.

Sie machte ihn verrückt. Sein Testosteron lief auf Hochtouren. Ihre rosafarbene Zunge kam heraus, um seinen Daumen zu schmecken, woraufhin sich sein Unterleib zusammenzog.

Seine Stimme klang uneben, als er sagte: »Ich weiß, dass dies erst unser erstes offizielles Date ist, aber darf ich einen Kuss bekommen?«

Ihre Augen weiteten sich, dann verengten sie sich,

während sie sein Gesicht studierte. »Ich weiß nicht. Ich will nicht, dass du denkst, ich sei leicht zu haben.«

Er lachte. »Zu spät.«

Anstatt ihm nachzugeben, rollte sie sich nach hinten und ließ eine Lücke zwischen ihnen entstehen. Sie stemmte die Hände in die Hüften. »Hmm. Ich schätze, ich muss jetzt wohl die Unnahbare spielen.«

Amanda wich jedes Mal, wenn Max sich vorwärts bewegte, zurück. »Ich weiß, wie man auf die harte Tour spielt. Willst du mal hart sehen?«

Die Lichter gingen an und das Lied wechselte zu einer alten Discomelodie. Amanda fuhr davon und warf ihr Haar zurück, während sie ihm einen Blick über ihre Schulter zuwarf. Dieser Blick war ein Versprechen auf das, was kommen würde. Sie zog die Mundwinkel hoch und zwinkerte ihm zu. Max stieß sich von der Wand ab und rollte ihr hinterher.

Als er sie auf der anderen Seite der Bahn eingeholt hatte, legte Max seine Hände auf ihre Hüften und rollte dicht hinter ihr her. Amanda drückte ihren Hintern gegen ihn und schwang ihre Hüften im Takt von Donna Summers »Love to Love You, Baby«.

Sie verschränkte ihre Arme hinter seinem Nacken und drückte ihre Brüste nach vorn, während sie den Liedtext sang. Amanda drehte sich in seinen Armen, ihre Hände waren immer noch um seinen Hals geschlungen, und sie machte ein Gesicht, als würde sie zum Höhepunkt kommen, als sie das letzte »Uh, love to love you, baby« sang.

Heilige Scheiße! Sie mussten sofort von hier verschwinden. Und zwar *jetzt* sofort. Obwohl sie schlecht sang, war sein Schwanz steinhart. Er drückte sich in seiner Hose nach oben. Und diese Rollschuhbahn war der letzte Ort, an dem er seinen Steifen zurechtrücken bringen wollte.

»Wir müssen verdammt noch mal von hier verschwinden. Lass uns Greg holen!«

»Habe ich etwas Falsches gesagt?«, fragte sie mit einem unschuldigen Gesichtsausdruck.

»O ja. Und ich erwarte, dass ich wenig später das Gleiche hören werde.« *Sing es nur bloß nicht.*

Sie sammelten Greg ein, gaben ihre Rollschuhe ab und waren innerhalb von zwanzig Minuten zu Hause.

MAX WARTETE UNTEN IM WOHNZIMMER, während Amanda Greg in seinen Schlafanzug steckte und den Fernseher in seinem Zimmer einschaltete. Er konnte das leise Geräusch der TV-Serie hören, aber sonst nichts. Also wartete er. Und wartete.

Vielleicht sollte er gehen. Vielleicht hatte sie auf der Rollschuhbahn nur mit ihm gespielt, um ihm unter die Haut zu gehen. Er kam sich vor wie ein verzweifelter Idiot, während er dort stand und wartete. Er drehte sich um, blieb aber stehen, als er hörte, wie ihre Füße die Treppe hinunterstapften.

Er musste zweimal hinschauen, denn sie kam in einem unförmigen, klobigen Bademantel herunter.

»Warum …«

»Pst.« Sie schnappte sich seine Hand und zog ihn in Richtung Garage. »Komm einfach mit!«

Er zog die Augenbrauen hoch, aber er folgte ihr, als sie ihn durch die Garagentür zog und sie hinter ihm schloss. Sie hatte einen Doppelschlossriegel, und sie drehte den Schlüssel um und schloss die beiden ein.

»Was …«

»Pst.« Sie führte ihn zum Rücksitz des Buicks und öffnete die hintere Beifahrertür. »Steig ein!«

»Aber …«

»Pst. Steig ein!«

Er ließ ihre Hand los und rutschte auf den Rücksitz. Sie folgte ihm und schloss die Tür.

Als sie sich zu ihm umdrehte, waren ihre Gesichter nur Zentimeter voneinander entfernt. »Jetzt …«

»Jetzt …«

»Jetzt halten wir beide die Klappe, denn Reden ist nicht unsere Stärke, und du beendest, was du an Weihnachten in diesem Auto angefangen hast.«

Selbst im schwachen Licht konnte er ihr freches Grinsen sehen. *Verdammt!* Sie überraschte ihn immer wieder.

Ein freches, freches Mädchen. Er liebte das.

Er unterdrückte ein Lächeln und fragte: »Weißt du noch, was ich mit dir gemacht habe?«

»Pst. Nicht reden. Vermassel das nicht!«

»Ich soll dich einfach nur vögeln?«

Er streckte seine Hand aus und umfasste ihr Gesicht, neigte ihren Kopf und zog sie ein wenig näher zu sich. Er beugte sich vor und küsste sie, saugte an ihrer Unterlippe. Seine Zunge verschmolz mit ihrer und ihre Hände griffen nach seinem Bizeps. Seine Muskeln spannten sich an und er bewegte sich zurück, gerade so weit, dass er sein langärmeliges T-Shirt über den Kopf ziehen konnte.

Er registrierte ihre Reaktion. Sie wollte ihn. Das zu wissen, das zu sehen, machte seinen Schwanz steinhart und ließ seine Eier prall werden. Er wollte sie genau so sehr. Nein, mehr.

»Amanda …«

Sie brachte ihn zum Schweigen, indem sie ihre Lippen wieder auf seine presste und ihn zwang, seine Worte herunterzuschlucken.

Stimmt ja. Nicht reden. Nur handeln. Sie war ein herrisches kleines Ding.

Er wanderte weiter, bis er an ihrem Ohrläppchen saugte und ihren Ohrring mit seiner Zunge berührte. Dann knabberte er an der zarten Haut. Er wanderte ihren Hals hinunter, knabberte an ihrem Schlüsselbein und schob den Kragen des Bademantels beiseite. Er griff nach dem Gürtel und löste ihn. Er konnte es kaum erwarten, zu sehen, was sie anhatte.

Sie schob den Bademantel von den Schultern und zeigte ihm deutlich, was sie nicht trug. Sie war zu einhundert Prozent nackt unter diesem Ding. Nur Haut und Fleisch und diese herrlichen Brüste.

Sie waren perfekt. Harte Nippel, umgeben von weichem Fleisch. Er umfasste beide und fuhr mit seinen Daumen über ihre Knospen. Einmal, zweimal. Sie wölbte ihren Rücken und schloss ihre Augen. Er nahm einen Nippel in den Mund und saugte kräftig daran. Als ihr ein Stöhnen entwich, wollte sein Schwanz in seiner Jeans tanzen, aber sie war zu eng. Ein Gefängnis. Er musste da raus, und zwar schnell.

Er öffnete den Schnappverschluss seiner Jeans, aber bevor er weitergehen konnte, schoben ihre Hände seine weg, sodass er wieder ihre Brüste würdigen konnte. Er streichelte, kniff und drehte ihre Nippel, während sie seinen Reißverschluss herunterzog.

»Zieh das aus!« Ihre Worte kamen atemlos und er schaute sie an. Ihre Augen waren verschleiert und unkonzentriert, ihr Mund leicht geöffnet. »Beeil dich!«

Er zog sich zurück, hob die Hüften und schob seine Jeans so schnell wie möglich nach unten. Er zog seine Schuhe und Socken aus, bevor er die Jeans ganz abstreifte. Sein Schwanz war frei. Und pochte. Er wollte ihn in die Hand nehmen, aber Amanda kam ihm zuvor. Ihre Finger umschlossen ihn und sie drückte sanft zu, wobei ihr Daumen einen Lusttropfen von der Eichel wischte.

Heilige Scheiße! Heilige Scheiße! Er fühlte sich wie ein unerfahrener Achtzehnjähriger. Als könnte er jeden Moment explodieren.

Aber das würde er verdammt noch mal auf keinen Fall zulassen. Niemals.

Aber das war es, was sie mit ihm machte. Und er musste die Kontrolle behalten, damit sie diese Entscheidung nicht bereuen würde.

»Ich bin so hart.«

Amanda beugte sich vor, ihre Lippen berührten nur den Kopf. Sie schaute kurz zu ihm hoch, ein verruchtes Lächeln auf dem Gesicht.

Was für eine unverschämte Bestie.

Sie nahm ihn in ihren warmen, feuchten Mund. Und er stöhnte auf. Seine Atmung beschleunigte sich und er versuchte zu schlucken. Ihre Zunge wirbelte an der Krone seines Schwanzes entlang. Sie kitzelte ihn. Dann nahm sie seinen Schwanz in den Mund und reizte ihn wieder und wieder.

Er wollte sie verwöhnen. Sie berühren. Sie küssen. Aber er war wie erstarrt. Er konnte sich nicht bewegen. Sie musste aufhören. Und zwar bald. Und zwar … sofort!

Mit einem Stöhnen rutschte er von ihr weg und unterbrach den Kontakt zu ihr.

Noch eine Verlagerung und dann drückte er sie mit seiner Brust nach hinten auf den Sitz. Er packte ihre Knie und spreizte sie so weit, wie es das Auto zuließ. Er tauchte tiefer, sein Mund auf ihrer feuchten Hitze.

Sie schrie auf, als er an ihrem Kitzler saugte und mit seiner Zunge daran herumspielte. Sie schmeckte so gut. Er schob zwei Finger in sie hinein und spürte, wie sie sich festklammerte und ihre Hüften anhob. Er leckte und saugte weiter an ihrer zarten Stelle, während sie in einem wilden Rhythmus auf seinen Fingern ritt. Ihr Kopf fiel zurück und ihr Körper krümmte sich. Sie schrie: »Ich komme!«

Noch mehr feuchte Hitze, während sie sich um seine Finger presste. Bevor sie wieder zu Atem kommen konnte, bewegte er sich ein letztes Mal und glitt in sie hinein. Sie war eng, aber feucht. So feucht. Ihr Körper hieß ihn willkommen und passte sich ihm Stoß für Stoß an. Die Neigung ihrer Hüften passte perfekt zu seiner eigenen Neigung. Sie passten perfekt zusammen.

Max biss die Zähne zusammen, um nicht den Verstand zu verlieren. Er wollte, dass dies so lange wie möglich andauerte. Als er sich aus ihr zurückzog, stieß sie ein leises Wimmern aus.

Er setzte sich auf und zog sie mit sich, ihre Beine über ihn gespreizt. Er schaute in ihr Gesicht und sah das unbändige Verlangen darin. Ein Schweißtropfen landete auf ihrer Brust, den er mit seinen Lippen einfing.

Er hielt ihre Hüften fest, sodass sie sich nicht absenken lassen konnte. Noch nicht. Sie wehrte sich gegen ihn.

Er saugte an ihren Nippeln, erst an dem einen, dann an dem anderen, während er sie über ihm in der Schwebe hielt. Eine Röte breitete sich auf ihrer Brust aus, während sie sich abstrampelte. Er knabberte noch einmal an beiden Nippeln und ließ dann seinen Griff um ihre Hüften los. Sie rutschte nach unten und landete auf ihm. Ihre Stirn sank auf seine Brust, ihr Atem strich schwer und unregelmäßig über seine Haut.

Er war so tief. Sie ritt auf ihm und vergrub seinen Schwanz vom Ansatz bis zur Spitze. Er hatte Angst, sich zu bewegen. Er war kurz davor.

Sie ließ ihre Hüften ein wenig kreisen.

Sie spielte mit dem Feuer.

Da sie oben war, hatte sie die komplette Macht. Aber das war ihm egal. Er klatschte ihr auf den Hintern und sie setzte sich in Bewegung. Sie ritt ihn hart.

Sie hatte die volle Kontrolle, ihr Rhythmus, ihre Bewegungen. Ihre Erlösung.

Er spürte, dass sie kurz davor war, ihre Pussy zog sich um ihn zusammen. Sie gab leise Laute von sich, die ihn wahnsinnig machten. Sie brachte ihn dazu, immer weiter zu stoßen. Wieder und wieder, bis er kam.

Er schloss die Augen und versuchte, seinen Atem zu verlangsamen. Schweiß rann ihm über das Gesicht. Er war fertig. So, so fertig. Sein Schwanz war so hart, dass es fast wehtat. Seine Eier waren fest und bereit, sich zu entladen.

Amanda verkrampfte sich und schrie. Ihre Pussy pulsierte um ihn herum, und das war alles, was er brauchte. Er ließ los und brüllte mit ihr, stieß ein letztes Mal tief in sie hinein.

Sie brachen beide in den Armen des anderen zusammen. Das einzige Geräusch war ihr zittriges, schweres Atmen.

Er konnte gerade genug Luft schnappen, um zu sagen: »Amanda ...«

Amanda hatte die Augen geschlossen und war an ihn gekuschelt, immer noch in seinem Schoß. Sie legte einen Finger an seine Lippen.

»Nicht! Versau das hier nicht!«

Teddy sah von der Bürste auf, die er gerade putzte, als Amanda den Salon betrat. »Hey, Freundin, setz dich mit deinem knackigen Hintern auf den Stuhl.«

Sie ging zur nächsten Arbeitsstation und ließ sich in den schwarzen Vinylsessel plumpsen. Sie drehte ihn herum und betrachtete sich im Spiegel. Sie sah genauso aus wie immer, oder nicht?

Teddy stellte sich hinter sie und schlang ihr automatisch den Plastikumhang um den Hals. Amandas Blick traf seinen im Glas.

»Du bist zu still.« Teddys Zähne nagten an seiner Unterlippe. Sie konnte sehen, wie sich die Räder in seinem Kopf drehten.

Oh Scheiße!

»Okay, spuck's aus! Was ist los mit dir?«

»Nichts.« Sie versuchte, ihn abzulenken, indem sie sagte: »Schneid einfach nur die Spitzen ab!«

Teddy drehte den Stuhl herum und stoppte ihn abrupt mit seinem Fuß, als sie sich Auge in Auge gegenüber befanden. Ihr Nacken wurde durch die Wucht gebeugt.

»Nee, nee. Ich werde keine Spitzen schneiden, bevor ich nicht etwas Schmutziges zu hören bekommen habe.«

»Es gibt *nichts*.« Sie betonte das letzte Wort.

»*Pah*. Mädchen, es gibt da wohl *etwas* …«

»Bist du der neueste Ermittler bei der Polizei in Manning Grove?« Ihre Stimme stockte, als sie merkte, dass sie ihm gerade einen Hinweis gegeben hatte.

Seine Lippen formten ein großes *O* und seine Augen weiteten sich. »Hast du nicht!«

Amanda schnitt eine Grimasse, als er einen hohen Schrei ausstieß.

»O nein, das hast du nicht!« Er drehte sie wieder herum und lehnte den Stuhl mit einem Ruck zurück, dann begann er, ihr das Haar zu waschen. »Ich will jedes Detail hören.«

»Nein.«

»Bitte?«

»Nein.«

»Es war dieser Bryson-Bock, nicht wahr?«

Amanda wollte ihn ignorieren, aber sie konnte es nicht. Ihr Kopf lag in einem Waschbecken und Teddys Gesicht schwebte fünfzehn Zentimeter über ihr und starrte sie an. Er war wie die verdammte Inquisition.

Teddy spülte ihr das Haar aus und seufzte verträumt. »Das war er! *Mmm. Mmm. Mmm.*« Er zog sie hoch und rubbelte ihren Kopf mit einem Handtuch ab. »Max *Ich bin so heiß, dass es beim Gehen knistert* Bryson?«

»Teddy!«

»Komm schon! Gib einem armen einsamen Kerl einen

Knochen.« Er kicherte über seine eigenen Worte. »War es gut?«

»Es war fantastisch«, räumte sie ein.

»Warum bist du dann nicht glücklich? Warum explodierst du nicht förmlich vor Freude?«

»Ich weiß es nicht.«

»Ihr hattet fantastischen Sex – das hattet ihr, erzähl mir nicht, dass es nicht so war – und du sitzt da und bläst Trübsal?«

»Es ist komplizierter als das.«

Teddy hielt sich eine Hand vor den Mund, um ein dramatisches Keuchen zu unterdrücken. »O mein Lord!« Teddy drehte den Stuhl um und beugte sich hinunter, um ihr direkt in die Augen zu sehen. »Jupp. Du bist verliebt.«

Amanda wurde blass. Verliebt? Nein. Begierig, vielleicht. Der Sex war gut. Mehr nicht.

»Das ist kaum Liebe, Teddy. Zum Teufel, wir hatten nur ein einziges offizielles Date. Und bei dem war sogar Greg dabei.«

»Aber du hattest doch schon fleischliche Erfahrungen mit ihm, oder? Sag mir nicht, dass du das nicht getan hast.«

Amanda nickte zögerlich, ihre Wangen brannten.

»Uuuuuh, es war also heiß und heftig? Ich bin so neidisch.«

»Aber ganz ehrlich, ich versteh das nicht. In der einen Minute wollen wir uns gegenseitig bespringen und in der nächsten … Manchmal verwirrt er mich einfach. Das Problem ist, dass er sich immer in meine Angelegenheiten einmischt, und das will ich bei einem Mann nicht. Davon hatte ich schon bei meiner Mutter genug.«

»Schatz, er ist ein verdammter Cop. Er kann gar nicht anders, als herrisch und kontrollierend zu sein. Du kennst doch das Sprichwort: Es ist ein schmaler Grat zwischen Liebe und Hass.«

Dieser Grat war wie ein Drahtseil, auf dem Max und sie wandelten. Ein kleiner Wackler und …

»Hattest du neulich Spaß im Crazy Pete's? Warst du enttäuscht? Weißt du, wir sollten eine große feurige Schwulenbar mit toller Musik, Tanz und viel Beleuchtung aufmachen … Uuuuh, was für ein Gedanke. Mal sehen, wie viele der Einheimischen sich dann outen. Du könntest Barkeeperin sein und ich würde …«

Teddy plapperte weiter und Amanda sah, wie sich seine Lippen mit hundert Kilometern pro Stunde bewegten. Aber sie hatte keine Ahnung, was er sagte.

Kapitel Elf

AMANDA WACHTE auf und streckte sich. Es war Donnerstag, einer der Tage, an denen Greg nicht in die Tagesbetreuung ging. Sie dachte an die Pfannkuchenmischung, die sie am Vortag zusammen mit den frischen Erdbeeren gekauft hatte. Es sollte ihr erster Versuch sein, Pfannkuchen zu machen. Die mikrowellenfertigen zählten nicht.

Sie fuhr sich mit einer Bürste durch ihr langes Haar und zerrte mit den Fingern an den Knötchen. Nach fünf Minuten gab sie auf und legte die Bürste zurück auf die Kommode. Sie würde ihr Haar wieder in Ordnung bringen, nachdem sie es später gewaschen hatte. Sie rückte ihre rosa gestreifte Pyjamahose zurecht und vergewisserte sich, dass ihr kleines weißes Tanktop alles Wichtige bedeckte, bevor sie den Flur zu Gregs Zimmer hinunterging.

Seine Tür stand einen Spalt offen. Ein flaues Gefühl in der Magengrube überkam sie. Sie stieß die Tür weiter auf. »Greg?«

Sie stöhnte, als sie die Treppe hinunterlief. Chaos kam ihr auf halbem Weg entgegen. Wenigstens war der Hund hier. Das war ein gutes Zeichen.

»Wo ist er, Chaos?« Der Hund bellte als Antwort. Amanda stieß einen Fluch aus. Hatte sie etwa erwartet, dass der Hund sich wie Lassie benimmt und sie zu Greg führt?

Verdammt noch mal, ja, das hatte sie.

»Komm schon, Chaos! Wo ist er?«

Der Hund bellte und rannte neben ihr die Treppe hinunter. Unten angekommen, drehte er sich zweimal im Kreis, ließ ein schrilles Bellen hören und huschte zur Haustür.

Sie schlug sich mit dem Handballen an die Stirn. Er war weg. Schon wieder.

»Ist er durch die Vordertür raus?«, fragte sie den Hund. Chaos bellte noch einmal und drehte sich.

Scheiße! Sie führte ein verfluchtes Gespräch mit einem Hund!

Amanda rannte ins Wohnzimmer, schnappte sich das Telefon und wählte den Notruf.

»9-1-1. Was ist Ihr Notfall?«

»Mein Bruder! Er ist verschwunden!«

»Okay, Ma'am. Beruhigen Sie sich! Ihr Bruder ist verschwunden?«

Hatte sie das nicht gerade gesagt? »Ja!«

»Wie lange wird er schon vermisst?«

»Ich weiß es nicht. Eine Stunde?«

Eine stille Pause. »Wie alt ist er?«

»Zweiundzwanzig.«

Wieder eine kleine Pause. »Ma'am, er ist ein Erwachsener. Rufen Sie uns wieder an, wenn …«

»Aber er ist … er ist … nicht in Ordnung!« Amanda knallte das Telefon auf den Tisch. »Verdammt!«

Sie biss sich auf die Lippe, bis etwas Blut floss. Sie versuchte zu denken, aber in ihrem Kopf drehte sich alles.

Das sollte eigentlich nicht passieren. Sie sollten eigentlich ein schönes Frühstück mit Pfannkuchen und Sirup genießen.

Sie schnappte sich die Autoschlüssel vom Haken.

Sie würde Greg selbst finden müssen.

»Los geht's, Junge!«

***

ROTE, weiße und blaue Lichter blitzten hinter ihr auf und beleuchteten das Innere des Autos wie eine schlechte Disco.

Sie fluchte und schlug auf das Lenkrad. Genau das, was sie jetzt brauchte.

Als sie das Fenster auf der Fahrerseite öffnete, füllte plötzlich Max' Kopf das Fenster aus. Sie hatte ein Déjà-vu.

»Amanda. Was zum Teufel machst du da? Du hast eine rote Ampel überfahren. Du wirst dich noch umbringen.«

»Vielleicht ist das die einzige Möglichkeit, Hilfe von der Polizei zu bekommen!«

»Was?«

»Ich habe den Notruf angerufen, aber die wollten nicht helfen.«

»Was ist los?«

»Greg. Er ist verschwunden.«

»Heilige Scheiße! Schon wieder?«

Schon wieder? Ja, schon wieder. Sie hatte wieder einmal versagt. Sie hatte sich selbst und Max Bryson bewiesen, dass sie unverantwortlich war. Schon wieder.

Sie umklammerte das Lenkrad mit beiden Händen und biss sich auf die Lippe, um das Schluchzen zu unterdrücken, das ihr so gerne entweichen wollte. »Es tut mir so leid.« Sie schloss ihre Augen.

»Du musst dich nicht bei mir entschuldigen.« Er griff sich an die Schulter, meldete sich über das Funkgerät und gab Gregs Beschreibung an den Dispatcher in der Zentrale weiter. »Geh jetzt nach Hause! Du musst da sein, falls er nach Hause kommt. Ruf mich an, wenn er kommt. Ich schicke die Jungs los, um ihn zu suchen.«

Max griff zum Fenster und strich ihr mit dem Daumen über die Wange und wischte eine verirrte Träne weg. Seine Stimme war leise und sanft. »Es wird ihm nichts passieren.«

Er klang so überzeugend.

Sie ging nicht nach Hause. Das konnte sie nicht.

Sie wollte auf keinen Fall nach Hause gehen, um dort zu sitzen und sich Sorgen zu machen. Nachdem Max sie auf den Weg geschickt hatte, fuhr sie noch einmal durch die Stadt. Dann parkte sie. Chaos lief um sie herum, der Border Collie trieb sie den Bürgersteig entlang. Sie schaute bei der Kirche in der Fifth Street nach. Greg war nicht da.

Sie setzte sich vor der Kirche auf die bitterkalten Steinstufen. Sie zitterte unkontrolliert. Sie hätte sich ihre Jacke überwerfen sollen. Und ein Paar Schuhe anziehen. Sie lief mitten im Winter mit nichts als einem Schlafanzug durch die Stadt. Was hatte sie sich nur dabei gedacht?

Gar nichts! Das war das Problem. Aber sie musste klar denken.

Greg war wahrscheinlich auf der Suche nach seiner Mutter. Aber er war nicht in der Kirche. Wo würde er als Nächstes suchen? *Denk nach!*

Das letzte Mal, dass Greg seine Mutter gesehen hatte, war in der Kirche gewesen.

Amanda richtete sich auf. Aber das war es nicht. Wirklich, das letzte Mal, dass Greg seine Mutter gesehen hat, war … auf dem Friedhof! Der Friedhof war drei Blöcke entfernt.

Sie rannte, ohne auf den Hund, der sich an ihre Fersen heftete, zu achten. Sie rannte, ohne sich darum zu kümmern, dass ihre nackten Füße unbarmherzig auf den Beton stießen. Sie rannte, bis sie den Friedhof sah.

Bis sie die beiden sah.

Zwei Streifenwagen mit flackernden Scheinwerfern parkten Nase an Nase. Bei dem einen stand die Fahrertür offen. Beide waren leer.

Erleichterung überkam Amanda beim Anblick der beiden bekannten breitschultrigen Männer in dunkelblauen Einsatzjacken, die neben Greg standen und mit ihm nur wenige Meter vor dem Friedhofstor sprachen.

Er war in Sicherheit. Greg war in Sicherheit. Sie rief erleichtert aus. Alle drei Männer schauten hoch.

Plötzlich wurde ihr klar, dass sie dumm aussehen musste. Immer noch in ihrem rosa Schlafanzug und dem weißen Tank. Ohne Jacke bei dem kalten Wetter. Und barfuß! Sie blieb auf dem Bürgersteig stehen und schaute zu den Männern auf der anderen Straßenseite.

Dann entdeckte Greg Chaos. Und der Border Collie entdeckte Greg. Die Ohren des Hundes stellten sich auf und er bellte. Gregs Lächeln wurde breiter und er tätschelte automatisch sein Bein. Chaos reagierte darauf. Seine Augen waren nur auf sein Herrchen gerichtet.

Das war etwas, das Amanda nie vergessen würde und das sich für immer in ihr Gehirn einbrannte.

Ein Hupen. Ein Quietschen. Ein Aufprall.

Ein widerlicher dumpfer Aufprall.

Geräusche, die Amanda nie wieder in ihrem Leben hören wollte.

»Chaos!« Wie eingefroren überkam sie das Grauen. Ihr Kopf schüttelte sich in Zeitlupe. Sie schrie leise, die Geräusche kämpften darum, zu entkommen.

Sie hörte gerade noch, wie eine Hupe ertönte, als sie von der Bordsteinkante trat. Plötzlich wurde sie von starken, dicken Armen gepackt. Sie schlossen sich fest um sie, sodass sie sich heftig gegen die Einschränkung wehrte. Sie fand ihre Stimme wieder und schrie hysterisch: »Nein! Nein! Nein! Chaos!«

Max' Gesicht streifte ihres, und er flüsterte ihr beruhigende Worte ins Ohr. Aber sie konnte ihn nicht hören. Sie konnte ihn nicht sehen. Alles, was sie sehen konnte, war der leblose schwarz-weiße Hund, der auf der Straße lag und dessen gefiederte Rute stillstand.

Amanda hob ihren Blick. Marc hielt Greg zurück. Bei dem Anblick von Gregs Gesicht wollte sie sich übergeben. Sie krümmte sich in Max' Armen und hustete sich die Seele aus dem Leib.

Sie krächzte: »Geht es ihm gut?« Aber kannte die Antwort schon.

Die Leute versammelten sich. Jemand hob Chaos auf und wickelte ihn in eine braune Decke. Dann wurde alles schwarz.

AMANDA SPÜRTE das leichte Tippen von Fingern an ihrer Wange. Sie wollte ihre Augen nicht öffnen. Sie war noch nicht bereit, sich mit dem auseinanderzusetzen, was gerade passiert war. Noch nicht. Wenn sie ihre Augen noch ein paar Minuten geschlossen hielt …

»Amanda? Amanda, wach auf!«

Sie spürte, wie die unerträgliche Kälte des Betons bis in die Knochen ihres Unterkörpers vordrang. Sie war von Max' Wärme umgeben, während er in der Hocke saß und ihren Oberkörper zwischen seinen Beinen hielt und sie stützte.

Er tippte ihr erneut auf die Wange.

Sie spürte seinen heißen Atem an ihrem Ohr. »Verdammt noch mal, Amanda. Ich weiß, dass du zu dir gekommen bist. Öffne deine Augen! Oder ich hol' das Riechsalz raus.«

Mit einem Stirnrunzeln gehorchte sie. Sie lag auf dem Bürgersteig an der gleichen Stelle, an der sie ohnmächtig geworden war. Sein Körper versperrte ihr die Sicht auf die Straße.

»Greg?«

»Marc wird ihn zu meinen Eltern bringen. Meine Mutter wird sich gut um ihn kümmern.«

Mary Ann. Was würde Amanda nur ohne sie tun?

»Kannst du wieder aufstehen?«

Amanda nickte. »Ich glaube schon.«

Max hakte seine Arme unter ihren ein und hob sie auf ihre Füße. Er wickelte eine silberne Isolierdecke fest um sie. Als sie versuchte, um ihn herum auf die Straße zu schauen, packte er sie an den Schultern und hob ihr Kinn an. Er schaute auf sie herab, als ob er ihr tief in die Seele blicken würde. Amanda verschränkte ihre Arme über ihrem Bauch und drückte gegen die Leere, die sie dort spürte.

»Bist du in der Lage, zu fahren?«, fragte Max.

Sie nickte wortlos.

»Bist du sicher?«

»Im Moment bin ich mir bei gar nichts sicher.«

»Geh nach Hause und ruh' dich aus, bis ich komme. Wir werden uns um das Chaos kümmern.« Er stoppte sie. »Und Amanda?«

Sie starrte ihn leblos an.

»Dieses Mal hörst du auf mich. Geh nach Hause!«

Sie schloss kurz die Augen und ging nach einem leichten Nicken die drei Blöcke zurück zum Buick. Sie zog die Rettungsdecke enger um ihren zitternden Körper und weigerte sich, zurückzuschauen.

MAX BEOBACHTETE AMANDA, wie sie die Straße hinunterging. Ihr Gang war steif, als ob sie starke Schmerzen hätte. Sie war barfuß. Im Januar.

Diese kleine Idiotin.

Er hätte ihr anbieten sollen, sie zum Auto zurückzufahren, aber im Moment fühlte er sich alles andere als großzügig.

Tja, sie war nicht die Einzige, die litt. Er bekam das Bild

von Greg nicht aus dem Kopf, wie er mit ansehen musste, wie sein geliebter Hund vor seinen Augen fast getötet wurde. Das hätte so nicht passieren dürfen.

Zum Teufel, das hätte überhaupt nicht passieren dürfen.

Greg war immer noch auf der Suche nach seiner Mutter, weil er ihren Tod nicht verstehen konnte. Und jetzt war sein Gefährte schwer verletzt worden ... verdammt, fast tödlich verletzt. Max wusste nicht, ob Greg überhaupt das Konzept des Verlustes, des Todes, verstand.

Hoffentlich konnte Max' Mutter ihn besänftigen, ihn beruhigen und ihn von der Tragödie, die gerade passiert war, ablenken.

Amanda würde in ihrem derzeitigen emotionalen Zustand keine Hilfe für ihren Bruder sein.

Verflucht sei sie!

Verflucht sei sie! Wie konnte sie nur so dumm sein?

Er hatte ihr gesagt, *geh nach Hause und warte dort!*

Max ging über die Straße zu Marc, der einen Arm um den verzweifelten Greg gelegt hatte. Nachdem Marc Greg auf den Rücksitz seines Autos gesetzt hatte, erzählte ihm sein Bruder, dass Dunn, als Max mit Amanda beschäftigt gewesen war, mit Chaos mit Alarmstufe Rot, Blaulicht und Sirene in die nächste Tierklinik gefahren war.

Mit einem betäubten Kopfschütteln schickte er Marc mit Greg zu seinem Elternhaus. Den Fahrer, der Amanda nur knapp verfehlt hatte, schickte er ebenfalls auf den Weg.

Die andere Fahrerin, die den armen Hund angefahren hatte, wartete neben ihrem Fahrzeug und war sichtlich erschüttert. Er nahm nur wenige Informationen von der Frau auf, vergewisserte sich aber, dass sie nicht verletzt und dass das Fahrzeug nicht beschädigt war. Er sagte ihr, dass er einen Bericht über den Vorfall verfassen würde. Er entschuldigte sich für die Unannehmlichkeiten, wobei seine Stimme hölzern und hohl klang.

Er erfüllte seine Pflicht, aber die ganze Zeit über hatte er das Gefühl, als würde ein heißer Schürhaken in seinem Bauch stecken.

Die Vision von Amanda, die fast vor das Auto gesprungen wäre, hatte sich in sein Gehirn eingebrannt.

Sie hätte sterben können.

Er streckte seine Hände vor sich aus. Sie zitterten immer noch. Er ballte die Hände zu engen Fäusten, um seine Schwäche zu kontrollieren, und verzog den Mund grimmig.

Amanda blinzelte und versuchte, einen klaren Kopf zu bekommen.

Sie war direkt nach Hause gefahren, wie Max es ihr aufgetragen hatte. Sie hatte die Vorhänge zugezogen, um das Schlafzimmer zu verdunkeln. Dann hatte sie sich im Bett zusammengerollt, die Augen geschlossen und versucht, die Welt auszublenden.

Das hat nicht geholfen.

Der kühle Waschlappen, den sie vorhin auf ihre Stirn gelegt hatte, war jetzt warm. Angewidert ließ sie ihn auf den Boden neben dem Bett fallen. Auch das hatte nicht geholfen. Das Hämmern in ihrem Kopf ließ nicht nach. Sie glaubte nicht einmal, dass eine ganze Packung Aspirin helfen würde.

Amanda hörte ein leichtes Klopfen an ihrer Zimmertür.

Sie richtete sich auf, als Max ins Zimmer trat. Sein unverkennbar angespannter Körper füllte den kleinen Raum am Fußende ihres Bettes aus. Seine Uniform verlieh ihm einen Hauch von Autorität und Strenge. Und sein Gesichtsausdruck war schlichtweg unlesbar.

Sie hatte erwartet, Besorgnis, vielleicht sogar Traurigkeit, in seinem Gesicht zu sehen. Aber sein Blick verriet nichts.

»Greg?«

»Unverletzt, aber am Boden zerstört.« Seine Worte klangen erschöpft.

»Chaos?«, fragte sie hoffnungsvoll.

»Als ich mich um dich gekümmert habe, ist Dunn aufgetaucht und hat ihn schnell zum Tierarzt gebracht. Soweit ich weiß, ist er in einem kritischen Zustand. Nach einigen Tests und wahrscheinlich auch einer Operation werden wir mehr wissen.«

Sie schloss ihre Augen und versuchte, die Tränen zurückzuhalten.

Sie hatte Glück, dass Chaos nicht auf der Stelle tot gewesen war. Aber sein Zustand war immer noch kritisch; sie war sich sicher, dass es noch so oder so ausgehen könnte. Amanda hoffte für Greg, dass er seinen Hund nicht so bald nach seiner Mutter verlieren würde.

»Es war dumm. Dumm! Ich habe dir gesagt, du sollst nach Hause gehen. Ich habe dir gesagt, *geh nach Hause und warte dort.*« Wut war nicht annähernd das richtige Wort; es war Schmerz und reiner Zorn. »Aber du hast es nicht getan. Du bist eine verwöhnte kleine Göre, die denkt, sie kann tun, was sie will. Dass sie auf niemanden hören müsste. Du hättest dich umbringen können. Du hättest Greg umbringen können, und du hast Chaos schwer verletzt.«

»Ich wollte nur helfen, Greg zu finden.« Ihre Stimme zitterte.

»Wann begreifst du es endlich? Wirst du jemals verantwortungsbewusst genug sein, um dich auch mal um andere als dich selbst zu kümmern?«

Seine Worte taten weh. Aber sie waren wahr. Sie schämte sich und war traurig. Aber vor allem war sie von sich selbst enttäuscht.

Verzweifelt kämpfte sie gegen die Wut an, die in ihr hochkochte. Wut auf sich selbst. Wut auf den Mann, der sie vom Ende ihres Bettes aus verurteilte.

Sie verlor den Kampf.

»Ich wollte von vornherein nicht in diese Stadt kommen. Ich will mein Leben zurück!« Sie zog ihre Knie an ihre Brust und umarmte sie fest. »Ich vermisse mein Leben. Ich vermisse meine Freunde. Ich vermisse es, spätabends zu Starbucks zu gehen, an den Strand zu fahren, um mich zu bräunen, oder ein Taxi zu rufen, um in die Innenstadt zu fahren und meine Miete zu verprassen. Mein Leben besteht jetzt nur noch aus Shoppen in Warenhausketten wie Kohl's. Was ist passiert? Wie konnte es so weit kommen? Ich gehöre nicht hierher!«

»Anscheinend.« Dieses eine Wort traf sie tief.

»Verschwinde!«, schrie sie hysterisch und ihr Gehirn wollte ihr aus dem Kopf springen. »Verschwinde verflucht noch mal aus meinem Haus!«

Ihr Kopf pochte, als sie sah, wie Max seine Augen schloss und am ganzen Körper zitterte. Eine Mischung aus Emotionen wanderte über sein Gesicht, bevor er sie wieder ansah. Seine Augen hatten sich beruhigt, und die Anspannung in seinem Körper war verschwunden.

»Amanda …«

Nein, nein, nein. Sie wollte sein Mitleid jetzt nicht. Wenn er weich werden würde, würde sie auch weich werden und nur noch weiter in Millionen Stücke zerbrechen.

Sie musste jetzt allein sein.

»Geh einfach!«, flüsterte sie.

Und das tat er auch.

Max stürmte die Treppe hinunter, zwei Stufen auf einmal, während die Gegenstände an seinem klobigen Dienstgürtel gegen seine Oberschenkel und Hüften stießen.

Seine Nasenflügel blähten sich auf, als er tief einatmete und versuchte, seine Gefühle zu kontrollieren. *Verdammt*, er versuchte, überhaupt irgendeine Kontrolle wiederzuerlangen. Als Cop hatte er praktisch jeden Tag mit solchen Vorfällen zu tun. Aber dies war kein gewöhnlicher Vorfall. Hier ging es um Amanda. Zu sehen, wie sie fast von dem Auto überfahren worden war…

Sein Herz fühlte sich an, als ob es ihm aus der Brust gerissen worden wäre.

Mit schweren, langen Schritten ging er durch das kleine Haus und zur Vordertür hinaus. Er spürte Enttäuschung, als er die Tür hinter sich zuschlug. Obwohl er sie so fest geschlossen hatte, dass die Fensterscheiben zitterten, brachte ihm das keine Befriedigung, keine Erleichterung in der Magengrube. Er machte sich auf den Weg zu seinem Streifenwagen, drehte dann aber abrupt um und ging zurück zur Treppe. Er hielt sich selbst davon ab, wieder hineinzugehen und die Stufen zu ihrem Schlafzimmer hinaufzugehen.

Er wollte es nicht tun. Er wollte nicht nachgeben.

Er spannte seinen Kiefer an. Sie brauchte etwas Zeit. Er brauchte etwas Zeit. Um zu verarbeiten, um sich zu sammeln.

Er ballte die Fäuste und begann, auf dem Gehweg vor der Tür hin und her zu gehen.

Er hörte ein Rascheln und schaute hinüber. Mrs. Myers stand auf ihrer Veranda und lehnte sich über das Geländer. Natürlich beobachtete sie, wie er sich wie ein Idiot aufführte.

»Was ist denn hier los, Max?«

Was zum Teufel? Nicht jetzt. Max biss die Zähne zusammen. »Nichts, Mrs. Myers. Warum gehen Sie nicht wieder rein? Es ist ein bisschen kühl hier draußen. Ich will nicht, dass Sie krank werden.«

Mrs. Myers stemmte die Fäuste in ihre kräftigen Hüften. »Da drüben scheint immer irgendeine Art von Krawall stattzufinden. Das Mädchen macht nichts als Ärger, seit sie hier ist. Jemand muss den Jungen aus ihrer Obhut nehmen.«

Max seufzte. »Sie tut ihr Bestes, Mrs. Myers.«

Das stimmte. Sie *tat* ihr Bestes. Sie war nicht perfekt. Das Leben war nicht glatt und geordnet. Es konnte immer etwas schiefgehen. Aber, verdammt … Der heutige Tag hatte ihn aufgerissen und von innen nach außen gestülpt.

Marc fuhr mit dem anderen Streifenwagen vor. Er öffnete das Fenster auf der Fahrerseite, als er in die Einfahrt fuhr.

»Wie geht's Greg?«

Marc schüttelte den Kopf, ein trauriger Blick überschattete seine Züge. »Nicht gut. Er ist ziemlich verzweifelt. Mom tut, was sie kann.«

Max presste die Lippen zusammen und nickte seinem Bruder zu. Er warf einen Blick auf seine Uhr. »Ich gehe jetzt nach Hause und ziehe mich um. Ich fahre so schnell wie möglich rüber und sehe, was ich tun kann.«

»In Ordnung. Wir sehen uns heute Abend.« Marc fuhr langsam weg und winkte Mrs. Myers dabei kurz zu.

Mrs. Myers wandte ihre Aufmerksamkeit wieder Max zu. »Was ist denn mit dem Jungen passiert?«

»Er ist aufgebracht. Sein Hund wurde gerade von einem Auto angefahren.«

»Kann nicht behaupten, dass das eine Schande ist, dieses laute Ding.«

Max grunzte und sprang in sein Auto, bevor er etwas sagte, das er später bereuen würde.

———

NACHDEM ER GEDUSCHT und sich umgezogen hatte, machte sich Max auf den Weg zum Haus seiner Eltern. Als er sicher war, dass Greg zurechtkam, trat er auf die Veranda, um etwas dringend benötigte frische Luft zu schnappen.

Das Rumpeln der Reifen auf der Kiesauffahrt ließ Max

an den Rand der Veranda treten, um zu sehen, wer da kam. Er erkannte den grauen Buick.

Er war fest entschlossen, Amanda abzuwimmeln. Seine Mutter hatte Greg endlich etwas beruhigt, und er wollte nicht, dass diese Arbeit zunichtegemacht wurde.

Er joggte die Treppe hinunter und zum Auto hinüber und erreichte Amanda gerade, als sie ausstieg. Max stellte sich vor sie, die Arme verschränkt und die Beine schulterbreit auseinander.

Sie war nicht erfreut, ihn zu sehen. Nun, er war auch nicht froh, sie so schnell hier zu sehen. »Was machst du hier?«

Sie schob ihre Sonnenbrille weit nach oben, um sich mit der Hand frustriert über die Augen zu wischen. Er konnte sehen, dass sie geschwollen und rot waren.

»Ich bin gekommen, um Greg abzuholen.«

»Das ist im Moment keine gute Idee.«

Sie versuchte, um ihn herumzugehen. »Er braucht mich.«

»Wenn du deinem Bruder helfen willst, lässt du ihn die Nacht hier verbringen. Meine Mutter wird sich gut um ihn kümmern.«

Sie hielt inne. »Aber …«

»Lass meine Eltern ihn heute Abend ablenken, damit er nicht mehr an alles denken muss, was passiert ist. Mein Vater kann ihn morgen absetzen.«

»Er hat Tagesbetreuung …« Der Anblick, wie sie sich unschlüssig auf die Lippe biss, brachte seine Mauer zum Einsturz.

»Ich sage ihm, dass er Greg morgen in die Tagesbetreuung bringen soll, falls er überhaupt Lust dazu hat.« Er streckte die Arme aus, umschloss ihre Hände mit seinen und zog sie an sich. Er ließ seinen Kopf nach unten sinken und legte seine Stirn an ihre. »Amanda … was vorhin passiert ist … nicht nur mit Greg und Chaos, sondern auch zwischen uns …«

Amanda versteifte sich, dann wich sie zurück. »Danke deinen Eltern von mir. Und danke, dass ihr Chaos zum Tierarzt gebracht habt.« Sie kletterte wieder in den Buick. »Ich denke, man kann getrost sagen, dass wir uns einfach lieber aus dem Weg gehen sollten.«

Sie war verletzt. Das sah er. Tja, er war es auch. Aber sie konnte nicht klar denken. Und er konnte sie nicht einfach gehen lassen. Nicht jetzt. Vielleicht niemals. »Das denkst du, ja?«

Sie nickte und ihre Sonnenbrille verrutschte ein wenig. Gerade so viel, dass er ihre frischen Tränen sehen konnte. Sie schob sie wieder hoch.

»Na ja, ist es denn egal, dass ich nicht deiner Meinung bin?« Er ballte seine Fäuste und kämpfte gegen den Drang an, sie aus dem Auto in seine Arme zu ziehen. Seine Nasenflügel blähten sich auf. Nein, er wollte sie nicht verlieren.

»Scheiß drauf!« Er griff nach ihr.

AMANDA SAH AUF, überrascht von seinem Ausbruch. Bevor sie ihm die Tür vor der Nase zuschlagen konnte, zerrte er sie an den Armen aus dem Auto und schlug die Autotür zu.

Sie öffnete den Mund, um zu protestieren, schnappte aber nach Luft, als er sie in seine Arme hob und mit entschlossenem Schritt zur nächsten Scheune ging.

Sie wehrte sich und drückte sich gegen seine Brust. »Was zum Teufel machst du da?«

»Das, was ich jedes Mal tun sollte, wenn du eine Nervensäge bist.«

Er stieß das Scheunentor mit der Schulter an und warf sie kurzerhand auf einen nahe gelegenen Stapel loser Strohballen. Er ging zurück, schob die Tür zu und verriegelte sie.

Amanda zwang sich in eine sitzende Position, während ihre Hände in das lose Stroh sanken.

»Beweg dich bloß nicht von der Stelle!«

Ein Schauer lief ihr über den Rücken. Angst? Vielleicht ein wenig vor dem Unbekannten, aber es war nicht nur Angst. Egal, wie oft sie schon aneinandergeraten waren, sie wollte ihn immer noch.

»Du hast es wirklich verdient, dass man dich über den Schoß wirft und dir den Hintern versohlt.«

Sie verzog das Gesicht und schüttelte den Kopf. »Das wirst du nicht tun.«

»Darauf würde ich nicht wetten.«

Er ließ sich neben ihr auf die Knie fallen, und sie versuchte schnell, sich davonzumachen.

Er packte sie an ihrem Haar, und das Ziehen an ihrer Kopfhaut ließ sie sofort innehalten.

Sie konnte nicht sagen, ob er wütend oder frustriert war oder sonst was.

Sie leckte sich über die trockenen Lippen. »Was willst du von mir?«, flüsterte sie.

»Nichts.« Er fuhr sich mit einer Handfläche über sein kurzes Haar. »Alles. *Scheiße.*« Er griff nach ihr.

»Wenn du es tun willst, dann TU ES einfach und bring es hinter dich!«

Das ließ ihn innehalten. Er atmete tief ein und aus. »Kein Problem.«

Er zerrte sie am Bund ihrer Jeans über seinen Schoß. »Zieh deine Hose runter!«

Was? Nein! Er war verrückt!

Aber ...

Sie griff nach unten und öffnete ihre Jeans, dann zog sie den Reißverschluss herunter.

Max packte sie an beiden Seiten und schob ihre Hose bis zur Hälfte ihrer Oberschenkel nach unten. Sie spürte die kühle Luft an ihren Pobacken. Ihre Pussy zog sich zusammen und sie kämpfte dagegen an, sich an ihm zu reiben.

»Tu es einfach!«, stöhnte sie und ließ ihren Kopf auf das Stroh fallen.

Er war steinhart an ihrer Hüfte. Seine Hand strich über ihren Hintern. Hitze auf ihrer kühlen Haut. Eine Gänsehaut breitete sich auf ihrem Körper aus und ließ ihre Nippel zu harten Erhebungen erstarren.

Seine Hand verschwand und sie wartete auf das scharfe Stechen, das kommen würde. Und sie wartete. Die Sekunden fühlten sich an wie Minuten.

Sie drehte ihr Gesicht ein wenig. Er starrte sie einfach nur an. Sein Gesicht war unleserlich.

»Du willst, dass ich dir den Hintern versohle, nicht wahr?« Das war nicht einmal eine Frage.

Sie drehte ihren Kopf von ihm weg. »Nein.«

»Kleine Lügnerin.«

»Ich will nicht …«

Klatsch!

Sie zuckte auf seinem Schoß und sein hartes Glied grub sich tiefer in ihre Hüfte.

»Aua!« Sie wollte den Stich verreiben, aber seine Stimme hielt sie davon ab.

»Nein.«

Klatsch!

Ihre andere Arschbacke brannte. Sie richtete sich auf und drehte sich um, um nachzusehen. Auf beiden Backen war ein roter Fleck zu sehen.

Ungläubig blickte sie zu Max auf. Seine Augen waren dunkel, seine Nasenlöcher flatterten.

»Du hast mir den Hintern versohlt!«

Er packte ihre Hüften und hob sie so weit an, dass er hinter sie treten konnte. Er zerrte ihre Jeans ein wenig tiefer, um Platz zwischen ihren Schenkeln zu schaffen.

»Es hat dir gefallen.«

»Nein!«

Er schlang einen Arm um ihre Hüften und zog ihren Hintern an sich. Mit der freien Hand öffnete er seine Jeans so weit, dass er seinen Schwanz herausholen konnte.

»Du hast es genossen. Du wolltest mehr.«

»Nein!«

»Ich kann sehen, wie feucht du bist, Amanda. Ich weiß, dass du mich in dir haben willst.«

Nein. Aber sie konnte es nicht laut aussprechen. Denn es wäre eine Lüge. Sie wollte ihn in sich haben. Dass er sie versohlte, hatte sie mehr überrascht als wehgetan. Und es machte sie unglaublich feucht.

Sie fühlte sich leer, und sie wollte, dass er sie ausfüllte.

Seine Finger strichen über ihre Pussy, dann über die roten Flecken auf ihrem Arsch. Zurück zu ihrer Pussy. Er tauchte sie ein und streifte die Nässe über ihre ganze Pussy. Er tat es wieder und wieder. Ein Rhythmus, der sie langsam in den Wahnsinn trieb.

Seine Finger wurden durch die Krone seines Schwanzes ersetzt. Er streichelte sie damit, rieb ihre Nässe über sich und neckte ihre Öffnung nur mit der Kuppe.

Jedes Mal, wenn er genau an dieser Stelle war, versuchte sie, sich gegen ihn zu stemmen, um auf seine Länge zu sinken, aber er schob sie zurück, gerade weit genug, dass es ihr nicht gelang.

Sie stieß einen frustrierten Schrei aus. »Hast du vor, mich zu ficken?«

»Das habe ich vor.« Er beugte sich über sie und knabberte an ihrem unteren Rücken. Er packte ihre Hüfte, um sie ruhig zu halten. »Bist du bereit für mich?«

Sie zischte ihm ein »Jaaa« zu.

Sie spürte die Krone seines Schwanzes wieder genau dort. An ihrem Eingang. Jeden Moment …

Er fragte: »Bist du sicher?«

Ihre Antwort »Fick dich!« verwandelte sich in ein lang

gezogenes »Fuuuuuck«, als er sich tief in ihr versenkte. Ihr Rücken wölbte sich unter dem Druck, den seine Länge auf ihr Inneres ausübte. Er war so tief.

Aber er hatte sich nicht bewegt. Ihre Muskeln drückten ihn zusammen und sie spürte, wie voll und hart er war. Der Puls an dem Ansatz seines Schwanzes war stark und schlug gegen ihren Kitzler.

Warum bewegte er sich nicht?

Je länger er sich nicht bewegte, desto größer wurde das Bedürfnis, sich gegen ihn zu stemmen. Sie wollte kommen. Sie musste kommen. Sie musste ihren Verstand in einem Orgasmus verlieren, um alles andere, was heute passiert war, zu verdrängen.

Sie wollte einfach nur in diesem Moment sein. In dieser Sekunde. In dieser Millisekunde.

Sie drehte ihren Kopf und sah ihn an. Seine Augen waren geschlossen, sein Mund leicht geöffnet und seine Finger weiß, weil er ihre Hüften so fest umklammert hatte.

»Max …«

Seine Augen öffneten sich, ihre Blicke trafen aufeinander, und er gab ihr endlich, was sie wollte.

Er stieß in sie. Er hämmerte in sie. Wieder und wieder. Ein Stöhnen von ihr, von ihm.

Es war nichts Romantisches an der Sache. Es war wild und wütend. Das war es, was sie brauchte; das war es, was er ihr gab.

Er hörte nicht auf, einen harten Stoß nach dem anderen zu landen. Er bestrafte sie auf seine Weise und ließ seine Frustration an ihr aus. Sie akzeptierte jeden Stoß, kam ihm entgegen und nahm ihn so tief, wie sie nur konnte. Sie bestrafte sich selbst.

Er war unerbittlich. Und sie fing an zu weinen. Sie ließ alles los. Sie benutzte ihn, um die Hässlichkeit des Tages zu verdrängen. Er benutzte sie, um das Gleiche zu tun.

Sie wollte an nichts anderes mehr denken. Nur an diesen Moment, sein Verlangen und ihr Bedürfnis.

Sein Atem ging rasend schnell; er war kurz davor. Diese Erkenntnis ließ sie noch fester zusammendrücken, sie presste sich fest um ihn.

Und dann zerbrach sie. Sie schrie auf, während sich ihre Zehen krümmten und ihre Pussy um ihn herum pochte. Ein warmer Schwall zwischen ihren Beinen. Zuerst dachte sie, dass er es war, aber er machte weiter. Ein Stoß, ein weiterer, dann versteifte er sich, brüllte auf und sackte auf ihren Rücken. Seine Arme zitterten, während er versuchte, sich von ihr abzustützen, aber es gelang ihm nicht und sie fielen beide auf dem Stroh in sich zusammen.

Sie wischte sich die Tränen aus dem Gesicht und holte tief Luft. Sie wollte, dass er sie festhielt. Dass er sagte, dass alles gut werden würde. Dass es Greg gut gehen würde, dass es Chaos wieder gut gehen würde. Dass das Leben perfekt sein würde.

Sie rollte sich von ihm weg und zog ihre Hose hoch, wobei sie mit dem Rücken zu ihm stand.

»Amanda …«

Sie fand ihre Sonnenbrille auf dem Boden der Scheune, wo sie heruntergefallen war, und schob sie wieder auf ihr Gesicht, um ihre Augen zu verbergen.

»Amanda!«

Ohne ein Wort zu sagen, schob sie das Scheunentor auf und ging schnell zum Auto. Sie traute sich nicht, zum Bauernhaus oder zurück zur Scheune zu schauen.

Jede Zelle in ihrem Körper schrie nach einem Nervenzusammenbruch. Aber sie konnte nicht. Wegen Greg konnte sie das nicht tun. Sie wollte nicht vor Max zusammenbrechen. Er würde herbeieilen und sich um sie kümmern, sie retten.

Und tief in ihrem Inneren wollte sie das auch, wirklich.

Aber sie musste erst einmal lernen, auf eigenen Beinen zu stehen.

Sie sprang ins Auto und verriegelte die Türen. Sie war erleichtert, als der Wagen beim ersten Drehen des Schlüssels ansprang.

Sie legte den Rückwärtsgang ein und trat das Gaspedal durch, wobei die Reifen Steine aufwirbelten.

Als sie in den Rückspiegel schaute, lehnte Max an der offenen Scheunentür und sah zu, wie der Staub aufgewirbelt wurde, während sie davonraste.

Kapitel Zwölf

AMANDA SAß auf dem kalten Fliesenboden neben dem Käfig von Chaos. Ihre Finger umklammerten die verdrahtete Gittertür, während sie den schwarz-weißen Haufen beobachtete, der still darin lag. Ihr Herz zerbrach. Sie hatte das getan. Sie hatte Chaos das angetan. Greg. Allen.

Sie hatte ein langes Gespräch mit dem Tierarzt darüber geführt, ob der Hund über den Berg war, wie lange er sich erholen würde und was nach seiner Entlassung zu tun wäre.

Das Wort *Entlassung* gab Amanda etwas Hoffnung, dass Chaos wirklich wieder gesund werden würde, auch wenn es ein langsamer Prozess war. Der Tierarzt hatte versucht, sie zu warnen, dass die Kosten unverschämt hoch sein würden, aber Amanda hatte nur den Kopf geschüttelt und ihn unterbrochen. Es war ihr egal. Sie wollte einfach nur, dass Chaos wieder gesund und alles wieder normal wird. Sie wollte, dass Greg wieder normal wird. Einfach nur ein Junge und sein Hund.

Sie rollte sich neben seinem Käfig zusammen und sprach mit ihm. Manchmal rollte er nur mit den Augen und hörte ihrer Stimme zu. Manchmal wippte sein Rutenende auf und ab.

Er hatte immer noch Kanülen in seinen rasierten Beinen und der Tierarzt wollte nicht, dass er sich bewegte und sie versehentlich herauszog, also setzte man ihn auf Beruhigungsmittel. Der Border Collie war ein so quirliger Hund, dass sie überrascht war, dass sie tatsächlich wirkten.

Sein linkes Vorderbein war wegen eines gebrochenen Knochens eingegipst, und seine rechte Hüfte musste befestigt werden, weil sie ausgekugelt war, sodass eine große Operationsnarbe mit Stichen zu sehen war. Der Tierarzt sagte, dass er möglicherweise mit einem Geschirr mit Griff ins Haus und wieder heraus gebracht werden muss, bis er sich selbständig fortbewegen kann. Chaos war jung; vielleicht erholt er sich schneller, als der Tierarzt dachte.

Amanda hoffte das.

Obwohl Amanda noch nie in ihrem Leben ein Haustier besessen hatte, konnte sie sich das Haus ohne dieses chaotische Tier nicht vorstellen.

Sie besuchte den Hund immer, wenn Greg in der Tagesbetreuung war, und saß stundenlang vor seinem Käfig, bis die Tierarzthelferinnen genug von ihr hatten. Manchmal legten sie einen anderen Hund, der gerade operiert worden war, neben sie, damit sie den Kopf des anderen Tieres streicheln konnte, während sie sang, summte oder mit Chaos sprach. Das beschäftigte ihre Hände, und sie sagten, dass es dem Hund half, aus der Narkose zu erwachen.

Wahrscheinlich logen sie sie an, aber das war ihr egal. Sie tat es trotzdem weiter.

MAX KAM um die Ecke in den Raum, in dem die zu überwachenden Tiere untergebracht waren. Er blieb kurz stehen und ging einen Schritt zurück, um sich hinter der Türecke zu verstecken.

Amanda lag zusammengerollt auf dem Boden neben

dem Käfig von Chaos und sang dem Hund ein Beyoncé-Lied vor.

Es war grauenhaft und sie würde nie eine professionelle Sängerin werden, aber es rührte sein Herz, dass es ihr egal war, dass sie keinen Ton halten konnte. Dass sie einfach nur für den verletzten Hund da sein und ihn beruhigen wollte.

Verdammt! Sie überraschte ihn immer wieder aufs Neue.

Er war vorbeigekommen, um mit dem Tierarzt zu sprechen und sich nach Chaos' Genesung zu erkundigen. Der Tierarzt hatte nichts über Amandas Anwesenheit gesagt. Er hatte nur einen Blick auf den Hund werfen wollen, um zu sehen, wie er aussah.

Eine Tierarzthelferin tauchte hinter ihm auf und flüsterte: »Sie ist sehr oft hier. Aber wir wünschten, sie würde nicht singen. Vor allem, weil sie stundenlang bleibt.« Die Pflegerin gluckste und ging davon.

Ja, er war sich auch nicht sicher, ob er sich das stundenlang anhören konnte.

Er überlegte, ob er reingehen und mit ihr reden sollte, damit sie wenigstens aufhört zu singen, oder ob er einfach gehen sollte, bevor sie ihn entdeckte.

Er vermisste sie. Er vermisste sie in seinen Armen … und er wollte sie jetzt in die Arme nehmen und sie trösten.

Aber er wollte sich auch nicht aufdrängen. Sie wollte unabhängig sein. Sie wollte die Verantwortung für ihren Bruder und seinen Hund übernehmen.

Er verstand das mit der Unabhängigkeit. Er war auch so. Er stand immer stark auf seinen eigenen Beinen. Auch wenn er die liebevolle Unterstützung seiner Familie hatte.

Amanda lernte gerade erst, allein stark zu sein. Und sie hatte keine familiäre Unterstützung, soweit er wusste.

Er wollte diese Unterstützung sein … wenn sie es zulassen würde.

Aber er musste vorsichtig vorgehen. Mit Amanda. Und mit den übereifrigen Plänen seiner Mutter, ihn mit jeder

Frau zu verkuppeln, die länger als ein paar Stunden in seinem Leben war.

Er bemerkte, dass das Singen glücklicherweise aufgehört hatte und Amandas Kopf mit geschlossenen Augen und gleichmäßiger Atmung an der Gitterfront des Käfigs lehnte.

Sie war eingenickt. Max drehte sich auf dem Absatz um und verließ das Gebäude.

Kapitel Dreizehn

AMANDA SCHAUTE AUF IHRE SPORTUHR. Sie hatte noch eine Stunde Zeit, bevor Greg nach Hause käme. Seit sie nach Manning Grove gezogen war, hatte sie kaum Sport getrieben. Ein bisschen Yoga hier und da, aber meistens saß sie nur wie ein Klotz im Haus herum und aß alles, was sie als *Training* betrachtete. Das hieß… wenn sie nicht gerade beim Tierarzt war.

Als sie an der örtlichen Grundschule vorbeilief, sah sie rotgesichtige Kinder auf dem Schulhof spielen, die alle in ihre Wintermäntel gehüllt waren. Ein paar von ihnen winkten ihr zu, als sie vorbeijoggte. Amanda hob zaghaft eine Hand.

Es war so kalt, dass ihr Atem wie der Dampf eines Zuges aussah. Sie atmete schwer, weil sie sich zu wenig bewegt hatte; schon das Laufen auf einer leichten Steigung ließ sie vor Anstrengung stöhnen. Sie schwor sich, wieder regelmäßig zu trainieren. Dreimal pro Woche Yoga. Weitere dreimal Laufen. Vielleicht würde das etwas von dem Stress abbauen, den …

Ein Truck rollte neben sie und verlangsamte auf ihr

Tempo. Amanda drehte den Kopf, als sie hörte, wie sich ein elektrisches Fenster öffnete.

Uff. War es nicht erst eine Woche her, dass sie beschlossen hatten, sich aus dem Weg zu gehen?

Max rief durch die Fahrerkabine: »Was machst du da?«

»Muss ich das wirklich beantworten?« Sie drehte sich um und achtete auf ihre Schritte. »Geh weg! Ich bin beschäftigt.« Seltsam, woher hatte er gewusst, wo er sie finden würde? Oder hatte er das? Vielleicht war es ja nur ein Zufall.

»Steig ein!«

Amanda presste ihre Lippen aufeinander und wich einem Abflussgitter aus. Sie beschleunigte ihr Tempo. Am Ende des Schulhofs sah sie eine Öffnung im Zaun und ein Waldstück.

»Komm schon, steig ein!«

Amanda sprang plötzlich vor seinen Truck, sodass er auf die Bremse trat. Dann sprintete sie los und fand genau das, wonach sie gesucht hatte. Einen kleinen Pfad durch die Wälder.

Sie joggte vorsichtig über den unebenen Feldweg, bis sie aus den Bäumen auf eine andere Straße kam. Und da war der Truck. Er war am Straßenrand geparkt.

Max lehnte mit verschränkten Armen dagegen.

»Willst du mich verarschen?«

»Was sollte das denn bitte? Ich hätte dich überfahren können«, beschwerte sich Max.

Amanda blieb vor ihm stehen und stemmte die Hände in die Hüften. Ihr Versuch, wütend auszusehen, scheiterte, als sie sich nach vorn beugen musste, um nach Luft zu schnappen.

»Es gefällt dir wohl einfach, mich herauszufordern, nicht wahr?«

»Du weißt einfach alles«, antwortete sie und holte tief Luft. Sie drehte sich im Kreis, um ihren Puls zu senken und

Krämpfe zu vermeiden. »Ich lebe dafür, dich herauszufordern.«

Er neigte seinen Kopf in Richtung des Fahrzeugs. »Komm, steig in den Truck! Ich will dich wohin bringen.«

Amanda schaute wieder auf ihre Uhr. »Greg wird bald nach Hause kommen und ich bin noch nicht fertig mit dem Joggen.«

»Ich helfe dir später beim Kardiotraining.«

Amanda verdrehte die Augen.

»Und Greg geht es gut; meine Eltern holen ihn heute Abend ab.«

Sie blieb stehen. »Was?«

Er hatte Vereinbarungen für ihren Bruder getroffen, ohne sie vorher zu fragen? Es war also kein Zufall. Er hatte gewusst, dass sie joggen war. Sie fragte sich, ob er einen heißen Draht zu Mrs. Besserwisserin hatte.

»Sie wollten ihn unbedingt wieder bei sich haben. Es macht ihnen wirklich Spaß, Zeit mit ihm zu verbringen. Und ich wollte etwas Zeit mit dir allein verbringen.«

»Oh, und was ist mit dem, was ich will?«

»Auch darum werde ich mich kümmern.«

Diesmal rollte Amanda mit den Augen *und* schüttelte den Kopf. Er war so eingebildet, dass er dachte, er sei einfach unwiderstehlich. Dass sie einfach jeden seiner Wünsche erfüllen würde. Nein, Forderungen, zum Teufel.

»Was springt für mich dabei heraus?«

»Das wirst du schon sehen. Komm jetzt!« Er ging auf die Beifahrerseite und hielt ihr die Tür auf.

Sie zögerte, bevor sie zur Seite des Trucks ging. »Du bist wie ein Stalker.«

»Bin ich nicht.«

»Ja, genau.« Sie kletterte hinein. Sie hoffte, dass sie keinen Fehler machte. »Schließ bloß nicht die Türen ab, falls ich springen muss. Es ist mir egal, ob du ein Cop bist.

Manchmal sind sie die Verrücktesten. Und ich dachte, wir wären uns einig, dass wir uns aus dem Weg gehen.«

Max lachte und schlug die Beifahrertür zu. »Dem habe ich nicht zugestimmt. Aber wir sind uns aus dem Weg gegangen. Seit ein paar Tagen schon.«

Ein paar Tage. Ein paar Tage waren wie ein Wimpernschlag. Na ja, vielleicht nicht in dieser Gegend.

Innerhalb weniger Minuten fuhr Max den Truck in die Einfahrt eines modernen dreieckigen Holzhauses am Rande der Stadt. Amanda holte tief Luft, als sie näher kamen. Das einzige Wort, das ihr in den Sinn kam, war … atemberaubend. Die Sonne traf auf die rötlich-goldene Farbe der Baumstämme und beleuchtete das in einen Kiefernwald eingebettete Haus. Es erinnerte sie an eine Ferienanlage in einem dieser Reisemagazine, nur in einem viel kleineren Maßstab.

»Wem gehört das?«

»Das wirst du schon sehen.«

Er parkte den Truck und half ihr beim Aussteigen. Das Haus war von riesigen alten Kiefern, von denen einige noch vom letzten Schnee bedeckt waren, und von einer großen Terrasse umgeben. Riesige Fenster führten zu beiden Seiten eines steinernen Schornsteins hinauf.

Max kramte tief in seiner Jeans und holte einen Schlüsselbund heraus.

»Das ist deins.«

Auch wenn es mehr eine Feststellung als eine Frage war, antwortete er ihr trotzdem. »Jupp.« Nachdem er aufgeschlossen hatte, stieß er die Haustür auf. »Im Moment wohnt Marc noch bei mir. Aber wenn er nicht anfängt, hinter sich aufzuräumen, wird er bald draußen stehen und reinschauen.«

»Es ist wunderschön«, sagte sie, als sie eintrat und sich umsah. »Aber was machen wir hier? Oder sollte ich sagen, was mache ich hier?«

»Ich koche dir etwas zu essen.«

»Klingt … lecker, denke ich.« Sie zupfte an ihrem T-Shirt. »Aber ich bin verschwitzt und stinke.«

»Du kannst meine Dusche benutzen.«

Er nahm ihre Hand und führte sie durch das Haus zum Hauptschlafzimmer. Er gab ihr nicht einmal die Chance, sich umzuschauen, bevor er sie sanft in das unverkennbar von Männern bewohnte Badezimmer schob.

»Im Schrank sind Handtücher. Ich benutze kein Shampoo – dafür habe ich nicht genug Haare – also musst du ohne auskommen. Ich hole dir etwas Sauberes zum Anziehen.« Er wandte sich zum Gehen und ließ Amanda in der Mitte des Badezimmers stehen.

»Hat sie nichts hiergelassen?«

Er hielt mit einem verwirrten Gesichtsausdruck inne. »Wer?«

»Deine Ex-Freundin.«

»Ich habe sie nie eingeladen … Egal, geh duschen!«

Amanda schloss die Tür. Als sie außer Sichtweite war, lächelte sie vor sich hin. Bis jetzt gab es keine Anzeichen für eine frühere weibliche Präsenz. Sie hielt das für ein *gutes* Zeichen. Oder vielleicht war es das auch nicht. Vielleicht war es ein Zeichen dafür, dass keine Frau, die bei Verstand war, sich mit seinem kontrollierenden Arsch abgeben wollte.

Sie zog ihre durchnässten Joggingklamotten aus und ließ sie auf dem Boden liegen. Sie stellte die Dusche an und wartete, bis das Wasser schön heiß war, bevor sie einstieg.

Der harte nasse Strahl fühlte sich gut an und entspannte ihre erschöpften Muskeln. Sie seufzte, als sie sich noch einmal drehte und wendete und das Wasser ihre Nervosität, weil sie in Max' Dusche stand, beruhigte. In Max' Badezimmer. In Max' Haus.

Sie hatte sich nie Gedanken darüber gemacht, wo er wohnte oder in welchem Stil er lebte. Das Einzige, was sie wusste, war, dass er nicht bei seinen Eltern wohnte. Sie hatte einfach angenommen, dass er irgendwo in einer Wohnung lebte. Aber das war eine Überraschung; so etwas hätte sie sich nie ausgemalt.

Sie sollte aber nicht überrascht sein. Sie wusste, dass Max ein entschlossener, hart arbeitender Mann war. Wenn er etwas wollte, jagte er dem nach, bis er es bekam.

Ihr Spinnensinn kribbelte. *Wenn er etwas wollte, jagte er dem nach, bis er es bekam.*

Kaum hatte sie das Klopfen an der Badezimmertür gehört, öffnete sich diese und Max trat ein. Ihr Herz schlug plötzlich schneller und ihr Puls begann zu pochen, als sie ihn über das Geräusch der Dusche hörte.

»Uff, ist das heiß hier drin. Brauchst du Hilfe, beim Rücken schrubben?«

Seine verschwommene Gestalt war kaum durch die undurchsichtige Duschtür zu sehen – die einzige Barriere zwischen ihm und ihrem nackten Körper. »Das schaffe ich schon allein.«

»Ich komme an all die Stellen, an die du nicht rankommst.«

Amanda erstarrte unter dem heißen, prickelnden Strahl. Ihre Zähne kauten auf ihrer Unterlippe.

»Manda?«

Seine tiefe Stimme, die ihren Namen wie eine Liebkosung aussprach, ließ ihre Zehen im Strudel des Wassers kribbeln. Das Seifenstück glitt ihr aus den Fingern. Es klatschte laut auf den Duschboden.

»Amanda, ist alles in Ordnung?« Max öffnete die Kabinentür und hielt mitten in der Bewegung inne. »Mit dir ist definitiv alles in Ordnung. *Verdammt!*«

Dünne Wasserströme rannen an ihrem Körper hinunter und ließen sie jeden Zentimeter ihrer Haut, den er sehen konnte, bewusst werden. Sie hob ihren Blick von der heruntergefallenen Seife und sah den Mann an, der sie anstarrte, als wäre sie die Fantasie eines jeden Mannes. Er schaffte es.

Er schaffte es, dass sie sich so begehrt fühlte … so ersehnt. Und in diesem Moment wollte sie nur die Fantasie eines einzigen Mannes sein.

Sie stieß einen zittrigen Atem aus.

»Kommst du raus oder komme ich rein?« Sein Grinsen war verschlagen und angespannt, als ob er sich nur schwer beherrschen könnte.

»Beides.« Sie griff nach seinem T-Shirt und zog ihn unter die Dusche. Das Wasser durchnässte seine Kleidung schnell. Sie schlang ihre Arme um seinen Hals, stellte sich auf die Zehenspitzen und lehnte ihren nackten Körper an ihn. »Küss mich!«

Er beugte seinen Kopf und murmelte gegen ihre Lippen: »Ich bin so froh, dass diese Stiefel wasserdicht sind.« Dann eroberte er ihre Lippen mit seinen.

Er erforschte die Tiefen ihres Mundes, während er mit seinen Daumen über ihre gespannten Nippel strich, was sie völlig um den Verstand brachte. Der Kuss wurde unterbrochen, als sie keuchte. Er hob seinen Kopf leicht an. »Weißt du, ich würde dich gerne in der Dusche ficken, aber es würde eine Weile dauern, bis ich mich aus dieser nassen Jeans schälen könnte. Also habe ich eine andere Idee.«

Max drückte sie mit dem Rücken gegen die Kachelwand und ging in die Knie.

Aber nicht, um die Seife aufzuheben.

Er legte ihre Hände auf seine Schultern und hob ihr Bein hoch, bis es ebenfalls auf seinen breiten Schultern balancierte.

Er legte eine Hand auf ihren Bauch und stützte sie, während er den äußeren Rand ihrer Pussy küsste und seine Zunge in sie eintauchte, um sie zu schmecken.

Mit der anderen Hand spreizte er sie und saugte an ihrem Kitzler, bis es tief in ihrem Bauch loderte. Ihre Brüste fühlten sich groß und schwer an, ihre Nippel hart. Sie zog ihren Bauch ein und kippte ihr Becken, um ihm einen besseren Zugang zu ermöglichen. Das warme Wasser aus der Dusche in Kombination mit seiner Zunge ließ sie aufstöhnen. Ihr Kopf fiel zurück gegen die Fliesen, und sie schloss ihre Augen. Sie wollte seinen dunklen Kopf zwischen ihren Schenkeln nicht sehen; sie wollte ihn einfach nur spüren. Sie wollte sich nur auf die Empfindungen konzentrieren, die er mit seinen Fingern und seiner Zunge auslöste. Er streichelte sie, kniff sie, saugte an ihr. Seine Finger zupften an ihrem Kitzler, glitten in sie hinein und bewegten sich.

Er berührte diese eine Stelle und streichelte sie. Wieder und wieder. Dadurch verkrampften sich sowohl ihre Kiefer als auch ihre Pussy angesichts dieses bizarren, aber zutiefst erregenden Gefühls. Er spielte auf ihr wie auf einer Gitarre und stimmte sie ein. Sie biss sich auf die Unterlippe und schrie dann auf. Ihr Rücken wölbte sich unkontrolliert. Er hörte nicht auf. Seine Lippen auf ihrem Kitzler, seine Finger erforschten und streichelten sie. Sie wollte ihn anschreien, dass er aufhören sollte, dass es unerträglich war. Dass sie es nicht mehr aushalten konnte.

Der Orgasmus begann an ihren Zehen, sie rollten sie ein, während die Schockwellen ihre Beine hinauf in ihre Pussy fuhren und dort explodierten. Sie schrie wieder auf. Ihre Finger gruben sich in seine Schultern, als sie versuchte, nicht zusammenzubrechen. Aber er zog sich zurück und stand auf, streifte ihr kurz über die Lippen, bevor er sie in seine Arme nahm.

Sie verkrampfte sich kurz, dann schmiegte sie sich an ihn und flüsterte: »War es für dich genauso gut wie für mich?«

Ihr Körper vibrierte bei seinem tiefen Lachen.

WÄHREND MAX in der Küche herumhantierte und das Abendessen zubereitete, nahm sich Amanda die Zeit, sein

Haus zu erkunden. Bekleidet mit einem seiner alten T-Shirts und noch älteren Boxershorts, machte sie sich daran, jeden Raum zu inspizieren.

Das Haus war wunderschön. Amanda schätzte, dass es etwa fünf Jahre alt war. Die Möbel waren schlicht und rustikal und passten gut zu den Wänden aus behauenem Holz. Ein paar Bilder seiner Familie waren im Wohnzimmer verstreut, aber seltsamerweise war auf keinem davon eine Frau außer seiner Mutter zu sehen. Sein Bett – das wie handgefertigt aussah – war groß und einladend; sie überlegte, wie sie es später nutzen könnten.

Sie entdeckte auch Marcs Zimmer – es war eines von nur drei Zimmern im zweiten Stock – und gab Max recht. Tatsächlich war sogar Greg ordentlicher, und nach dem, was sie gesehen hatte, war Marc nicht schwer zu schlagen. Sie schloss schnell die Tür, bevor etwas herauskrabbeln konnte.

Das Prunkstück des Hauses war der riesige Kamin, der sich vom Boden bis zur Decke des zweistöckigen Wohnzimmers erstreckte. Er war aus Bergstein gebaut und wurde von den großen Fenstern, die sie von draußen gesehen hatte, eingerahmt. Amanda stellte sich vor, wie sie in einer frostigen Winternacht vor dem knisternden Feuer saß und durch die hohen Fenster auf den frisch gefallenen Schnee blickte, der an den riesigen alten Kiefern hing.

Woran hatte sie gerade gedacht? An Schnee? Sie hasste die Kälte.

Miami. Die Hitze. Weiße Strände. Warmes Wasser. Sexy Körper in knappen Badeklamotten. Farbe. Kultur.

Das ist es, woran sie denken sollte. Nicht an Schnee. Wollte sie wirklich noch einen weiteren Winter hier in dieser trostlosen Stadt verbringen? Ein Klappern aus der Küche unterbrach ihre Gedanken.

Das würde niemals funktionieren. Max war ein Mann aus Manning Grove. Ein Kleinstadtcop. Sie war eine Frau aus Miami. Ein Großstadt… was? Großstadt-Partygirl? Sie hatte keine Antwort. Sie wusste es schlichtweg nicht mehr.

In Miami hatte sie keine Orientierung gehabt. Sie hatte nur für den Moment gelebt.

Jetzt trug sie die Verantwortung für ihren Bruder. Endlich hatte sie ein Ziel. Vielleicht einen Weg, den sie für sich selbst nicht gewählt hatte oder sich nicht ausgesucht hätte, aber dennoch eine Orientierung.

Ein lauter Knall kam aus der Küche, dann ein gedämpfter Fluch.

Amanda ließ ihre Gedanken hinter sich und ging auf die Küche zu. »Brauchst du Hilfe?«

Max lehnte über der Spüle und schüttelte eifrig etwas. »Nein. Geh weg! Ich rufe dich, wenn ich fertig bin.«

»Wohin soll ich denn gehen? Dieses Haus ist wie ein großer offener Raum. Und ich werde auf keinen Fall wieder nach oben gehen; das sollte als Gefahrenbereich gekennzeichnet sein.«

»Warum gehst du nicht draußen auf der Terrasse spazieren? Sie führt um das ganze Haus herum. Es dauert nicht mehr lange bis zum Abendessen.«

»Okay. Ich hoffe, das Warten lohnt sich.« Sie schnappte sich seine Jacke an der Haustür und schlüpfte hinein. Die Ärmel waren so lang, dass sie nicht einmal ihre Hände sehen konnte. Sie zog die Jacke fester um sich, öffnete die nahe gelegene Terrassentür und trat nach draußen, um ihm etwas Ruhe zu geben. Sie ließ sich auf einen Adirondack-Stuhl fallen und wartete.

Fünf Minuten später steckte Max seinen Kopf aus der Tür. »Fertig.«

Ihr Magen knurrte hörbar als Antwort.

Die Falten um seine Augen waren in der späten Nachmittagssonne deutlich zu sehen. Amanda stellte fest, dass diese Falten besonders auffielen, wenn er erfreut war. Ganz zu schweigen von entspannt.

Er trat näher und reichte ihr die Hand, um ihr vom Stuhl zu helfen. Als sie aufstand, zog er sie in seine Arme. Er umrahmte ihr Gesicht mit seinen Händen und gab ihr einen sanften Kuss auf die Nase. »Wir könnten das Abendessen ausfallen lassen.«

»Du hast zu hart daran gearbeitet. Lass uns essen! Ich hab' Hunger.« Ihr leerer Bauch meldete sich wieder.

»Ich auch. Nur nicht auf Essen.« Er nahm ihre Hand, führte sie zurück ins Haus und half ihr dann aus seiner Jacke. Sie war überrascht, als sie den grob gezimmerten Tisch sah. Er war wunderschön mit Steinguttellern gedeckt, leuchtende Kerzen beleuchteten das Arrangement. Ein paar übergroße Rotweingläser funkelten im Kerzenlicht.

Amanda war gerührt von der Mühe, die er sich gemacht hatte. Sie war sich sicher, dass dies ein seltenes Ereignis war – Max, der ein romantisches Abendessen zubereitet hatte. Er zog sogar einen Stuhl für sie hervor.

Amanda warf ihre Serviette auf ihren Schoß und fragte sich dann, warum, da sie doch ohnehin nur seine alten Boxershorts trug. Stattdessen warf sie sie neben ihren Teller. »Was gibt es denn?«

»Eichhörnchen-Eintopf.«

»Was?«

»Nur ein Scherz. Ich habe ein paar Wildbretsteaks, rote Babykartoffeln und einen Salat gemacht.«

Amanda runzelte die Stirn. »Was ist Wildbret?«

Ohne sie anzusehen, sagte er: »Es ist wie Rindfleisch.«

Er nahm die Haube von den Tellern und bediente erst sie, dann sich selbst. Er hob sein Weinglas an. »Lass uns einen Toast aussprechen.«

Amanda tat es ihm gleich und hob ihr Glas.

»Auf …«

Amanda schrak auf, als die Haustür aufflog. Marc stürmte herein und ließ seine Tasche mit einem dumpfen Schlag neben der Tür fallen.

»Hey, Max! Warum sind alle Lichter aus? *Oh!*« Marc blieb wie erstarrt stehen. Mit einem Schmunzeln nahm er die Szene vor ihm auf. »Tut mir leid, das wusste ich nicht …« Er zuckte hilflos mit den Schultern. »Ups.«

Max stellte sein unangetastetes Weinglas mit einer übertriebenen Sorgfalt ab.

Amanda beobachtete, wie verschiedene Emotionen über sein Gesicht liefen, bevor er sprach. Seine Worte kamen sehr langsam. »Ich dachte, du hättest heute die zweite Schicht.«

»Hatte ich auch. Aber der Chief hat mich früher nach Hause geschickt. Dunn wollte ein paar Überstunden.« Marc trat an den Tisch heran und schaute auf ihre Teller hinunter. »Sind das die Steaks von meinem Bock?«

»Bock?« Amanda glaubte nicht, dass sie richtig gehört hatte.

»Ja«, antwortete Max seinem Bruder.

»Was ist ein Bock?« Sie warf Max einen prüfenden Blick zu, der plötzlich sein Weinglas sehr fasziniert fand.

Die Erklärung kam stattdessen von Marc. »Ein männlicher Hirsch.«

»Willst du damit sagen, dass ich ein Reh essen soll? So wie Bambi?« Sie schaute beide Männer ungläubig an. »Marc, hast du Bambi erschossen?«

»Nein, ich habe Bambis Dad erschossen.«

»Oh, bitte, lass uns nicht über die Jagd diskutieren. Das ist nicht der richtige Zeitpunkt.« Max stand auf, packte seinen Bruder am Arm und lenkte ihn vom Tisch weg. Mit zusammengebissenen Zähnen sagte er: »Verschwinde!«

Marc lachte, bevor er laut sagte: »Ich glaube, ich werde mit dem Quad eine Spritztour machen.«

»Und zwar eine lange.«

»Wie lange denn?« Marc stupste seinen älteren Bruder an. »Ich denke nicht, dass du zu lange brauchst.«

Max knurrte: »Marc.«

»Okay, okay. Ich hau schon ab.« Marc warf Amanda

einen kurzen Blick zum Abschied zu. »Übrigens, nettes Outfit. Deine Boxershorts stehen offen.«

Mit einem scharfen Einatmen schob Amanda das riesige T-Shirt auf ihren Schoß. Max schubste Marc in Richtung Tür.

»Schon gut! Ich gehe ja schon. Meine Güte.«

Max hielt ihm die Hand hin.

Marc betrachtete sie vorsichtig und schaute seinen älteren Bruder vom Eingang aus an. »Was?«

»Dein Hausschlüssel.«

»Was!«

Max sagte nichts und wackelte nur mit der Hand.

»Zum Teufel.« Marc kramte in seiner Tasche, zog einen Schlüssel von seinem Schlüsselbund und ließ ihn in Max' Handfläche fallen. »Wie komme ich jetzt wieder rein?«

»Ich schließe die Tür wieder auf, wenn es … sicher ist.«

»Und was soll ich jetzt machen?«

Max knallte die Tür zu und betätigte das Schloss. Er kehrte an den Tisch zurück und ließ sich auf seinem Stuhl nieder. Dann schenkte er Amanda ein reumütiges Lächeln. »Tut mir leid. Wir werden nicht mehr gestört werden. Zumindest eine Zeit lang.«

»Du hättest ihn nicht rausschmeißen müssen. Er wohnt auch hier.«

»Nur weil ich so großzügig bin, was ich jetzt gerade nicht verspüre. Also, lass uns essen!«

»Ich weiß nicht«, sagte sie und starrte das lauwarme Steak auf ihrem Teller an, als wäre es ein überfahrenes Tier. Sie hatte kein Problem damit, Fleisch zu essen. Sie liebte Fleisch. Sie könnte nie Vegetarierin oder Veganerin sein, auch wenn die meisten ihrer Freunde in Miami das waren. Sie nicht, sie liebte einen großen saftigen Burger. Aber Hirsche? Dieses arme vierbeinige, liebenswerte, großäugige …

»Amanda, probier es einfach! Ich verspreche dir, du

wirst es lieben.« Er hob sein Weinglas wieder hoch. »Aber lass uns erst den Toast aussprechen.«

Amanda hob ihr Glas als Antwort.

»Auf einen Waffenstillstand.«

Ja, dem konnte Amanda zustimmen. »Okay.« Die Gläser klirrten, als sie ihre Ränder aneinanderstießen.

Er nickte ihr zu, dass sie das Essen probieren sollte.

Amanda nahm ihr Steakmesser in die Hand und grub es zaghaft hinein. Sie legte ein kleines Stück auf ihre Zunge und kaute vorsichtig und kritisch. Sie war überrascht, wie mager und zart das Steak war, und musste zugeben, dass es köstlich schmeckte. Und sie war am Verhungern.

Max beobachtete sie misstrauisch, während sie aß, entspannte sich aber sichtlich, als Amanda die Mahlzeit in Rekordzeit verzehrte. »Und?«

»Es war okay.«

»Lügnerin.«

»Okay, es war hervorragend. Aber ich weiß immer noch nicht, ob ich mich wohlfühle, zu wissen, was ich gegessen habe.«

»Wenn dir das geschmeckt hat, warte, bis du die Hirschwurst probiert hast.«

»Ich werde warten.«

Max lachte leise. Das leise Grummeln ließ Wärme in ihr aufsteigen. Jedes Mal, wenn er lachte oder lächelte oder einfach nur grinste, überraschte sie das. Normalerweise schien er alles so ernst zu nehmen. Es war erfrischend, ihn so locker zu sehen.

Er nahm einen Schluck Wein, bevor er fragte: »Und, wie geht es Chaos?«

Sie schenkte ihm ein verzerrtes Lächeln. »Ich weiß, dass du dort warst, um nach ihm zu sehen. Eine der Tierarzthelferinnen hat mir erzählt, dass du ein paar Mal vorbeigekommen bist.«

»Hast du Greg mitgenommen?«

Amanda schüttelte den Kopf. »Ich will ihn nicht beunruhigen. Ich informiere ihn über alles und er freut sich schon darauf, dass Chaos wieder nach Hause kommt.«

»Da bin ich mir sicher«, murmelte er. »Hast du eine Ahnung, wann?«

Sie strich mit dem Finger über den Rand ihres Weinglases. »Nein, ich wünschte, ich wüsste es. Greg fragt mehrmals am Tag. Er ist wie eine kaputte Schallplatte.«

»Willst du, dass ich ihn abhole, wenn er entlassen wird?«

Amanda betrachtete den Mann ihr gegenüber. »Warum solltest du das tun wollen?«

Er griff über den Tisch, um ihre Hand mit seiner zu umfassen. »Ich will nur helfen.«

Sein Daumen, der über ihren Fingern hin und her strich, lenkte sie ab. »Ich schaffe das schon. Ich werde ihn abholen, wenn Greg in der Tagesbetreuung ist, damit Chaos sich eingewöhnt hat, bevor mein Bruder nach Hause kommt.«

»Also … wenn du Hilfe brauchst …«

Max wollte, dass sie ihn brauchte. Sie konnte es in seinem Gesicht sehen. »Danke. Aber wir kommen schon zurecht.«

Es war nett von ihm, dass er ihr das anbot, aber er mischte sich wieder einmal ein, obwohl sie das allein hinbekommen würde. Sie musste sich selbst beweisen, dass sie mit dieser Verantwortung umgehen konnte. Auch wenn der Unfall vor ein paar Tagen deutlich gemacht hatte, dass sie noch einen weiten Weg vor sich hätte. Aber wenn sie sich ständig von Max helfen ließe, würde sie nie vorankommen. Sie wollte sich auf niemanden mehr verlassen.

Nicht einmal auf den Cop, der ihr gegenübersaß.

Je besser sie ihn kennenlernte, desto weniger konnte sie sich ihn in einem anderen Berufsfeld vorstellen. Aber normalerweise fällt der Apfel ja auch nicht weit vom Stamm, und Max trat definitiv in die Fußstapfen seines

Vaters. Genau wie seine Brüder. Bis auf den Teil mit der Sesshaftigkeit natürlich.

»Bist du nach den Marines direkt zur Polizei gegangen?«

»Ja. Ich habe mich in meinem letzten Schuljahr gemeldet. Im Sommer nach der Highschool habe ich meinen Eltern auf der Farm geholfen und bin dann nach Parris Island ins Bootcamp gegangen.« Er zog eine Grimasse. »Es waren die härtesten dreizehn Wochen meines Lebens.« Sein Blick wurde distanziert, als ob er sich an das erinnerte, was er durchmachen musste.

»Wolltest du jemals aufgeben?«

»Niemals.« Er drückte ihre Finger.

Sie konnte sich nicht vorstellen, dass dieser Mann jemals in seinem Leben aufgeben würde.

»Ich bin nicht dorthin gegangen, um einfach aufzugeben. Mein Vater war ein Marine. Und ich wollte verdammt noch mal auch einer werden. Außerdem wusste ich, dass das auch der Weg meiner Brüder war. Ich musste ein Vorbild sein.«

Er schien der Typ zu sein, der mit gutem Beispiel vorangehen wollte. Er würde wahrscheinlich eines Tages ein guter Chief werden.

»Warst du im Einsatz?«

Er blinzelte. Vielleicht war er überrascht, dass sie sich für das Thema überhaupt interessierte. Vielleicht wollte er aber auch einfach nicht darüber reden. »Ja. Ich war ein paar Mal im Irak.«

»War es beängstigend?«

»Es war ganz sicher kein Urlaub. Ich habe meine vier Jahre geleistet und war raus. Leider geht mein Bruder immer wieder zurück. Sein Urlaub an Weihnachten war viel zu kurz. Er hat seine Zeit abgeleistet, und ich weiß nicht, warum er nicht aussteigt, solange er noch lebt.«

»So wie deine Mom redet, macht sie sich große Sorgen um ihn.« Als er ihr einen neugierigen Blick zuwarf, wurde ihr klar, dass sie sich fast verplappert hatte. »Ich meine, sie schien sich sehr um ihn zu sorgen, als er Weihnachten zu Hause war.«

»Das tun wir alle. Der Aufenthalt im Nahen Osten hat ihn verändert. Ich schätze, es hat auch Marc und mich verändert, aber nicht so wie Matt. Er hat einen guten Job, der auf ihn wartet. Ich weiß nicht, warum er ihn nicht nutzt.« Max räusperte sich und sprach weiter. »Als ich die Marines verließ, nahm ich mir ein paar Wochen frei, bis der nächste Kurs der städtischen Polizeiakademie in Harrisburg begann.«

»Wie lange ging das?«

Er schaute sie neugierig an. »Langweilt dich das nicht?«

Sie schüttelte den Kopf.

»Vierundzwanzig Wochen. Im Vergleich zu Parris Island war das ein Kinderspiel. Ich konnte nicht fassen, was für ein Gejammer ich von einigen Kadetten gehört habe.«

»Ist das etwas, das ich durchstehen könnte?«

Max ließ ihre Hand los und lehnte sich zurück. Gemischte Gefühle durchzogen sein Gesicht, bevor er sagte: »Die Akademie? Klar, du würdest es schaffen. Willst du Polizistin werden?«

»Oh, um Himmels willen, nein. Ich will dich nur ärgern.« Aber sie konnte nicht übersehen, wie er sich entspannte und die Luft aus seinen Lungen strömte.

Glaubte er wirklich, dass sie es durch die Akademie schaffen könnte, oder war er nur besitzergreifend und überfürsorglich, weil er nicht wollte, dass sie bei der Polizei anfing?

Max schob seinen Stuhl zurück und stand auf. »Komm! Hilf mir beim Aufräumen!«

Amanda stand auf und folgte ihm in die geräumige Küche, während sie eine Ladung schmutziges Geschirr trug. Während sie mit dem Abspülen begann, ging Max zurück und brachte die Weingläser. Natürlich erst, nachdem er sie aufgefüllt hatte.

Sie streckte eine nasse Hand aus, um ihres anzunehmen, und trank dann einen langen Schluck. Dann widmete sie sich wieder ihrer Aufgabe und reichte Max das gespülte Geschirr, damit er es in den Geschirrspüler einräumen konnte. Als sie fertig waren, wusch sie sich die Hände. Sie drehte sich im Kreis und Max war sofort zur Stelle und reichte ihr ein Handtuch.

»Danke für das Abendessen … und für vorhin.« Sie schenkte ihm ein zaghaftes Lächeln und nahm einen weiteren langen Schluck ihres Weins.

Max griff nach ihrem Glas und nahm es ihr ab. »Lass uns unsere Danksagung hinter uns bringen.« Er hob eine ihrer Hände und küsste ihre Handfläche. »Danke.«

»Wofür?«

»Das wirst du noch sehen.« Er streckte seine Hand aus, führte sie in ihren Nacken und zog sie näher zu sich heran. Er beugte sich hinunter, um mit seiner Zungenspitze über ihre Lippen zu streichen und die säuerlichen, fruchtigen Rückstände zu schmecken. »Ich glaube, der Wein schmeckt besser an dir.«

»Lass mich mal probieren«, sagte sie heiser. Sie beobachtete jede seiner Bewegungen, als er sein Glas anhob, um einen Schluck zu nehmen, und dabei eine Spur von Wein auf seinen Lippen hinterließ, die glitzerte. Sie stellte sich auf die Zehenspitzen, streckte ihren Körper gegen ihn und spürte jeden seiner männlichen Winkel. Amanda bedeckte seinen Mund mit ihrem, leckte und strich über ihn. Sie zog sich leicht zurück, ihr Atem vermischte sich. »Mmm. Du hast recht.«

Er füllte ihre Gläser noch einmal nach, bevor er sie durch das Wohnzimmer in das Hauptschlafzimmer führte. Das einzige Licht war die Sonne, die durch die Fenster fiel und den Raum in einen rosigen Farbton tauchte.

Er zog sie zum Bett und deutete ihr an, sich hinzulegen. Max kniete sich auf die Matratze und zog ihr langsam das alte T-Shirt und die Boxershorts aus, wobei er darauf achtete, dass seine Finger, Hände und Arme sie hier … und dort berührten. Als Amanda nackt war, lehnte er sich auf seinen Fersen zurück und betrachtete sie.

Amanda hob ihre Arme, ein unwirksamer Schutz. »Nein, nicht.«

Eine Augenbraue hob sich. »Warum?«

»Du bist noch angezogen. Das ist unfair.«

»Das kann ich ändern.« Max kletterte vom Bett und ließ sich Zeit, seinen Körper vor ihr zu entblößen, um sicherzugehen, dass ihr nichts entging. Keine einzige verhärtete Ebene, kein unebener Winkel, keine glatte Stelle. Als er fertig war, stand er stolz und komplett erregt da, eine Tatsache, die Amanda nur schwer ignorieren konnte. Sie biss sich auf die Lippe. Er war gut gemeißelt und es war sehr, sehr schwer, ihm zu widerstehen.

Aber das wusste sie bereits.

Max schnappte sich sein Weinglas vom Nachttisch und sagte: »Lehn dich zurück! Ich möchte noch ein bisschen mehr Wein genießen.«

Er kippte das Glas über ihren Bauchnabel und füllte ihn bis zum Rand. Er fing den überlaufenden Wein mit seinen Lippen auf und strich mit seiner Zunge über die zarte Haut ihres Bauches. Dann tauchte er einen Finger in ihren Bauchnabel und zeichnete mit der warmen Flüssigkeit wie mit Fingerfarbe über ihren Körper. Jede Linie, die Max zog, radierte er mit seiner Zunge aus.

Amanda fühlte sich wie erstarrt und wollte sich nicht bewegen, während sie ihn mit verengten Augen beobachtete. Sie konnte die Tortur kaum ertragen. Aber sie widerstand dem Drang, nach ihm zu greifen und von ihm zu verlangen, sie auszufüllen. Sie wollte, dass die Qualen noch ein bisschen länger andauerten. Nur ein bisschen mehr … nur bis zum Limit.

Max fiel es schwer, sich zurückzuhalten, was man daran erkennen konnte, dass seine Nasenlöcher flatterten, als er nach Luft rang. Amanda spürte, wie er leicht zitterte, während er versuchte, sich zurückzuhalten. Seine Finger erkundeten ihre warmen, feuchten Stellen, während seine Zunge Bilder auf ihrer erhitzten Haut malte. Er berührte ihre Brust mit seiner Wange und drehte sein Gesicht gerade so weit, dass er ihren Nippel in seinen Mund nehmen konnte. Er zog sanft mit seinen Zähnen daran, bis sie aufschrie.

Ihr Keuchen und Wimmern veranlasste ihn zu schnelleren, dringlicheren Bewegungen, bis er nicht mehr warten konnte. Bis auch sie nicht mehr warten konnte.

Er erhob sich über sie und führte sich selbst ins Ziel.

Er gab ihr, was sie vorhin in der Dusche gewollt hatte. Nicht, dass sie sich beschwert hätte. Er war geschickt mit seiner Zunge, seinen Lippen und seinen Fingern. Aber es ging nichts über den Druck seines Körpers auf ihr, als er ihre Leere mit langen Stößen ausfüllte. Sie neigte ihre Hüften, um ihn tiefer zu nehmen, und passte sich seinen Bewegungen an, Stoß für Stoß.

Sie griff nach seinem Hintern, dessen stramme Muskeln sich bei jedem Zug unter ihren Fingern anspannten. Jede Berührung seines Beckens mit ihrem Kitzler ließ sie aufschreien, ließ ihre Pussy vor Verlangen nach mehr aufblühen, vor Verlangen nach mehr Tiefe, falls das überhaupt möglich wäre.

Sie stemmte sich noch stärker gegen ihn.

»Du bist so offen. Ich kann spüren, wie du um meinen Schwanz herum pulsierst«, knurrte er. »Du machst mich verrückt.«

Das geht mir genauso, dachte sie. Sie konnte nicht genug von ihm bekommen.

Normalerweise waren sie wie Öl und Wasser, heute Abend waren sie verschmolzen. Vermischt.

Er knabberte sanft an der weichen Stelle ihrer Brust und verwöhnte sie dann mit seiner Zunge. Er bearbeitete beide Brüste mit seiner Magie, knabberte und leckte, ohne die harten Nippel zu berühren. Sie wollte, dass er sie in den Mund nahm. Sie wimmerte und wackelte ihm entgegen, um seinen Mund näher zu bekommen.

Er stützte sich auf seinen Armen ab und sah sie an. Er sah sie wirklich an. Sie konnte ihren Blick nicht von ihm abwenden. Seine Augen waren dunkel und unleserlich. Ein Schauer durchlief sie.

Sie konnte diesen Mann nicht mehr wollen als in diesem Moment.

Schließlich gab er nach und nahm einen Nippel in den Mund, neckte ihn mit seiner Zunge und umspielte ihn mit seinen Lippen.

Ein Ruck schoss durch ihr Innerstes, tief durch ihren Bauch und in ihre Pussy.

Sie keuchte, als sie die ersten Wellen spürte. »Ich komme gleich.«

Er grunzte und erhöhte das Tempo noch mehr. Er bewegte sich gegen sie und stieß gegen ihren geschwollenen Kitzler.

Sie überschritt die Grenze und stieß einen tiefen Schrei aus. Sein Kopf sank neben ihren, seine Lippen neben ihr Ohr und er stöhnte: »Fuck!«

Mit einem letzten Stoß kam er tief in ihr zum Stillstand und sein Schwanz pulsierte gegen sie, als er sich befreite.

»Verdammt!«, sagten beide gleichzeitig und lachten dann über ihre ähnliche Reaktion.

Verdammt war genau das richtige Wort.

Er rutschte zu ihr und nahm sie in seine Arme.

Im Schein der untergehenden Sonne und dem Nachglühen von tollem Sex stieß Amanda einen langen zufriedenen Seufzer aus und streckte sich wie eine Katze von der Fingerspitze bis zu den Zehen. Sie war gesättigt – vom Abendessen und von Max. Ihre Vorspeise und ihr Nachtisch.

Der heutige Abend war so anders als der in der Scheune. Sie waren wie zwei ganz andere Menschen. Keine Wut. Keine Frustration. Sie waren entspannt und hatten sich nicht gestritten. Es war seltsam. Sie waren wie Öl und Wasser, und Amanda wartete darauf, dass die nächste Bombe platzen würde.

MAX ÖFFNETE die Badezimmertür und sah Amanda beinahe versteckt in seinem Bett. Er kämpfte gegen den Drang an, wieder zu ihr ins Bett zu steigen und sich noch einmal tief in ihr zu vergraben. Er wollte sie zum Schnurren und Wimmern bringen, wie er es vorhin getan hatte. Aber ...

Er schüttelte den Kopf und brachte seine Gedanken in Ordnung.

Er trug ihre nun trockenen Sportklamotten in seinen Armen. Er legte sie am Fußende des Bettes ab. »Deine Sachen sind jetzt trocken genug, um sie anzuziehen.«

Amanda ignorierte ihn und kuschelte sich mit einem Seufzer tiefer ins Bett.

»Amanda.«

Ein gedämpftes »Was?« kam von unter der Bettdecke hervor.

»Was meinst du mit ›was‹? Es wird spät.«

Amanda zog das Laken zurück und richtete sich auf. Sie schaute auf die Digitaluhr auf dem Nachttisch. »Es ist erst acht Uhr. Warum rufst du nicht einfach deine Eltern an? Ich bin sicher, sie haben nichts dagegen, wenn Greg über Nacht bleibt.«

»Nein.« Auf keinen Fall würde er seine Mutter anrufen

und ihr sagen, dass sie Greg über Nacht behalten sollte. Das war das Letzte, was er brauchte. Es war schon schlimm genug, dass Marc jetzt noch mehr Munition hatte, um ihn zu quälen. Das war unvermeidlich. Aber er wollte nicht, dass seine Mutter seine *persönlichen* Angelegenheiten kannte. Und sie musste erst recht nicht wissen, dass sie miteinander schliefen. Schließlich würde sie genau das vermuten, wenn er sie bitten würde, Greg über Nacht zu behalten.

Dann würde sie Fragen stellen. Und drängen. Darüber, sich niederzulassen. Über die Ehe. Über Kinder. Max stöhnte innerlich auf. Nein, danke.

»Was meinst du mit Nein? Nein, du willst deine Eltern nicht belasten, oder nein, du willst nicht, dass ich hier übernachte.«

Max war klar, dass dies ein heikles Thema sein könnte. Aber es gab keine Möglichkeit, das Thema zu umgehen. Egal, was er sagte, es würde missverstanden werden. Vielleicht sollte er einfach gar nichts sagen. »Wir haben schon einmal darüber gesprochen.«

»Und?«

»Und? Und meine Mutter, die ist das Und.«

So schön Amanda auch in seinem Bett aussah … sie sah zu richtig aus, zu gemütlich. Als ob sie dorthin gehörte. Seine Brust zog sich zusammen. Max war noch nicht bereit dafür. Er war nicht bereit für etwas Dauerhaftes. Er war nicht bereit für jemanden, der so jung … nein, nicht jung, *jugendlich*. Jugendlich? Unreif, naiv, vielleicht. Er strich sich mit der Hand über sein kurzes Haar.

Es war vielleicht ein Fehler gewesen, sie in sein Gebiet zu holen. Sie hereinzulassen. Sie in sein Haus zu lassen – in seine Privatsphäre, in seinen persönlichen Bereich. Ein Schmerz schoss durch seine Schläfe.

»Ich glaube, du solltest dich anziehen und wir sollten Greg abholen gehen.«

Sie rollte sich aus dem Bett, schnappte sich ihre Kleidung und zog sich schnell an. Sie riss seine Schlafzimmertür auf und verließ mit langen Schritten das Zimmer.

»Ich meine es ernst, du willst wohl kaum, dass sie anfängt, uns Hochzeitsporzellan auszusuchen«, rief Max ihr hinterher, während er ihr dicht auf den Fersen war. Er hielt inne, als er sah, dass Marc vor Amanda stand, den Finger auf den Lippen und einen Ersatzschlüssel am Finger schwingend. Max hatte den Ersatzschlüssel vergessen. *Verdammt!*

»Marc, kannst du mich nach Hause bringen?«

Marcs Mund öffnete sich, aber es kam nichts heraus. Er sah aus wie ein Reh, das im Scheinwerferlicht gefangen war. Wahrscheinlich wie das Reh, das sie vorhin gegessen hatten.

»Nein«, antwortete Max für ihn, während er sich hinter sie stellte. »Ich bringe dich nach Hause.«

»Nein. Ich will dir keine *Unannehmlichkeiten* bereiten. Marc, bringst du mich nach Hause?«

Max warf seinem Bruder einen bösen Blick zu und hoffte, dass Marc klug genug sein würde, sich nicht in den Streit zwischen ihm und Amanda einzumischen.

»Äh …«

»Nein, ich werde es tun«, sagte Max mit einem scharfen Ton in seiner Stimme.

Amanda starrte Max an. »Nein, das wirst du nicht.« Sie drehte sich zu Marc um und warf ihm einen flehenden Blick zu. »Bitte?«

Marc warf einen Blick über ihren Kopf hinweg zu seinem Bruder. Max schüttelte leicht den Kopf.

»Ähm, ich glaube nicht, dass das eine gute Idee ist.«

So war sein Bruder! Er verstand den Wink mit dem Zaunpfahl.

»Es ist mir egal, was ihr für eine gute Idee haltet. Marc, du bringst mich nach Hause. Wenn du es nicht tust, werde ich zu Fuß gehen.«

Sie würde auf keinen Fall nach Hause laufen. »Du kannst nicht …«,

mischte sich Marc ein. »Es ist zu weit …«

»Amanda, es wird dunkel …«

»Das werdet ihr gleich sehen!« Mit entschlossenem Schritt stürmte sie aus der Haustür.

»Okay, okay! Ich fahre dich nach Hause«, rief Marc, während er ihr schnell hinterherlief.

Max warf die Hände hoch und seufzte, als er sah, wie sein Bruder Amanda nacheilte. Er stand hilflos in der Tür, als die beiden in Marcs Wagen stiegen und losfuhren.

»Verdammt!«, flüsterte er. Seine Sturheit hatte alles vermasselt. Wieder einmal.

Er knallte die Haustür zu, lehnte sich dagegen und verfluchte sich selbst.

Er stieß sich von der Tür ab und begann, hin und her zu laufen. Er musste die Dinge wieder in Ordnung bringen. Er war wütend darüber, dass er sich nicht so ausdrücken konnte, wie er es wollte, wenn er mit ihr zusammen war. Er wusste nicht, wie er damit umgehen sollte. Er wusste nicht, ob er damit umgehen *konnte*. Aber er wollte nicht, dass sie aus seinem Leben verschwand, so oder so.

Er musste sie anrufen.

Sie war vorhin joggen gewesen, also wusste er, dass sie ihr Handy nicht dabei hatte. Außerdem würde Max nicht mit ihr sprechen wollen, solange sie noch mit Marc unterwegs war. Damit würde er sich den ständigen Spott seiner Brüder zuziehen, sowohl in der Familie als auch bei der Polizei.

Also rief er auf ihrem Haustelefon an, er würde erst einmal nur eine Nachricht hinterlassen. Wie erwartet, ging der Anrufbeantworter ran, aber er legte schnell auf. Er musste sich genau überlegen, was er sagen wollte. Er musste es beim ersten Mal richtig machen.

Er wählte erneut. Diesmal ließ er den Anrufbeantworter bis zum Piepton laufen.

»Manda. Es tut mir leid. Ich …« Mit einem Fluch drückte er auf die Beenden-Taste.

Er wählte erneut. *Piep.* »Amanda, ich weiß, dass du wütend bist.« *Natürlich ist sie wütend, du dummes Arschloch.* Er unterbrach den Anruf.

Piep. »Mandy, kannst du mich zurückrufen? Ich muss mit dir reden.« Er legte wieder auf.

Fuck. Er war so ein Arsch.

»WIR MÜSSEN bei deinen Eltern vorbeifahren, um Greg abzuholen«, sagte Amanda, als sie zurück in die Stadt fuhren.

Der überraschte Blick, den Marc ihr zuwarf, war seine einzige Reaktion.

Sie fuhren in unbehaglichem Schweigen zu seinen Eltern. Amanda saß wütend im Truck, während Marc hineinlief und Greg holte. Amanda rutschte auf die Mitte der Sitzbank, um ihren Bruder einsteigen zu lassen.

Amanda konnte sich nicht entscheiden, ob sie angesichts von Max' Bemerkungen eher wütend oder verletzt war.

Auf dem Weg zurück zum Barber-Haus unterhielt sich Marc notgedrungen mit Greg. Dort angekommen, schlüpfte Greg aus dem Auto und lief zur Veranda, während Marc Amandas Arm festhielt.

»Warte mal!« Er räusperte sich. »Ich weiß nicht, was da vorhin passiert ist, aber ich weiß, dass du stinksauer bist.«

»Das ist noch milde ausgedrückt.«

»Ja, na ja, ich kenne meinen Bruder. Er kann manchmal dumm sein. Das können wir alle, zum Teufel. Aber ich glaube, er … empfindet etwas für dich. Ich habe ihn noch nie so handeln sehen. Noch nie. Ich meine, ich habe gesehen, wie er sich mit Frauen getroffen hat und … na ja, du weißt schon. Aber er hat noch nie jemanden mit zu sich nach Hause genommen. Er hat auch noch nie jemanden zu unseren Eltern eingeladen. Ich glaube, er hat Angst … nein, keine Angst … er fühlt sich gefangen? Nein!« Marc schlug sich mit dem Handballen gegen die Stirn. »So habe ich es nicht gemeint. Verstehst du, was ich damit sagen will?«

»Und?«

»Na ja, ich wollte nur, dass du es weißt.«

»Na, dann weiß ich es jetzt. Danke fürs Mitnehmen.«

Bevor sie die Tür schließen konnte, sagte er noch etwas. »Oh, und übrigens, er hat recht. Du willst nicht, dass Ma etwas mitbekommt, denn sie wird wirklich anfangen, Hochzeitsporzellan auszusuchen. Wenn du glaubst, dass Max stur ist, kennst du meine Mutter nicht.«

Amanda sah zu, wie Marc wegfuhr, bevor sie Greg mit dem Ersatzschlüssel, den sie unter der Matte versteckt hatte, als sie Joggen gegangen war, ins Haus ließ. Sie war sich sicher, dass Max davon nicht begeistert wäre. Der Cop in ihm würde es für unsicher halten. Vorhersehbar. Der Ort, an dem ein Eindringling zuerst suchen würde.

Aber wen kümmerte es, was Max denken würde?

»Kann ich's einen Snack haben?«, fragte Greg sie ungeduldig.

»Klar.«

Sie folgte ihrem Bruder in die Küche und schenkte ihm ein Glas Milch ein. Sie setzte ihn an den Tisch und holte einen Behälter mit ihren selbstgebackenen Brownies heraus. Sie klappte den Deckel ab und stellte die Dose vor Greg, der innerhalb weniger Sekunden einen Milchschnurrbart hatte.

Als sie sich abwandte, bemerkte sie, dass der Anrufbeantworter blinkte. Die Zahl vier leuchtete ihr wie ein Leuchtfeuer entgegen. Wer würde vier Nachrichten hinterlassen? Weder Carlos noch ihre Mutter hatten die Hausnummer. Sie tippte auf die Taste für die Anrufererkennung,

als der Anrufbeantworter die letzten vier Anrufer durch-
blätterte.

Bryson, M.

Bryson, M.

Bryson, M.

Bryson, M.

Amanda fand die Taste, die sie suchte.

Löschen.

Löschen.

Löschen.

Löschen.

Sie drehte sich wieder zu Greg um und ließ sich auf den
Stuhl ihm gegenüber sinken. »Kann ich auch einen Brownie
haben?« Oder zwei?

Kapitel Vierzehn

Mary Ann warf einen Blick zu Amanda hinüber, die ihr Bestes tat, um das penetrante Klingeln ihres Handys im Hintergrund zu ignorieren. Wenn ihr Handy nicht klingelte, klingelte das Haustelefon.

»Schätzchen, willst du nicht rangehen?«

»Nein, das wird auf die Mailbox gehen.« Aus dem Wohnzimmer ertönte das *Piep* des Anrufbeantworters. »Oder auf den Anrufbeantworter. Siehst du?«

Mit einem leichten Achselzucken zog Mary Ann das Kochbuch näher heran. Sie legte einen Finger auf die Seite. »Hier steht, dass du das Mehl zuerst sieben sollst. Da du kein Mehlsieb hast, machst du es so. Gib mir eine Tasse von dem Mehl.«

Amanda öffnete den Deckel des Tupperware-Behälters und tauchte den Plastikmessbecher in das Mehl, wodurch eine weiße Staubwolke entstand. Sie hustete und atmete unwillkürlich etwas davon ein, wodurch eine noch größere Wolke entstand. Sie rümpfte die Nase und versuchte, nicht zu niesen.

Dankbar reichte sie den Becher an Mary Ann weiter, die den Kopf schüttelte. Amüsiert zuckten die Lippen der älteren Frau, als sie das Mehl in ein Nudelsieb schüttete. »Jetzt halte ich es einfach über die Schüssel und klopfe vorsichtig dagegen. Du willst ja keine Wolke erzeugen. Das wird das Mehl gut genug verteilen …«

Ihr Handy klingelte wieder.

Mary Ann ließ das behelfsmäßige Sieb fallen und stemmte die Hände in die Hüften. »Amanda, woher weißt du, dass es nicht wichtig ist? Irgendjemand scheint wirklich mit dir reden zu wollen.«

Sie hatte recht. Amanda konnte es nicht länger hinauszögern. Irgendwann musste sie sich mit *dem Anrufer* auseinandersetzen. Und das könnte genauso gut jetzt sein. Sie schnappte sich ihr Handy vom Küchentisch. »Ich nehme es im Wohnzimmer entgegen.«

Amanda spannte sich an, als sie ins andere Zimmer ging und abnahm. Sie musste nicht auf die Anrufer-ID schauen, um zu wissen, wer es war. »Was?« Im Moment hatte er nicht einmal die Höflichkeit eines »Hallo« verdient.

Einen Moment lang herrschte Schweigen.

»Hey. Äh, ich bin überrascht, dass du rangehst.«

»Na ja, ich dachte, das sollte ich lieber tun, bevor du mir den Akku meines Handys kaputtmachst.«

»Ja, na ja, du weißt sicher, dass ich versucht habe, dich zu erreichen, weil ich dir so viele Nachrichten hinterlassen habe.«

»Ach? Ich habe keine der Nachrichten gehört.«

»Manda, ich weiß, dass du verärgert bist, aber …«

»Aber nichts.«

»Hör mir einfach nur zu!«

»Ich habe dir zugehört, Max, und es hat mir nicht gefallen, wie du es gesagt hast.«

Sie hörte einen langen Seufzer durch das Telefon, dann antwortete Max: »Ich kann das nicht am Telefon machen.«

»Ich auch nicht, also hör auf, anzurufen!«

»Ich komme vorbei.« Er war fest entschlossen.

Amanda dachte an seine Mutter im anderen Zimmer. »Jetzt ist kein guter Zeitpunkt.« Wäre er nicht schockiert, wenn er wüsste, wie viel Zeit sie miteinander verbrachten?

»Jetzt ist so gut wie jeder andere Zeitpunkt. Ich bin in zehn Minuten bei dir.« Er legte auf, bevor sie ein weiteres Wort sagen konnte.

Sie nahm das Handy von Ohr und schaute in Richtung Küche. Sollte er doch kommen; er würde sich nur vor seiner eigenen Mutter blamieren.

Er wollte nicht, dass seine Mutter herausfand, was in der letzten Nacht zwischen ihnen vorgefallen war. Nun, jetzt würde er es nicht mehr vermeiden können.

Sie ging zurück in die Küche, um ihre Unterrichtsstunde für einen Red-Velvet-Cake zu beenden.

Neun Minuten und zweiundzwanzig Sekunden später klingelte Max an der Tür.

Er war nervös und rieb seine feuchten Handflächen an seiner Jeans.

Er holte tief Luft, als Amanda die Tür öffnete. Sie trug ein rosa Tank-Top und eine hautenge schwarze Yogahose. Ihr langes Haar hatte sie zu einem Pferdeschwanz zurückgebunden. Ohne einen Hauch von Make-up erinnerte sie ihn an eine Highschool-Cheerleaderin. Und zwar an eine sehr freche.

Er streckte seinen Zeigefinger aus und strich ihr weißes Puder von der Nasenspitze.

»Hältst du dich von Ärger fern?« Er rieb seine Finger aneinander und hielt sie an seine Nase, um daran zu schnuppern. »Was ist das?«

Amanda verdrehte die Augen. »Ach, komm schon! Das ist Mehl.«

»Das wusste ich.«

»Genau.« Als Amanda sich abwandte, folgte er ihr ins Haus. »Also, was willst du, Max?«

»Mir gefällt nicht, wie es neulich Abend ausgegangen ist.«

Im Wohnzimmer angekommen, ging sie zu dem antiken Sekretärstisch hinüber und fand plötzlich Interesse daran. Sie stieß einen langen, tiefen Seufzer aus. »Ich auch nicht.«

»Also, was machen wir jetzt deswegen?«

»Hör zu, du bist derjenige, der hierherkommen musste. Was willst *du* deswegen machen?«

Er drehte sie zu sich herum und musterte sie. Einen Augenblick später ließ er sie los und trat einen Schritt zurück. »Entschuldigen. Sagen, dass es mir leidtut, dass ich so ein Idiot war. Sagen, dass ich wollte, dass du bleibst. Das wollte ich wirklich. Aber …«

»Aber?«

»Aber … du hast meine Mutter an Weihnachten gehört. Alles, was sie tut, ist, uns drei zu nerven, zu heiraten und Kinder zu bekommen. Ich will ihr nur keine … falschen Hoffnungen machen.«

»Du sagst also, dass du nicht auf der Suche nach etwas Dauerhaftem bist.« Sie richtete sich auf und stand ein wenig höher. »Na ja, vielleicht bin ich das auch nicht. Ich weiß nicht, wie lange ich hier in Manning Grove bleiben werde. Sobald ich Greg davon überzeugen kann, dass er in Miami glücklicher wäre, gehen wir.«

Das war nicht das, was er hören wollte. Sie wollte ihm nur Angst einjagen. Denn er würde sie auf keinen Fall gehen lassen. Niemals. Das war jetzt ihr Zuhause. Es war Gregs Zuhause. Sie musste bleiben. Er mochte es, Zeit mit ihr zu verbringen – wenn sie nicht gerade wieder unschön aneinandergerieten. Er mochte es, wenn sie auf die *richtige* Weise aneinandergerieten.

»Nein.« Er schüttelte den Kopf. »Nein, ich mag dich, Amanda. Das tue ich wirklich. Ich dachte, das sei offensichtlich. Aber was auch immer zwischen uns passieren wird … was auch immer zwischen uns passiert, ich will es in meinem eigenen Zeitrahmen tun. Nicht in dem meiner Mutter. Kannst du das verstehen?«

»O ja. Ich kann verstehen, dass du nicht willst, dass jemand anderer für dich Entscheidungen trifft.«

»Okay, das hab' ich verdient. Ich hab's verstanden.« Er rückte näher an ihre Hüften heran und zog sie so nah an sich heran, dass sie gerade einen Atemzug von ihm entfernt war. »Aber eines weiß ich …« Er strich mit seinen Lippen an ihrer Schläfe entlang, wickelte seine Finger in ihren Pferdeschwanz und zog sanft daran, bis sie den Kopf zurückwarf und ihren Hals entblößte. Er knabberte an der kleinen Vertiefung an ihrem Hals und näherte sich dann ihren Lippen. Sie schmeckte so gut.

»Schätzchen, wir müssen die Frischkäseglasur fertigmachen für …« Mary Ann hielt inne. »Oh! Oh, Max! Hallo, Schatz. Ich dachte, ich hätte hier draußen Stimmen gehört.«

»Mom!« Er ließ seine Arme fallen und trat schnell von Amanda weg. Hitze kroch ihm in den Nacken. Er räusperte sich. »Was machst du denn hier?«

»Warum, ich komme doch ständig hierher. Hat Amanda dir das nicht gesagt?«

Er schloss seinen klaffenden Mund mit einem Schnalzen. Er warf einen Blick auf Amanda, bevor er antwortete: »Nein.«

»Ich bringe ihr das Kochen bei. Wir haben so viel Spaß zusammen. Sie wird eine tolle Ehefrau sein.«

Max stöhnte auf. Das war es, was er vermeiden wollte – dass seine Mutter Amanda als Schwiegertochter ansah. Und was noch schlimmer war, seine Mutter dachte, sie würde sie zu einer guten Ehefrau erziehen. Das war nicht gut. Das war extrem schlecht.

»Wie bist du hierhergekommen? Ich habe dein Auto draußen nicht gesehen.«

»Dein Vater hat mich abgesetzt.«

Sein Vater wusste, was seine Mutter vorhatte, und hatte ihn nicht gewarnt? Max würde ein Gespräch mit ihm führen.

Max ging auf seine Mutter zu und drückte ihren Ellbogen fest an sich. »Ich bringe dich nach Hause.«

Seine Mutter riss ihren Arm weg. »Nein, Amanda und ich müssen diesen Red-Velvet-Kuchen fertig backen.«

»Ihr könnt ihn ein anderes Mal fertig backen.«

Seine Mutter schaute ihn ungläubig an. »Nein, Max. Dein Vater wird mich abholen. Aber ich werde zurück in die Küche gehen und euch zwei ein paar Minuten allein lassen.« Sie zwinkerte ihm wissend zu.

Max biss die Zähne zusammen. Seine Mutter ging zurück in die Küche, in der irrigen Annahme, dass sie etwas Privatsphäre brauchten.

Max flüsterte wütend: »Was tust du da?«

»Ich backe.«

»Wie lange geht das schon so? Wie viel weiß sie?« Seine Stimme hob und überschlug sich dann wie die eines Teenagers.

Fuck!

»Über uns?« Amanda zuckte mit den Schultern. »Sie ist nicht dumm, Max.«

Sie standen sich gegenüber und starrten sich an – Eisblau gegen Smaragdgrün. Die Sekunden verstrichen schweigend.

»Schätzchen, kommst du?«, rief Mary Ann von nebenan.

Mit ruhigem, gezieltem Blick huschte ein böses Lächeln über Amandas Gesicht. »Ja, Ma. Ich bin gleich da.«

Max war der erste, der den Blickkontakt abbrach, als er sich an die Brust fasste. »Ma?« Was war das für ein stechender Schmerz in seiner Brust? Er hatte einen Herzinfarkt. »Warum nennst du meine Mutter Ma?«

»Sie hat gesagt, ich darf das. Das sind ihre Initialen. Mary Ann … Ma, verstehst du?«

Das Loch in der Erde wurde immer größer; er könnte genauso gut einfach hinein springen. Seine Mutter war mit der Frau befreundet, mit der er geschlafen hatte. Die Frau, mit der er geschlafen hatte, nannte seine Mutter »Ma«.

»Das ist alles falsch. Ich muss mich hinsetzen.« Er ließ sich auf die Couch in der Nähe sinken und kniff sich in den Nasenrücken.

»Nein, ist es nicht. Es ist großartig. Sie ist eine tolle Mutter und du solltest stolz auf sie sein.«

»Oh, das bin ich auch.« Stolz, dass sie jemanden gefunden hatte, den sie zu seiner zukünftigen Frau heranziehen kann. Stolz darauf, dass sie ihre Nase in Dinge steckte, die sie nichts angingen. Hey, das kam ihm bekannt vor. Wie oft hatte Amanda ihn schon beschuldigt, dasselbe zu tun? Wie die Mutter so der Sohn? Er zog eine Grimasse.

»Sie hat ihre Freizeit damit verbracht, mir das Kochen und Backen beizubringen, weil ich sie darum *gebeten* habe.« Amanda schüttelte den Kopf. »Ich musste sie nur fragen. Und weißt du was? Sie war begeistert, dass ich gefragt habe.«

»Du hättest mich auch fragen können.«

»Um mir das Kochen beizubringen?«

»Nein, verdammt noch mal. Du hättest mich erst fragen sollen, ob ich etwas dagegen habe, dass meine Mutter …« Max hielt inne und sah, wie sich Amandas Gesicht verdunkelte. *Oh Scheiße!*

Er stand schnell auf und fing ihre Arme ein, bevor er einen Faustschlag in die Fresse bekam. Mit einem Seufzer ließ er ihre Arme los. Wenn sie ihm eine verpassen würde, hätte er es verdient.

Er war gekommen, um sich dafür zu entschuldigen, dass er sich wie ein Idiot benommen hatte, und jetzt war er es wieder – ein verdammter Idiot. Das wurde langsam zu einem Verhaltensmuster für ihn. Eines, das er durchbrechen musste.

»Amanda, ich bin hergekommen, um mich für die letzte Nacht zu entschuldigen. Das habe ich getan, und jetzt entschuldige ich mich für das, was ich gerade gesagt habe. Und lass mich das jetzt einfach mal loswerden: Ich entschuldige mich für jede dumme Sache, die ich in Zukunft tue oder sage. So, das sollte es jetzt gewesen sein.«

»Wenn du denkst, dass eine einfache Entschuldigung ein Patentrezept für all unsere … *deine* Probleme ist … Tja, dann lass mich dir sagen: Das ist es nicht. Deine Entschuldigungen sind zu schwach und kommen zu spät. Glaubst du, dass du tun und sagen kannst, was du willst, dass du mich herumkommandieren kannst, mein Leben kontrollieren kannst und dann einfach sagst ›Es tut mir leid‹, wenn du mich ins Bett kriegen willst? Und dann ist alles in Ordnung? So funktioniert das nicht. Hat es nicht. Wird es auch nicht. Niemals.«

»Weißt du, wir sollten lieber darüber reden, wenn *meine Mutter*«, seine Augenbrauen hoben sich, »nicht einen halben Meter entfernt im Nebenzimmer sitzt.« Er tippte mit dem Finger ein paar Mal in Richtung Küche.

»Okay.«

»Okay was?«

»Wir können später darüber reden.«

»Oh.« Er hatte nicht erwartet, dass sie so zustimmend sein würde. Das war eine Wendung. Moment mal! Wahrscheinlich gab es einen Haken. Oder es war eine Falle. Vorsichtig fragte er: »Okay, wann?«

»Heute Abend. Nachdem Greg ins Bett gegangen ist.«

»Wann ist das?«

»Komm so gegen neun.«

Mary Ann steckte ihren Kopf aus der Küche. »Max, Schatz, warum hilfst du uns nicht, den Kuchen fertig zu backen?«

Panik schoss durch ihn. »Ich muss los, Mom!«, rief er. Amanda flüsterte er zu: »Wir sehen uns um neun.« Er warf einen letzten Blick auf ihr Cheerleader-Outfit. »Und zieh dich nicht um!«

Dann flüchtete er; er musste schnell hier hinaus, bevor man ihn dazu zwang, eine Schürze anzuziehen.

Nachdem sie dafür gesorgt hatte, dass Greg im Bett lag, blieb Amanda noch ein paar Minuten an seinem Bett und unterhielt sich mit ihm, bis er nach einem letzten Gähnen in den Schlaf sank.

Sie ging gerade die Treppe hinunter, als sie ein leises Klopfen an der Haustür hörte.

Das war eines der wenigen Male, bei denen sie schon vorher wusste, dass sie Max sehen würde, und sie war schon aufgeregt, seit er vorhin gegangen war. Tatsächlich war der Rest der Red-Velvet-Unterrichtsstunde eine ziemliche Verschwendung gewesen, weil sie sich nicht konzentrieren konnte. Mary Ann hatte aufgegeben und den unglasierten Kuchen mit nach Hause genommen, um ihn selbst fertigzustellen.

Amandas Puls raste, als sie zur Tür ging, um Max hereinzulassen.

Als sie die Tür öffnete, stand sie einen Moment lang wie gebannt da. Er trug eine abgewetzte – so abgewetzt, dass sie fast weiß war – Jeans, die ihm sehr gut passte. Und unter seiner Lederjacke entdeckte sie ein enges schwarzes T-Shirt, von dem sie sicher war, dass es die Tätowierung enthüllen würde, die ihre Blicke jedes Mal auf sich zog. Als ihr Blick über seine breiten Schultern nach oben wanderte, bemerkte sie, dass er seinen Bartschatten von vorhin nicht rasiert hatte – und das war verdammt sexy. Das Einzige, was ihn davon abhielt, wie ein echter Rebell auszusehen, war sein strenger

Polizeihaarschnitt. Es waren nicht genug Haare da, um mit den Fingern hindurchzufahren oder sich festzuhalten, wenn …

»Bist du fertig?« Er hob eine Augenbraue und grinste. »Soll ich mich gleich hier auf der Treppe ausziehen oder darf ich erst reinkommen?«

Amanda antwortete ihm mit einem Lächeln und trat einen Schritt zurück, aber nicht genug, um ihm Platz zu machen. Er musste sich zur Seite drehen und sie streifen, um das Haus zu betreten.

»Oh, du bist böse. Ich bin hier, um zu reden, Amanda, schon vergessen?«

Sie schloss die Tür und verriegelte sie. »Ich erinnere mich. Lass uns in den Wintergarten gehen. Dann stören wir Greg nicht.«

Als sie durch die Küche gingen, nickte in Richtung des abgeschirmten Anbaus. »Geh schon mal rein! Ich werde uns einen Snack holen.«

Innerhalb einer Minute hatte sie ein paar ihrer Kekse auf einen Teller geworfen und trug sie in den Wintergarten.

Max saß entspannt auf dem Zweiersofa, die Beine vor sich ausgestreckt und die Knöchel gekreuzt. Er hatte nur eine der Tischlampen angemacht, die den Raum in ein sanftes Licht tauchten. Sanft und romantisch.

Amanda schüttelte den Kopf, um ihre Gedanken zu ordnen.

Er schaute hungrig auf den Teller. »Erdnussbutter?«

»Jupp.«

»Was ist mit dem Red-Velvet-Kuchen passiert, den du vorhin gebacken hast?«

»Deine Mom hat ihn für die Damen beim Bingo mitgenommen.«

Sie wollte ihm nicht sagen, dass Mary Ann ihn unvoll-endet mitgenommen hatte und sich gutmütig über bestimmte frisch verliebte Paare beschwerte.

Noch bevor Amanda den Teller auf dem Beistelltisch abstellen konnte, schnappte sich Max einen. Er biss mit Begeisterung hinein. Sein Kauen verlangsamte sich und er hatte Mühe, zu schlucken. Er räusperte sich. »Die sind nicht wie die anderen.«

»Was meinst du?«

»Na ja, ich will nicht unhöflich sein, aber … äh … die sind nicht so gut wie die, die du mitgebracht hast. Neues Rezept?« Er warf ihr einen hoffnungsvollen Blick zu.

»Nein …« Sie biss sich auf die Unterlippe und überlegte, ob sie es tun sollte. »Ich habe etwas zu beichten.«

Ein Cop. Ein Geständnis. Max setzte sich wach auf. »Schieß los!«

Sie musste reinen Tisch machen. »Diese Kekse von damals …«

»Ja?«

Sie wandte sich ab, um ihre Schuldgefühle zu verbergen. »Na ja, ich habe die nicht selbst gebacken.«

»Oh. Und? Was soll's?«

»Und …« Es war ja nicht so, dass sie ihm absichtlich verseuchte Kekse gegeben hätte. Oder?

»Und?«

Na gut, vielleicht hatte sie es getan, aber er hatte überlebt und musste es nie erfahren. »Mrs. Besser… Mrs. Myers hat sie gebacken.«

»Tja, sie waren gut. Danke, dass du sie mit uns geteilt hast.«

Sie konnte es nicht tun. Sie konnte nicht zugeben, dass sie ihn mit Hundessabber glasierte Kekse hatte essen lassen. Dieses Geheimnis würde sie mit in ihr Grab nehmen. »Klar.« Sie drehte sich wieder zu ihm um. »Ich bin vielleicht noch nicht die beste Bäckerin, aber ich schwöre, ich kann uns den besten Pitcher Alabama Slammers machen.«

Er schaute überrascht zu ihr auf. »Das kannst du? Du weißt, wie man Alabama Slammers macht?«

»Natürlich. Ich war drei Jahre lang Barkeeperin. Und ich war gut darin. Es hat Spaß gemacht. Ich habe in einem angesagten Nachtclub gearbeitet. Ich habe *gutes* Geld verdient. Ich habe ein paar coole Leute kennengelernt und sogar ein paar Prominente. Und die kostenlosen Drinks waren auch nicht zu verachten.«

»Ich kann mir vorstellen, wie du Drinks serviert hast – vor allem in solchen Outfits. Wahrscheinlich hast du ein paar nette Trinkgelder kassiert. Hast du die Zutaten, um Slammer zu machen?«

»Klar. Ich habe ein Schloss an einem der Küchenschränke angebracht. Ich bin gleich wieder da.«

Als sie sich zum Gehen wandte, hielt er sie auf. »Amanda, du kannst den Teller mitnehmen.«

Sie hob die Kekse hoch. »Jetzt weißt du, warum ich deine Mutter um Hilfe gebeten habe.« Sie ging zurück in die Küche.

Amanda schloss den provisorischen Schnapsschrank auf und holte Southern Comfort, Sloe Gin und Amaretto heraus.

Sie hörte seine tiefe Stimme hinter ihr. »Soll ich dir helfen?«

Amanda drehte sich um und sah Max, der sich mit einer Schulter auf den Türpfosten zwischen den beiden Zimmern lehnte.

»Na gut. Geh an den Schrank da drüben und hol uns ein paar große Gläser. Oh, bevor du das tust, hol' den Eisbehälter aus dem Gefrierschrank.«

Sie zog den Mixer aus der Wand und schloss ihn an.

Max hielt sie auf. »Den kannst du nicht benutzen!«

Amanda lachte. »Ach ja. Armer Greg, der wäre aus allen Wolken gefallen.« Sie zog den Stecker aus der Steckdose und schob das Gerät zurück an die Wand. Sie griff in einen nahe gelegenen Schrank und fand einen Shaker. »Ich werde sie nur leicht schütteln.«

»Geschüttelt, nicht gerührt«, sagte er mit einem schlechten James-Bond-Akzent. Max schob den Eimer mit Eis neben den Shaker. »Was noch?«

»Ähm. Ich brauche den Zitronensaft. Der steht im Kühlschrank.«

Als sie mit dem Mixen fertig war, schüttete sie das Gebräu in einen großen Krug und trug ihn in den Wintergarten, während Max ihr mit zwei großen Gläsern folgte.

Er ließ sich auf der Couch nieder, während Amanda sich, nachdem sie ihre Gläser gefüllt hatte, in den Schaukelstuhl gegenüber von ihm setzte.

Max nahm einen Schluck. »Das ist um einiges besser als diese Erdnussbutterkekse.«

Amanda nahm einen Schluck. Sie musste zustimmen. »Mmm. Das ist gut.«

Sie schwiegen ein paar Minuten, während sie die Drinks genossen und sich gegenseitig betrachteten, wobei der Alkohol beide schnell entspannte. Ehe sie sich versah, war Max' Glas leer, und sie griff danach, um es wieder zu füllen. »Mehr?«

»Klar, immer her damit! Also …« Max' kühle blaue Augen fixierten sie auf dem Schaukelstuhl. »Hat dich einer der Promis angemacht?«

»Vielleicht.«

»Und?«, bohrte er nach.

»Und sie sind wie jeder andere auch. Sie sind Menschen.«

»Nach dem, was ich von ihnen im Fernsehen gesehen habe, weiß ich nicht, ob ich einige von ihnen als Menschen bezeichnen würde.«

»Nenn sie, wie du willst. Ich habe genug Aufmerksamkeit bekommen.«

»Du bist also mit einigen ausgegangen?«

»Nein. Ich hatte einen Freund. Ob du es glaubst oder

nicht, ich bin sehr treu. Sogar so treu, dass ich es als einen Fehler ansehe.«

Max runzelte die Stirn. »Warum?«

Amanda schüttelte nur den Kopf. »Unwichtig. Ich dachte, wir wollten über uns reden.« Sie leerte ihr Glas. Der starke Alkohol fing an, ihren Bauch zu wärmen und ihr einen kleinen Schwips zu verpassen.

Max griff nach ihrem Glas, um es wieder zu füllen. »Das wollten wir. Werden wir«, korrigierte er sich.

»Okay, dann fang an!« Sie sah ihm zu, wie er seine zweite Runde Slammers herunterkippte. Er kämpfte eindeutig mit seinen Gefühlen. Brauchte er den Schnaps, um über ihre Beziehung zu reden? Wenn man es so nennen konnte.

Max zog eine Grimasse und bewegte sich unbehaglich. »Ich weiß nicht, wo ich anfangen soll.«

»Okay, dann fange ich an. Hör zu …« Sie kreuzte ihre Beine und setzte mit einem Fuß den Schaukelstuhl in Bewegung, während sie versuchte, ihre Gedanken in Worte zu fassen.

Vielleicht waren die Alabama Slammers nicht die beste Idee gewesen. Ihre Gedanken waren ein wenig verschwommen. *Ach, was zum Teufel, los geht's …*

»Ich weiß nicht, ob ich mit deiner Unentschlossenheit zurechtkomme. Ich habe mit meinen eigenen schon genug zu tun. Ich weiß nicht, was in der Zukunft passieren wird. Ich weiß nicht, wo ich landen werde. Ich weiß nicht, was ich tun will, wenn es darum geht, hier in Manning Grove zu bleiben oder zurück nach Miami zu gehen.«

»Also was du sagen willst, ist, dass du von mir erwartest, dass ich deine Unentschlossenheit akzeptiere, aber du kannst meine nicht akzeptieren?«

»Ich weiß es nicht. Ich bin so verdammt verwirrt. Du frustrierst mich. Meine Mutter ist so kontrollierend. Das brauche ich bei einem Mann nicht.«

»Ich kann nicht anders. So bin ich nun mal. Deshalb bin ich ein Cop. Ich weiß nicht, ob ich das jemals ändern kann.« Er zuckte sachlich mit den Schultern. »Genetische Veranlagung, wenn du so willst.«

»Blödsinn. Das ist der einfache Ausweg. Genetische Veranlagung … also *bitte*.«

»Dann glaub' mir eben nicht. Aber eins solltest du mir glauben … Ich habe dir gesagt, du sollst das Outfit anbehalten. Und das hast du getan. Ich glaube, es gefällt dir und du willst es nur nicht zugeben.«

Hatte er recht? Brauchte sie jemanden, der ihr Leben ständig kontrolliert?

»Jetzt mach mal halblang! Vielleicht habe ich dieses Outfit nur anbehalten, weil ich dachte, du wärst es nicht wert, dass ich mich für dich umziehe.«

Max schmunzelte über ihre unverhohlene Lüge. Er füllte sein Glas zum dritten Mal. Er leerte den Pitcher aus. »Hör zu, lass uns einen Kompromiss finden. Noch ein Waffenstillstand? Lass uns vereinbaren, es langsam anzugehen und zu sehen, wohin das führt.«

»Noch ein Waffenstillstand?«

»Wie wäre es, wenn wir es dieses Mal einen Kompromiss nennen, da unser vorheriger sogenannter Waffenstillstand gescheitert ist. Ich verspreche, nicht mehr so dominant zu sein …«

»Herrschsüchtig, überheblich …«

»Okay, okay. Und du gibst Manning Grove – und mir – eine Chance.«

»Max, ich kann nicht versprechen, dass ich in dieser Stadt bleiben werde. Aber, wie wäre es damit: Ich werde nicht sagen, dass ich definitiv gehen werde.«

»Das ist gut. Und was meine Mutter angeht …«

»Nein, das gehört nicht zum *Kompromiss*. Ich darf so viel Zeit mit deiner Mutter verbringen, wie ich will.«

Max lehnte sich mit verschleierten Augen zurück und presste die Lippen aufeinander.

»Max«, warnte Amanda. »Willst du die Sache versauen, bevor sie überhaupt angefangen hat?«

»Nein. Aber ich möchte, dass du sie davon abhältst, wenn sie anfängt, Einladungskarten und Kummerbundfarben auszusuchen.«

Sie versuchte, ernst zu wirken. »Einverstanden.«

»Wenn sie anfängt, darüber zu sprechen, dass sie dich auf eine dreistündige Fahrt nach Harrisburg zum Babymarkt mitnimmt, möchte ich, dass du die Flucht ergreifst und zum nächsten Telefon gehst, um den Notruf zu wählen.«

Amandas Lippen zuckten. »Ich habe doch ein Handy.«

»Und alles, was wir unter vier Augen treiben, darf sie nicht hören.«

»Abgemacht.«

»Und …«

»Das reicht, Max. Ich hab's kapiert. Ich werde ihr nicht erzählen, wie geil du mich machst. Und wie du mich zum Schreien bringst, wenn ich zum Orgasmus komme.«

Max' Grinsen wurde breiter. »Na ja, dann kannst du es mir stattdessen sagen.«

»Willst du, dass ich noch einen Pitcher mache?«

Max schüttelte den Kopf und streckte eine Hand aus. »Komm her! Du bist zu weit weg.«

Sie betrachtete ihn einen Moment, bevor sie aus dem Schaukelstuhl stieg und sich zu ihm auf die Couch setzte. Sie ließ sich auf seinem Schoß nieder. »Besser?«

Max schlang seine Arme um sie und drückte sie fester an seine Brust. »Darauf kannst du wetten.«

Sie legte ihren Kopf auf seine Schulter und schmiegte ihre Nase in seinen Nacken. Sie konnte seinen starken Puls an ihrer Wange spüren.

Es fühlte sich so gut an, in seinen Armen zu liegen. Sie

umkreiste sein Tattoo mit ihrem Finger. Semper Fi. Mary Ann hatte Amanda erklärt, dass es »immer treu« bedeutet.

»Wolltest du schon immer ein Cop werden?«

Er hatte eine Hand auf ihrer Hüfte und die andere auf ihrem Oberschenkel liegen und rieb sie langsam hin und her. »Ja.«

Sie wartete einen Moment, und als er nichts weiter sagte, drängte sie ihn. »Warum?«

Seine tiefe Stimme hallte durch seine Brust. »Ich habe meinen Großvater und meinen Vater immer bewundert. Deshalb bin ich in ihre Fußstapfen getreten. Deshalb haben wir alle drei es getan. Zuerst bei den Marines, um unserem Land zu dienen, und dann bei der Polizei, um unserer Gemeinde zu dienen.«

»Schützen und dienen, ja?«

Aus seinen Worten sprudelte der Stolz. »Das ist das Motto der Familie Bryson.«

Sie schob ihre Nase hoch und küsste ihn hinter dem Ohr. »Nun, du kannst mich jederzeit beschützen und mir dienen.«

»Das hatte ich vor, seit du mich auf dem Parkplatz angezickt hast, als du gerade neu in der Stadt warst.«

Sie hob ihren Kopf und drückte sich mit einer Handfläche gegen seine Brust. »Du hast nur versucht, in meine Hose zu kommen.«

»Stimmt …«, sagte er langsam.

Amanda griff nach einem dekorativen Kissen in der Nähe und schlug ihn.

»Hey! Du hast mich nicht ausreden lassen. Stimmt, aber als du mich in meiner Uniform gesehen hast, wolltest du unbedingt ein großes Stück von diesem bösen Jungen haben.« Er öffnete seine Arme weit, als würde er sich ihr anbieten.

Amanda knuffte ihn erneut. »Ja, klar.«

»Du kannst nicht sagen, dass du das nicht wolltest.« Er

streckte die Hand aus und seine große Hand umfasste ihr Gesicht, als er sich zu ihr beugte, um sie zu küssen. Es war nur eine leichte Berührung, die sie nach mehr verlangen ließ.

»Nein, das wollte ich nicht.«

»Hättest du mich geküsst, wenn ich das Ticket zerrissen hätte?«

»Nein.«

»Lügnerin.«

»Für fünfundzwanzig Mäuse? Jetzt mal ehrlich. Ich wollte den ausziehbaren Metallstock, den du bei dir trägst, herausnehmen und dir auf den Kopf schlagen.«

Max lachte. »Du meinst meinen ASP-Schlagstock?«

»Wie auch immer.«

»Nur weil du sexuell frustriert warst.«

»Das hättest du wohl gerne.«

Er stupste sie sanft in die Seite. »Gib es zu!«

»Nein.«

»Komm schon!«

»Okay. Du hast recht. Ich war sexuell frustriert, weil ich dich nicht mitten in der Stadt, auf dem *kostenlosen* Parkplatz auf dem Bürgersteig neben einer Tüte mit verschüttetem Hundespielzeug, während Greg zusah, bespringen konnte. Zufrieden?«

Sein Lächeln wurde breiter. »Jupp.«

»Gut. Jetzt küss mich noch mal!« Sie griff nach seinem Hinterkopf und zog ihn nach unten, bis ihre Lippen nur noch einen Hauch voneinander entfernt waren. »Und tu es dieses Mal so, als ob du es ernst meinst.«

Der leichte Kuss war schnell vergessen, als er ihren Mund mit seinem verschloss und sie an sich drückte. Darauf hatte sie gewartet. Sie stöhnte in seinen Mund und verband ihre Zunge mit seiner. Sie spürte einen Stich und wackelte mit ihren Hüften auf seinem Schoß, als sie spürte, wie sein Körper hart wurde.

Er zog sich leicht zurück. Er fuhr mit einem Finger unter den Saum ihrer hautengen schwarzen Hose. »Weißt du, ich habe zu viel getrunken, um zu fahren. Ich schätze, ich muss hierbleiben, bis ich wieder nüchtern bin.«

»Hmm. Vielleicht sollte ich *doch* noch einen Pitcher machen, damit du länger brauchst, um nüchtern zu werden.«

»Auf keinen Fall. Ich will sicher sein, dass du dich an alles erinnerst, was ich mit dir mache.«

»Du hast recht. Ich will sicher sein, dass du alles mit mir machen *kannst*.«

»Also werden wir diesen neuen Kompromiss mit einem weiteren Kuss besiegeln?«

»Nein, noch besser ...« Amanda löste sich von seinem Schoß, nahm seine Hand und führte ihn die Treppe hinauf.

Als die Stufen unter ihm knarrten, flüsterte sie: »Wir müssen leise sein.«

Oben auf der Treppe antwortete er: »Ich bin mir nicht sicher, ob das möglich sein wird. Du quiekst wie ein Schwein.«

Amanda unterdrückte ein Lachen und stieß ihn mit ihrem Ellbogen in die Rippen.

»Au!«

»Pst!« Sie zog ihn ins große Schlafzimmer und schloss die Tür schnell hinter ihnen.

Sie lehnte sich gegen die Tür und beobachtete, wie er sich die Rippen rieb. Seine Finger waren lang und stark, und sie wusste, was die mit ihr anstellen konnten, wie schnell sie sie zum Durchdrehen bringen konnten. Ihr Magen flatterte bei dem Gedanken.

Er streckte sich auf dem Bett aus und hielt ihr eine Hand hin. »Ich fühle mich wie ein Teenager, der versucht, im Haus seiner Eltern Sex zu haben, ohne dabei erwischt zu werden.«

Amanda griff hinter sich, um das Schloss zu schließen. »Wirst du in der Lage sein, still zu sein?«, fragte sie ihn.

Ein verruchtes Lächeln ging über sein Gesicht. »O ja. Aber ich bezweifle, dass du das schaffst.«

»Ich höre da eine Herausforderung.«

Er lachte leise. »Darauf kannst du wetten. Spielst du mit?«

Sie streifte sich das rosa Tank-Top über die Schultern und den Kopf und warf es zu Boden.

Ihre Lippen verzogen sich zu einem Grinsen, während sie mit ihren Händen über ihre Brüste streichelte. Sie hielt das schwere Gewicht und drückte sie zusammen. Sie wandte ihren Blick absichtlich von Max ab, während sie an ihren beiden Nippeln zupfte und dann die harten Knospen zwischen ihren Fingern zwirbelte. Sie ließ eine los, damit ihre freie Hand an ihrem Bauch hinuntergleiten und in ihre Hose eintauchen konnte. Sie warf ihren Kopf zurück, als sie ihre eigene Nässe, ihre Hitze berührte.

Ungeduldig schlüpfte sie aus der Hose, lehnte sich dann gegen die Schlafzimmertür und spreizte sich mit den Fingern, damit Max sehen konnte, wie bereit sie war. Langsam rieb sie mit ihrem Daumen über ihren Kitzler, umkreiste ihn und ließ ihn anschwellen.

Sie hatte ihn immer noch nicht angeschaut. Sie konzentrierte sich auf sich selbst und trieb sich selbst in den Wahnsinn. Denn wenn sie das tat, wusste sie genau, dass es auch ihn in den Wahnsinn treiben würde. Sie leckte sich über die Lippen und warf ihm dann einen Blick durch ihre dichte Haarmähne zu.

Ja.

Sein Blick klebte an ihr. Er streichelte sich selbst langsam durch seine Jeans. Sein T-Shirt war bereits ausgezogen und seine gebräunte Haut hatte einen leichten Glanz, der selbst im schwachen Licht zu erkennen war.

»Ich bin so bereit für dich«, sagte er ihr mit tiefer, rauer Stimme.

»Das sehe ich.«

»Bist du bereit für mich?«

Sie schloss die kurze Distanz zum Bett und kletterte über ihn, um sich auf seiner Taille zu spreizen. »Ich bin mir nicht sicher. Willst du mich testen, um das zu überprüfen?«

Er schob einen Finger zwischen ihre Beine und die prallen Lippen. Der Glanz auf seiner Haut hatte beide ohne Zweifel gelassen. Sie war feucht und bereit.

Sie griff hinter sich, um seine Jeans zu öffnen und den Reißverschluss aufzumachen. »Die muss weg.«

Innerhalb von Sekunden waren seine Schuhe und Socken ausgezogen und er schlüpfte aus seinen Hosen und Boxershorts, ohne Amanda von seiner Hüfte zu trennen.

»Ich will dich oben haben.« Seine Worte klangen verlangend und schwer.

»Das war der Plan.«

»Ach, war es das, ja?«

Sie rutschte zurück und die Krone seines Schwanzes berührte gerade so ihre Öffnung. Er zuckte mit seinem Schwanz gegen sie und mit einem schnellen Heben ihrer Hüften versenkte sie ihn tief in sich.

Max stieß ein langes, leises Zischen aus. Er legte seine Finger um ihre Hüftkurven. Amanda schloss die Augen und genoss das Gefühl, komplett ausgefüllt zu sein. Sie passten perfekt zusammen.

Der Druck auf ihren G-Punkt war intensiv, fast unerträglich. Er traf sie an all den richtigen Stellen.

Seine Finger spreizten sich auf ihren Arschbacken und er stieß noch tiefer zu. Sie unterdrückte ein Stöhnen und legte eine Hand auf seine Brust, um ihn sanft festzuhalten.

»Lass mich die Kontrolle übernehmen!« Sie bat nicht darum.

Ein Wechselbad der Gefühle ging über sein Gesicht. Sie konnte sehen, wie sehr er mit sich kämpfte, um jemand anderem die Kontrolle zu überlassen. Er atmete aus und nickte leicht. Es war hart für ihn, aber er war auch hart für sie.

Amanda umklammerte ihn zwischen ihren Schenkeln und ritt ihn hart und schnell. Sie hatte Mühe, ruhig zu bleiben, und verlor fast die Kontrolle, bis Max ihr eine Hand auf den Mund legte. Sie klemmte einen seiner Finger zwischen ihre Zähne und kämpfte dagegen an, nicht fest zuzubeißen. Sie hob und senkte sich auf ihn, hob sich, bis er fast aus ihr heraus war, und setzte sich dann, bis er bis zu den Eiern in ihr steckte. Er musste sein Gesicht wegdrehen und in ein Kissen drücken. Die Muskeln in seinem Nacken wölbten sich und eine Röte lief von seinen Wangen hinunter zu seiner Brust. Er kämpfte genau so sehr wie sie dagegen an, nicht zu schreien.

Sie war so nass, dass es keine Reibung gab, nichts, was sie bremste, während sie ihn ritt, ihre Schenkel spannten sich, ihre Pussy drückte ihn bei jedem Auf und Ab. Und dieser Punkt … sie kippte ihr Becken gerade so weit, dass er ihn traf. Immer und immer wieder. Ein Schwall von Wärme strömte aus ihr heraus und über ihn.

Ein gedämpftes »Fuck!« ertönte im Kissen.

Sie genoss die Macht, die sie über ihn hatte. Auch wenn es nur für eine kurze Zeit war, kontrollierte sie seine Gedanken und seinen Körper. Sie spürte, wie er sich anspannte, und erstarrte sofort.

Nein. Nein. Nein. Sie war noch nicht bereit, dass er kommen würde.

Sie beugte sich vor und biss in eine seiner Brustwarzen. Sein Kopf schnellte herum und er sah sie an.

»Noch nicht«, warnte sie. Sie biss die andere Brustwarze so fest, dass sie einen Abdruck hinterließ und er sich gegen sie stemmte.

Aber der Schmerz war genug, um ihn abzulenken. Um seine Erlösung zu verzögern.

»Du kommst nicht vor mir.«

Seine Augen verengten sich, seine Hände krallten sich in ihre Hüften, und mit einer schnellen Rolle lag sie auf dem Rücken und er über ihr, während er ihr ins Gesicht schaute.

Ein kleiner Schrei entrang sich ihr durch die schnelle Bewegung und die Machtverschiebung. Aber nicht laut genug, um Greg zu wecken.

»Willst du kommen? Was macht dich so sicher, dass es deine Entscheidung ist, ob du kommst? Vielleicht ist es meine, ob du kommst oder nicht.«

Amanda packte ihn am Hinterkopf und zog ihn nach unten. Sie presste ihre Lippen für eine Sekunde auf seine, dann zog sie sich gerade weit genug zurück, um zu sagen: »Bring mich zum Kommen!«

Er drückte sie gegen sich und stieß hart in sie hinein, wobei er bei jeder Bewegung stöhnte. Es war hart und schnell und genau das, was sie wollte. Sie neigte ihre Hüften, bis er ihre Stelle wieder gefunden hatte. Ihre Pussy wurde mit jedem Stoß feuchter, feuchter und feuchter, bis sie schließlich …

Er presste ihren Mund auf den seinen und dämpfte ihren lauten Schrei. Und keine Sekunde später hatte sie seine Erlösung in sich aufgenommen. Nachdem das Pochen nachgelassen hatte, ließ er sich neben sie sinken und nahm sie fest in seine Arme. Amanda schlief zu seinem langsamen, gleichmäßigen Atem und dem Heben und Senken seiner Brust ein.

<hr>

AMANDA DREHTE sich mit einem Seufzer um. Sie streckte sich und griff mit einer Hand blindlings auf die andere Seite des Bettes. Sie war leer und kalt.

Sie hatte es gewusst. Sie hatte gewusst, dass er nicht in der Lage sein würde, die Nacht hier zu verbringen. Es war zu viel Druck für ihn. Nachdem sie eingeschlafen war, hatte er wahrscheinlich das Gefühl, dass die Wände auf ihn einstürzten, und sich blitzschnell aus dem Staub gemacht.

Tja, so viel zu ihrem neuen Kompromiss. Er hatte einen Weg gefunden, sie wieder einmal ins Bett zu bekommen. Nicht, dass sie es ihm schwer gemacht hätte.

Sie setzte sich auf. Ihr Haar war offen und zerzaust. Ein warmes Gefühl durchströmte ihren Körper, als sie sich daran erinnerte, dass Max in der Nacht zuvor das Haargummi herausgerissen und damit ihren Pferdeschwanz befreit hatte.

Ihre Klamotten lagen noch immer dort, wo sie sie zurückgelassen hatte, verstreut auf dem Fußboden in aller Eile. Ihr Herz begann erneut zu pochen, als sie sich daran erinnerte, wie er sie …

Amanda schüttelte den Kopf. Wie der große, strenge Mann seinen Willen durchgesetzt hatte und dann wieder in sein Junggesellenleben zurückgekehrt war.

Sie zog sich eine Yogahose und ein nostalgisches *Ramones*-T-Shirt an und machte sich auf den Weg nach unten, um Greg Frühstück zu machen. Noch bevor sie die letzte Stufe erreicht hatte, hörte sie Geräusche aus dem Wohnzimmer. Greg schaute bereits Zeichentrickfilme.

Sie ging hinein, um den Fernseher auszuschalten, und blieb schockiert stehen.

Max und Greg saßen beide auf der Couch, die Beine auf den Couchtisch gelegt, jeder mit einer Schüssel Müsli auf dem Schoß. Und sie lachten über die Mätzchen der Zeichentrickmaus, die im Fernsehen im Kreis lief.

Wenigstens hatte Greg ein Küchenhandtuch wie ein Lätzchen in den Hals seines T-Shirts gesteckt. Es hatte bereits Milch und Müsli auf seinem Oberteil und seinem Schoß verteilt.

Max war nicht gegangen. Er war tatsächlich die ganze Nacht geblieben. Und …

Sie stellte sich ihnen in den Weg. »Du lässt ihn vor dem Fernseher essen?«

Max hatte wenigstens den Anstand, sie verlegen anzuschauen. »Das ist doch keine große Sache.«

»Ja, Manda, keine große Sache«, äffte Greg nach.

Amanda sah ihren Bruder stirnrunzelnd an. »Na gut. Nur dieses eine Mal.«

Max war tatsächlich geblieben.

»Warum holst du dir nicht auch eine Schüssel und setzt dich zu uns?«

»Ähm, okay.« Er war immer noch hier. Und hatte ihren Bruder versorgt. Sie ging in die Küche und wusste nicht, ob sie sich freuen oder misstrauisch sein sollte.

Sie sah sich die vielen Müslischachteln an, die aus dem Schrank geholt worden waren und auf der Arbeitsplatte verstreut lagen. Die Schublade mit dem Besteck stand noch weit offen. Sie öffnete den Kühlschrank. Eine leere Milchtüte stand im Kühlschrank. Vielleicht war gerade noch ein Schluck drin. Vielleicht.

Sie zog den fast leeren Krug heraus und starrte ihn an.

Er war geblieben.

Sie runzelte die Stirn. *Warum?*

»Tut mir leid.« Amanda zuckte zusammen, als Max' Stimme in ihrem Ohr erklang.

»Du hast dich gestern schon im Voraus für alles entschuldigt, erinnerst du dich?«

»Es war nicht meine Absicht, dir in den Rücken zu fallen und Greg vor dem Fernseher essen zu lassen, wenn du das nicht willst.«

»Betrachten wir das einfach als einen besonderen Anlass.«

Max stellte sich hinter sie und schlang seine Arme um

ihre Taille. »Ich würde sagen, es war ein besonderer Anlass.«

Amanda drehte sich in seinen Armen, steckte einen Finger in den Ausschnitt seines T-Shirts und zog daran.

Genau wie sie dachte. Er hatte mehrere Zahnabdrücke auf seiner Brust, die von ihren Versuchen, ihre Laute der Ekstase der letzten Nacht zu dämpfen, stammten.

Liebesbisse, dachte sie.

»Kriegswunden«, sagte Max mit einem Grinsen. Er ließ sie los. »Komm! Greg wartet.«

Sie holte sich eine neue Gallone Milch und schenkte sich eine Schüssel Froot Loops ein, bevor sie Max ins Wohnzimmer folgte.

Als sie es sich zu dritt auf der Couch bequem gemacht hatten und Bugs Bunny schauten, drehte sich Max zu ihr um.

»Ach, übrigens, ich habe deine Zahnbürste benutzt.«

Kapitel Fünfzehn

MAX KONNTE ES KAUM ERWARTEN, den Streifenwagen zu parken, seinen lästigen Dienstgürtel abzulegen und seine Uniform auszuziehen. Er wollte in eine bequeme Jeans und ein altes T-Shirt schlüpfen und sich ein Bier gönnen. Seine Schicht schien kein Ende zu nehmen. In Manning Grove war es ruhig gewesen. Tot, um genau zu sein. Es gab nur einen Zwischenfall mit einer entlaufenen Katze und eine Verwarnung für einen Teenager, der ein Stoppschild missachtet hatte. Aber der lange, langweilige Tag neigte sich endlich dem Ende zu.

Als er um die Ecke in die Main Street einbog, um zum Revier zurückzufahren, hörte er ein hohes »Huhuuuu!«

Max drehte seinen Kopf und stöhnte. Der Besitzer von *Mähnen* auf der Main Street winkte ihn heran. Max hielt am Bordstein an und Teddy rannte etwas atemlos auf den Wagen zu.

Max beschloss, auszusteigen und sich die Beine zu vertreten, nachdem er fast die gesamten letzten acht Stunden im Auto eingepfercht gewesen war.

»Was ist los, Teddy? Gibt es ein Problem?« Max ging um das Heck des Wagens herum, und nach dem er auf dem

Bürgersteig angekommen war, lehnte er sich gegen den hinteren Kotflügel. Er stützte einen Unterarm auf den Griff seiner Waffe im Halfter.

»Nein, Officer. Wie wär's mit einem Haarschnitt oder einer Rasur? Geht aufs Haus.«

Eine Augenbraue hob sich, als er Teddy misstrauisch ansah. »Sehe ich aus, als bräuchte ich einen Friseur oder Barbier?« Er strich sich mit der Hand über seinen streng gestutzten Kopf und sein fast stoppelfreies Kinn.

Teddys wissendes Lächeln sagte alles. Max runzelte die Stirn.

Sehe ich aus, als bräuchte ich einen Friseur oder Barbier?

Barbier. Barber. Amanda.

Verdammt!

»Tatsächlich sieht es so aus, ja. Du siehst ein bisschen zottelig aus. Und ich weiß auch, warum.«

»Darauf wette ich. Du bist seit 'ner Weile Amandas beste Freu…« Er unterbrach sich abrupt.

Teddy lachte. »Na los! Sprich es ruhig aus! Ich bin ihre beste Freundin gewesen.« Er beugte sich vor und tippte mit dem Zeigefinger auf Max' goldenes Abzeichen, bevor er murmelte: »Hör zu, du weißt, dass sie bei mir sicher ist. Sonst hättest du schon längst wie ein eifersüchtiger Gorilla an meine Tür gehämmert.« Teddy schenkte ihm ein verschmitztes Lächeln, während er sich aufrichtete, einen Schritt zurücktrat und eine Zigarettenschachtel aus der Vordertasche seines Hemdes zog. Er holte eine heraus, zündete sie an und nahm einen langen Zug, bevor er fortfuhr. »Weißt du, sie ist das Beste, was mir passiert ist, seit ich wieder in der Stadt bin.«

Für mich auch, wollte Max antworten. *Für mich auch.*

»Warum bleibst du hier, Teddy?«

»Warum bleibst *du* hier?«

»Familie.« Max zuckte mit den Schultern. »Ich liebe es hier. Es gibt keinen Ort, an dem ich lieber wäre.«

»Bei mir ist es genauso.«

»Aber du bist gegangen.«

Sein Highschool-Mitschüler war direkt nach dem Abschluss nach New York City gegangen. Teddy war als achtzehnjähriger schüchterner Junge gegangen und als schamloser schwuler Mann zurückgekehrt. *Das* hatte die sehr konservative Stadt in Aufruhr versetzt.

»Das bist du auch«, konterte Teddy.

»Nur lange genug für meinen Einsatz bei den Marines und die Polizeiakademie.«

»Tja, ich habe es getan, um mich selbst zu finden und neue Erfahrungen zu machen, wenn du weißt, was ich meine. Dann bin ich wegen meiner Familie zurückgekommen.«

Max warf dem Friseur einen überraschten Blick zu. »Aber deine Eltern reden nicht einmal mit dir.«

Nach seinem Coming-out hatten Teddys Eltern ihn öffentlich gemieden und ihn völlig aus ihrem Leben ausgeschlossen.

Max glaubte nicht, dass er so ein Leben ohne die starke Liebe und Unterstützung seiner Eltern führen könnte. Auch nicht ohne die Loyalität seiner Geschwister. Und er fand es nicht fair, dass Teddys Eltern so grausam zu ihrem einzigen Sohn waren.

Teddys Augen verdunkelten sich. »Aber das werden sie … eines Tages. Und wenn sie es tun, werden sie genau wissen, wo sie mich finden können.«

Max legte Teddy eine Hand auf die Schulter, obwohl er wusste, dass das nie genug Trost sein konnte. Teddy legte eine Hand auf seine Schulter und drückte sie leicht. Max schob seine Hand weg, ohne dabei zu offensichtlich zu sein.

Teddy schenkte ihm plötzlich ein strahlendes Lächeln und wurde wieder zu seinem normalen, energischen Wesen. »Ich weiß, dass du schon vergeben bist, aber was ist mit deinen Brüdern? Du weißt, ich liebe Männer in Uniform. Und auch ohne.«

Max kicherte, weigerte sich aber, in Teddys Falle zu tappen.

»Falls einer von euch Bryson-Jungs neugierig geworden ist …«

Max errötete und räusperte sich. Er schaute sich um, um sicherzugehen, dass sie die Einzigen in der unmittelbaren Umgebung waren. »Ähm, wenn wir neugierig sind, leihen wir uns einen Film aus.« Er griff nach seinem Dienstgürtel und rückte ihn grob zurecht, nur um sich daran zu erinnern, dass er ganz Mann war.

»Du kannst dir jederzeit einen von meinen ausleihen. Schwulenpornos sind hier in der Gegend schwer zu finden. Oder ich kann dir eine Website empfehlen.«

Max war sich nicht sicher, ob er das ernst meinte, aber er beschloss, dass es sicherer war, es so aufzufassen. »Vielleicht ist es besser so, sonst würde die Stadt ins Schleudern geraten. Du weißt, was für einen Aufruhr du verursacht hast, als du deinen Laden eröffnet hast. Ganz zu schweigen davon, dass er direkt an der Main Street liegt.«

»Ja, ich werde diese Stadtversammlungen nie vergessen.« Teddy seufzte, als ob er diese Erinnerungen genießen würde.

Max wusste es besser. Er wusste, wie sehr Teddy darum gekämpft hatte, wieder in der Stadt akzeptiert zu werden. »Ist es nicht erstaunlich, wie sich die Menschen anpassen, wenn sie ihren Geist öffnen?«

»Ja, es hat eine Weile gedauert, aber es geht mir gut. Und jetzt, da Amanda hier ist, habe ich eine gute Freundin, mit der ich abhängen und tratschen kann und … Max, ich will nicht, dass sie geht.«

Max konnte die Verzweiflung in Teddys Stimme hören. Und er wusste, woher diese Verzweiflung kam. Der Mann, der ihm gegenüberstand, brauchte diese Frau genauso sehr wie Max. Vielleicht nicht auf die gleiche Weise, aber trotzdem …

Teddy ließ den Zigarettenstummel auf den Bürgersteig fallen und zermalmte ihn mit seinem Schuh. »Würdest du ihr folgen, wenn sie geht?«

Darauf konnte und wollte Max nicht antworten, also sagte er stattdessen: »In Miami gibt es nichts für sie.«

»Ah, aber das ist ihr noch nicht klar. Hat sie dir alles über ihre Mutter erzählt?«

Die Frage traf ihn unvorbereitet. Das war ein Thema, über das Amanda noch nicht gesprochen hatte. Und es musste einen Grund dafür geben, dass Teddy es ansprach. »Nicht wirklich.«

»Wir haben ein paar ziemlich interessante Gespräche …«

Max unterbrach ihn ungeduldig. »Also, was ist mit ihrer Mutter?« Wenn es etwas gab, das er wissen musste … Wenn es etwas gab, das sie ihm verheimlichte, musste er wissen, was es war. Es gab etwas, das sie mit ihrem besten Freund teilte, aber ihm nicht erzählte.

»Ich überlasse es ihr, diese Geschichten zu erzählen. Das ist nicht mein Platz.«

Max schnaubte. »Seit wann machst du dir über so etwas Gedanken?«

Teddy zuckte mit den Schultern und lächelte. »Sagen wir einfach, dass Amanda und ich uns sehr gut verstehen. Wir haben beide unsere eigenen Schwierigkeiten mit der Familie. Wir haben beide unsere Schlachten zu schlagen. Apropos Familie, ich weiß, dass dich ihre Beziehung zu deiner Mutter aus der Bahn geworfen hat.«

Max stieß einen scharfen Fluch aus. »Was hat sie dir denn nicht erzählt?«

»Eines Tages wirst du erkennen, wie wichtig das Band zwischen ihr und deiner Mutter für Amanda ist.«

»Tja, meine Mutter ist im Moment sicherlich im Siebten

Himmel.« Max warf einen Blick auf seine Uhr und richtete sich auf. »Ich muss los. Meine Schicht ist bald vorbei, sie brauchen das Auto.«

»Max …«

Er hielt einen Moment inne, bevor er auf den Fahrersitz rutschte. »Ja?« Max ließ sich auf dem Vinylsitz nieder, während der andere Mann sich durch das geöffnete Beifahrerfenster hineinbeugte.

»Es liegt an dir, sie davon zu überzeugen, dass sie bleiben soll. Du musst ihr einen Grund geben.«

Max umklammerte das Lenkrad fest. »Sicher.« Teddy verlangte nicht zu viel von ihm.

»Ich verlasse mich darauf.« Teddy klopfte auf das Autodach, als Max wegfuhr.

GREG WAR ÜBERDREHT. Seine Augen rollten, seine Stimme dröhnte. Seine Arme flatterten wild. Er hatte einen guten Tag gehabt. Amanda hatte beschlossen, ihn zu überraschen, indem sie ihn nach der Tagesbetreuung abholte, anstatt ihn mit dem Bus fahren zu lassen.

Zugegeben, Amanda hatte Langeweile und brauchte nur eine Ausrede, um aus dem Haus zu kommen. Aber sie war glücklich über Gregs Reaktion. Nicht nur, dass die Aufregung daher rührte, dass seine Schwester ihn abholte, was ihm das Gefühl gab, etwas Besonderes zu sein, sondern auch, weil Donna sagte, dass Greg heute tatsächlich drei Buchstaben des Alphabets gelernt hatte.

Drei. *O, C* und *Z.*

Und das war das Wichtigste von allem.

Donna war sehr begeistert von seinen Fortschritten.

Greg war aufgeregt.

Amanda war sehr zufrieden.

Wenn Greg auch nur den Hauch einer Chance hatte,

lesen und schreiben zu können, wollte sie sicherstellen, dass er es lernte. Es war offensichtlich, dass er nie in der Lage sein würde, allein zu leben – das war ihr inzwischen klar. Aber sie wollte trotzdem, dass er so unabhängig wie möglich war. Das hatte auch Dolores gewollt.

Also tolerierte sie Gregs wilde Lebhaftigkeit, während sie versuchte, zu fahren, und wich gelegentlich einem unkontrollierten Schlag seiner linken Faust aus.

Zwei Hausnummern von ihrem Zuhause entfernt bemerkte sie ein silbernes Mercedes-Coupé in der Einfahrt. Ihr Herz klopfte wie wild. Obwohl ihr das Auto nicht bekannt vorkam, überkam sie ein Gefühl des Grauens.

Sie beschloss, am Bordstein zu parken, anstatt hinter dem unbekannten Auto in die Einfahrt zu fahren. Die beiden Leute, die in dem Auto saßen, waren vielleicht nur am falschen Haus.

Wenn sie Glück hatte.

Sie setzte sich auf den Fahrersitz und legte eine Hand auf Gregs Gurtschnalle, um ihn daran zu hindern, aus dem Auto zu springen.

»Komm schon, Manda!«, beschwerte sich Greg. »Wir's haben Besuch.«

»Ich weiß«, murmelte Amanda und starrte die beiden Insassen des mysteriösen Fahrzeugs genauer an. Ihre Augen verengten sich. »Scheiße!«

Greg wiederholte den Fluch und krächzte ihn wie ein Papagei. »Scheiße! Scheiße! Scheiße! Scheiße!«

Amanda runzelte angesichts ihres Fehlers die Stirn. »Pssst. Greg. Das reicht jetzt. Wir haben zwar Besuch, aber ich lasse dich erst aussteigen, wenn du dieses Wort nicht mehr sagst.«

»Warum?«

»Weil es ein böses Wort ist. Ich hätte es nicht sagen sollen. Die Leute hören nicht gerne böse Worte.«

»Oh. Aber du sagst es die ganze Zeit. Genau wie fuck.«

Sie konnte nicht einmal mehr darauf antworten, denn zu ihrem Entsetzen hatten die Insassen des Wagens den grauen Buick entdeckt und beide Türen des Mercedes flogen auf. Amanda biss sich auf die Wange, als sie sah, wie sie aus dem niedrigen Coupé stiegen.

Eine gut gekleidete, elegante Blondine und ein dunkler Latino.

Panik stieg in ihr auf, sie wollte wegfahren. Sie bemerkte nicht einmal, dass ihre Hand von Gregs Gurtschnalle abgeglitten war, bis er sich bereits aus dem Auto winden konnte.

Amanda rüstete sich und folgte ihm widerstrebend. Als sie bei dem Trio ankam, hüpfte Greg von einem Fuß auf den anderen, redete wie ein Wasserfall und, was noch schlimmer war, er verbreitete immer wieder das Wort *Scheiße*. Ihre Mutter und Carlos starrten ihn mit großen Augen an. Endlich bemerkte ihre Mutter, dass sie sich näherte.

»Liebling!« Annes Stimme klang so süß, dass es einem in Sirup getränkten Teller Pfannkuchen glich. »Oh, Liebling, wie ich dich vermisst habe!« Sie drückte Amandas Schultern mit ihren rot lackierten, gut manikürten Krallen, während sie sich nach vorn beugte, um ihr *Luftküsse* zu geben, die es nie ganz bis zu den Wangen ihrer Tochter schafften.

»Hallo, Mutter. Carlos. Welch eine Überraschung, euch hier zu sehen. Wart ihr gerade in der Gegend?«

Carlos bewegte sich nach vorn und versuchte, Amanda mit einem richtigen Kuss zu begrüßen. Amanda drehte ihren Kopf rechtzeitig. Seine Lippen strichen über ihre Wange. *»Mi corazón«*, sagte er leise.

Mein Herz.

Mein Fuß, dachte sie. Sein Kosename für sie machte sie nervös.

Unter Amandas bösem Blick stieg die Farbe seines dunklen Teints in die Höhe. Er *sollte* sich schämen, Teil dieser Farce zu sein. Aber hier war er trotzdem, anscheinend schämte er sich nicht genug, um in Miami zu bleiben. Ihre Mutter musste ihn unter Druck gesetzt oder ihm etwas versprochen haben. Oder jemandem. Anne war geschickt genug, um Blut aus einem Stein zu manipulieren.

Greg war immer noch ein Energiebündel und hüpfte näher an den Mercedes heran.

»Oh, oh, Herzchen, nicht das Auto anfassen. Es ist ein Mietwagen!« Anne winkte mit einer juwelenbesetzten Hand in Gregs Richtung, als ob sie ihn damit verscheuchen wollte. Amanda konnte nicht umhin, einen neuen Stein – eher ein Felsbrocken – am Ringfinger ihrer Mutter zu bemerken. Ihr Stiefvater schien sie bei Laune zu halten. Und dabei pleite zu gehen.

Amanda ging hinüber und ergriff Gregs Hand, um ihn an ihre Seite zu drücken.

»Was macht ihr überhaupt hier?«

Anne schenkte ihr ein schwaches Lächeln. »Können wir nicht reingehen?«

»Nein.«

»Das ist aber ziemlich unhöflich. Genauso wie sich zu weigern, meine Anrufe entgegenzunehmen. Ich dachte, ich hätte dich besser erzogen als das.«

Amanda biss sich auf die Lippe, um nichts zu sagen, was sie später bereuen würde.

»Wir sind gekommen, um dich nach Hause zu bringen.«

»Nach Hause?«

»Ja, da du unsere zahlreichen Nachrichten ignoriert hast, hatten Carlos und ich keine andere Wahl, als selbst hierherzukommen.« Sie zog eine kleine blaue Hülle aus ihrer Louis-Vuitton-Handtasche. Sie hielt sie ihr hin. »Hier ist dein Flugticket.«

Amanda starrte auf den beleidigten Gegenstand. Ihr war nicht entgangen, dass es sich um ein einzelnes Ticket handelte, nicht um zwei. »Carlos, bitte bring Greg da rüber.«

»Aber, Mandy …« Er schaute Greg mit Abscheu an. Das machte Amanda noch wütender.

»Tu es!« Als er den Mund öffnete, um erneut zu protestieren, zischte sie: *»No discuta.«*

Mit einem vorspringenden Kinn packte er Greg am Arm und führte ihn zu den Stufen vor dem Haus. Greg, der die Spannung nicht bemerkte, war zufrieden damit, etwas Zeit mit seinem neuen *Freund* zu verbringen.

Amandas Blick wanderte von den beiden zurück zu ihrer Mutter, aber sie zuckte zusammen, als sie Mrs. Besserwisserin auf ihrer Veranda bemerkte, die das Spektakel, was sie veranstalteten, belauschte und beobachtete.

Ihre Mutter packte Amanda fest am Arm und schüttelte sie. »Mandy, was ist los mit dir? Warum behandelst du Carlos so? Warum behandelst du mich, deine eigene Mutter, so? Wir sind gekommen, um dich nach Hause zu holen. Wir vermissen dich. Du hast deine richtige Familie im Stich gelassen.«

Amanda zog ihren Arm mit einem Ruck weg. »Meine richtige Familie? Greg ist meine richtige Familie. Er ist mein Bruder.«

»Er ist nicht dein richtiger Bruder. Er ist …«

»Wenigstens liebt er mich bedingungslos. Ohne jegliche Verpflichtungen. Im Gegensatz zu dir.«

Annes Hand schoss hervor. Plötzlich schwirrte Amandas Kopf und ein lautes Klingeln betäubte ihr linkes Ohr. Die vielen Ringe an den Fingern ihrer Mutter hatten den Schlag mit der offenen Hand noch verstärkt. Greg stieß einen panischen Schrei aus.

»Ich habe dir alles gegeben, was du wolltest, wann immer du es wolltest. Ich weiß, was das Beste für dich ist.«

Amanda hob ihre Hand und legte ihre kühle Handfläche auf ihre heiße Wange, um das Brennen zu lindern. Ihre Mutter hatte sie geschlagen! Greg rief ihren Namen und wehrte sich gegen Carlos.

Irgendwo in ihrem Hinterkopf hörte sie Mrs. Myers' Fliegengittertür zuschlagen. »Fuck!«

»Mandy! Es tut mir leid. Aber ich würde es wieder tun, wenn ich dich damit zur Vernunft bringen könnte. Du gehörst nicht hierher. Du hast den Rest deines Lebens noch vor dir! Willst du dich mit einem …?«

»Nein! Wage es ja nicht!«

Amanda schaute ihre Mutter angewidert an. Ihre Nasenflügel flatterten bei jedem Atemzug, das einzige Zeichen dafür, dass sie Mühe hatte, ihre Fassung zu bewahren. Sie kämpfte gegen die Tränen an, die aufstiegen. Ihre Mutter hatte sie verletzt. Körperlich. Emotional.

Ihre Mutter hatte sie wieder einmal enttäuscht.

Mit Blaulicht und Sirene raste ein schwarz-weißer Wagen die Straße hinauf und kam am Ende der Einfahrt zum Stehen. Die Tür flog auf und Marc rannte zu ihr und ihrer Mutter hinüber und stellte sich zwischen sie.

»Amanda! Geht es dir gut?«

Amanda nickte sprachlos. Flüchtig nahm sie wahr, wie Marc nach oben griff und in das Funkgerät auf seiner Schulter sprach. Um sie herum herrschte ein Stimmengewirr, und sie konnte nicht unterscheiden, wer was sagte.

Die Situation war nicht nur schlimm – und peinlich, dass sie sich auf ihrem Vorgarten abspielte –, sondern sie wurde auch immer schlimmer, als ein weiterer Streifenwagen quietschend anhielt. Als Nächstes würden die Medien kommen.

Max stürmte auf sie zu. Er packte Amanda an den Schultern und drehte sie zu sich herum. Er legte einen Finger unter ihr Kinn und kippte es, um einen besseren Blick zu bekommen.

Max' Gesichtsausdruck verhärtete sich, und seine eisblauen Augen sprangen zu Greg hinüber und landeten dann auf Carlos. Sein Rücken wurde kerzengerade.

»Hat er dir das angetan?«

Amanda schüttelte wortlos ihren Kopf.

»Bist du sicher …?«

Anne löste sich von Marc und sah Max an. »Ich habe es getan, Officer. Sie ist meine Tochter und ich habe jedes Recht, sie zu schlagen.«

»Sie haben das Recht, wegen häuslicher Gewalt ins Gefängnis zu kommen.«

»Weil ich meiner eigenen Tochter eine Ohrfeige verpasst habe? Ich will sie mit nach Hause nehmen, aber sie ist stur.«

»Ach, ist das so?«, knirschte Max.

»Ja. Mandy … Liebling. Ich habe mich um alles gekümmert. Du wirst sehen. Du wirst viel glücklicher sein. Ich habe mit dem Anwalt gesprochen … Wie heißt er? Mr. Wells. Er kümmert sich gerade darum, dass der Junge in eine gute Einrichtung kommt.«

»Du hast was getan?« Amanda schüttelte den Kopf, unfähig, die Worte ihrer Mutter zu verarbeiten.

»Greg wird gut versorgt sein. Ihm wird es an nichts fehlen. Und du wirst nach Hause kommen und wir werden deine Verlobung mit Carlos bekanntgeben.«

»Ihre was?« Max' Augenbrauen senkten sich, als er Carlos ansah, der plötzlich etwas blasser wirkte, und dann wieder Amanda anschaute. Dann wandte er seine Aufmerksamkeit wieder Anne zu. »Das glaube ich nicht, Ma'am. Ich werde sie nicht gehen lassen.«

»Was meinen Sie?« Sie schaute von Amanda zurück zu Max und sah den Arm, den er schützend um ihre Schultern gelegt hatte. »Mandy? Hast du mit diesem … diesem *Officer* geschlafen?« Als Amanda das weder bestätigte noch verneinte, schnappte ihre Mutter nach Luft. »Willst du mich verarschen? Du würdest alles aufgeben, was Carlos und seine Familie dir geben könnten … für das hier? Für diesen einfachen Arbeiter?« Anne spuckte das Wort *Arbeiter* aus, als hätte sie sich allein durch diese Worte die Zunge verschmutzt.

»Was hat das mit irgendetwas zu tun, Mutter? Du willst, dass ich einen Mann heirate, den ich nicht liebe, nur weil seine Familie wohlhabend ist. Willst du, dass ich so werde wie du?«

Carlos trat neben ihre Mutter und blickte nervös auf die beiden größeren Männer. Männer, die auch Cops waren. »Anne.«

»Carlos, ich habe das unter Kontrolle.«

Sein Akzent war stärker als je zuvor, etwas, das Amanda immer dann bemerkte, wenn er log oder nervös war. »Anne, ich denke, wir sollten gehen.«

»Ich werde nicht ohne meine Tochter gehen.«

Max stellte sich vor Amanda und schirmte sie vor den Blicken der anderen ab. »Sie haben keine andere Wahl. Wenn Sie nicht sofort von hier verschwinden, schleppe ich Sie beide ins Gefängnis.«

Amanda bewegte sich von Max weg und stellte sich Anne gegenüber. Anne war ihre Mutter; sie musste die Kontrolle über diese Situation übernehmen. Zum ersten Mal in ihrem Leben wurde ihr klar, dass sie die Kontrolle behalten musste. Sie. Nicht irgendjemand anderer. »Mutter, du solltest gehen.«

»Mandy, bitte! Wirf dein Leben nicht weg! Ich will nur das Beste für dich.«

Amanda schloss die Augen, warf dann den Kopf zurück und stieß ein kurzes, bitteres Lachen aus. Sie richtete ihren Blick wieder auf die ältere Frau.

»Wow, Mutter, du hast eine lustige Art, das zu zeigen«, sagte sie und berührte ihre immer noch brennende Wange. »So wie du dachtest, es sei das Beste, wenn ich nicht zu Dads Beerdigung gehe? Du dachtest, es sei das Beste, mir erst *nach* der Beerdigung von Dads Tod zu erzählen, damit ich sie verpasse?« Sie konfrontierte Carlos. »Wusstest du das, Carlos? Wusstest du, dass diese Frau zu so etwas fähig ist?«

Carlos schüttelte traurig den Kopf. »Nein. *Lo siento, mi corazón.*«

»Da bin ich mir sicher«, stieß sie mit spöttischem Tonfall hervor. »Und nenn mich nicht so!«

Max musterte Amandas Gesicht, Besorgnis durchzog seinen Blick. »Willst du, dass ich sie verhafte? Ich habe jedes Recht dazu. Sie hat einen Abdruck hinterlassen.«

»Nein.« In diesem Moment bemerkte sie, dass Marc und Greg verschwunden waren. Marcs Wagen war verschwunden. Die Einfahrt war nicht mehr blockiert. Die Eindringlinge konnten verschwinden.

»Ma'am, es ist Zeit zu gehen. Und ich warne Sie! Wenn ich Sie hier noch einmal ohne Amandas Erlaubnis sehe, werde ich Sie verhaften. Und das ist ein Versprechen.«

Amanda sah zu, wie ihre schockierte Mutter Carlos' Arm zur Unterstützung nahm. Er half ihr hinüber zum Auto und auf den Fahrersitz. Als er sich aufrichtete, rief Amanda: »Carlos!«

Er schaute sie an.

»Nunca deseo ver o oír de usted otra vez.«

Er neigte den Kopf, bevor er auf den Beifahrersitz rutschte.

Amanda blieb wie erstarrt stehen, bis der silberne Mercedes am Ende der Straße verschwunden war.

Sie stieß einen schlotternden Seufzer aus. Plötzlich zitterte sie unkontrolliert. Sie hasste es. Sie hasste die überwältigende Wut, die sie in diesem Moment empfand. Sie hasste es, dass ihre Mutter ihr das antun konnte.

Es war nicht einmal die Ohrfeige, sondern vielmehr die Frechheit zu glauben, dass Amanda alles stehen und liegen lassen würde, wenn man sie rief. Oder wenn man sie kaufte. Geld war nicht alles. Amanda war dabei, das zu lernen.

Max streckte seine Hände nach ihr aus, um sie in seine Arme zu schließen und ihren Kopf unter sein Kinn zu klemmen. Sie lehnte sich an seine dunkelblaue Uniform und ließ sich von seiner Festigkeit und seinem Duft beruhigen. Sie atmete tief durch und versuchte, ihre Gefühle zu kontrollieren.

Seine Stimme war tief und leicht heiser in ihrem Ohr. »Was hast du zu ihm gesagt?«

Sie wurde weicher, als er mit einer Hand sanft über ihren Rücken strich. »Dass ich ihn nie wiedersehen oder hören will.« Seine Hand hielt inne, und er löste sich von ihr.

»Lass uns reingehen! Hier gibt es zu viele Augen.«

Sie stimmte zu und folgte ihm ins Haus.

Als er die Tür hinter ihr schloss, nahm er ihre Hand in seine und führte sie zur Couch hinüber.

»Was ist mit Greg passiert?«

»Er ist bei Marc.«

»Oh.« Sie ließen sich auf die Couch sinken. Amanda lehnte sich an ihn, weil sie seine Energie spüren wollte. Sie war ausgelaugt. »Was machen sie?«

»Greg macht eine Mitfahrt.«

»Eine was?« Ihr dämmerte, wovon er sprach. Besorgnis durchzuckte sie und legte ihre Stirn in Falten. »Ist das sicher?«

»Amanda, wir sind hier in Manning Grove. Nicht in Miami.«

ES WAR EGOISTISCH VON IHM, aber er war froh, dass Marc Greg mitgenommen hatte. Max wollte mit ihr allein sein. Die Mitfahrt war sicher. Marc war verantwortungsbewusst und ein guter Cop; es war absolut ungefährlich.

Trotzdem hoffte er, dass es ein ruhiger Abend in Manning Grove werden würde.

Er wandte seine Aufmerksamkeit wieder Gregs Schwester zu. Ihre Wange war immer noch rot und ein bisschen geschwollen. »Geht es dir gut? Willst du etwas Eis?«

Amanda hob die Finger an ihre Wange. »Mir geht's gut. Musst du nicht zurück zur Arbeit?«

»Ich war eigentlich gerade dabei, meine Schicht zu beenden. Aber jetzt will ich erst einmal mit dir reden.«

»Immer, wenn du das sagst, sind wir am Ende nackt.«

Er lächelte leise. Sie hatte recht. »Leider wird es dieses Mal anders sein müssen. Ich bin noch im Dienst, bis ich das Auto zurückbringe und meine Uniform ausziehe.« Er strich ihr eine Strähne des kastanienbraunen Haares aus dem Gesicht und steckte sie hinter ihr Ohr. »Warum sind sie persönlich hierhergekommen?«

»Ich habe mich geweigert, einen ihrer Anrufe entgegenzunehmen.«

»Wer war das?«

Amanda verstand, worauf er hinauswollte. »Ein Ex-Freund.«

»Deine Mutter sagte etwas von einer Verlobung.«

»In ihren Träumen.«

»Warum will sie, dass du Carlos heiratest?«

»Weil Carlos und seine Familie Geld haben. Nicht nur Geld, sondern *altes* Geld. Und ich schätze, meine Mutter denkt, dass Geld wichtiger ist als Liebe. Nein, ich schätze nicht, ich weiß es.«

Es überraschte Max fast, dass sie mit der Philosophie ihrer Mutter nicht einverstanden war. Aber dann fiel ihm auf, wie sehr sie gereift war, seit sie nach Manning Grove gekommen war – es schien, als ob die Monate sie um Jahre verändert hätten. »Ihr wart zusammen?«

»Das ganze College hindurch. Aber nachdem ich ihn zweimal beim Fremdgehen mit meiner besten Freundin erwischt hatte, habe ich ihn rausgeschmissen.«

Carlos hatte sie nicht verdient. Max mochte nicht reich sein und er mochte ein »Arbeiter« sein – die Hexe hatte es gesagt, als wäre es eine Beleidigung –, aber jeder konnte sehen, dass er ein besserer Fang war als Carlos.

Wenn er versuchte, sich fangen zu lassen.

Er änderte seinen Gedankengang. »Was hast du für einen Abschluss?«

»Betriebswirtschaftslehre. Das war noch etwas, das meine Mutter kontrollierte. Sie hat darauf bestanden, dass ich das studiere. Sie hoffte, ich würde einen reichen Geschäftsmann kennenlernen.« Sie seufzte. »Ich wollte Modedesign studieren. Deshalb habe ich nach dem College als Barkeeperin gearbeitet, anstatt meinen Abschluss zu nutzen. Es hat Spaß gemacht und sie verärgert.«

Das war so typisch für seine Amanda. Sie gab so gut, wie sie konnte. *Seine* Amanda …

»Wärst du also zur Beerdigung deines Vaters gekommen, wenn du es gewusst hättest?«

»Natürlich! Wir standen uns vielleicht nie nahe – eine weitere Sache, die meine Mutter kontrollierte –, aber er war immer noch mein Vater. Als ich herausfand, dass meine Mutter mir die Nachricht nie gegeben hat … Ich bin mir sicher, dass Dolores erwartet hat, dass eine Mutter ihrer Tochter sagt, dass ihr Vater gestorben ist. Es war nicht Dolores' Schuld.«

»Weißt du, in all den Jahren, in denen ich ein Cop und ein Marine war, habe ich noch nie etwas so Grausames gehört.«

Amanda warf ihm große glasige Augen zu. »Das war es, nicht wahr?«

Sein Herz setzte einen Schlag aus. Er streckte die Hand aus und drehte mit Daumen und Zeigefinger vorsichtig ihr Gesicht zu seinem.

Diese Frau raubte ihm den Atem.

Er musterte ihr Gesicht.

»Max«, flüsterte sie.

Er strich mit seinen Lippen über ihre. Und noch einmal. Ihre Lippen öffneten sich und gaben ihm vollen Zugang.

Ihre Zungen tanzten miteinander. Er vergrub seine Hände in ihrem Haar, um sie noch näher an sich heranzuziehen.

Er küsste ihre Mundwinkel und zog sich dann etwas zurück, bevor er völlig den Kopf verlor. »Es freut mich zu hören, dass dir die Liebe wichtiger ist als Geld«, murmelte er auf ihren Lippen.

»Und warum?«

Wie sollte er darauf antworten? Warum wurde er so weich? Er konnte nicht darauf antworten. Und er tat es auch nicht.

Max löste ihre Arme und sprang auf die Füße. »Ich muss zurück zum Revier. Ich hole uns etwas zu essen und komme dann zurück. Ich sage Marc, dass er Greg nach der Schicht hier absetzen soll.«

Als er das Haus verließ, schlugen ihm seine Gefühle wie ein Knüppel auf die Stirn.

Er war geliefert. Erledigt.

Kapitel Sechzehn

DER MELODISCHE TON war zunächst leise, aber je länger er dauerte, desto lauter wurde er. Amanda brauchte ein paar Sekunden, um ihr Handy zu finden, aber schließlich fand sie es unter Gregs NASCAR-Kissen, das wahllos auf die Couch geworfen worden war.

Sie hatte keinen Zweifel daran, dass ihr Bruder wieder mit ihrem Handy gespielt hatte. Von nun an würde sie es verstecken müssen. Hoffentlich würde sie nächsten Monat keine Rechnung bekommen, auf der teure Anrufe nach Italien standen. So wie im letzten Monat.

Sie schaute auf die Anrufer-ID. Sie erkannte die Nummer nicht, aber die Vorwahl war ihr bekannt. Florida.

»Hallo?«

»Süße …«

Die Stimme ihres Stiefvaters war unüberhörbar. »Hallo, Norman.« Mit angehaltenem Atem wartete sie darauf, zu erfahren, warum er sie anrufen sollte. Vor allem, nachdem, was das letzte Mal passiert war, als sie ihre Mutter gesehen hatte. »Was ist los?«

Vielleicht wollte er die Wogen glätten. Ihr Stiefvater

würde alles für Anne tun. Amanda konnte sich nur nicht erklären, warum.

»Es geht um deine Mutter.«

Natürlich tat es das. *Und jetzt kommt's …*

»Es geht ihr nicht gut.«

… die Schuldzuweisung. »Ist sie immer noch sauer, weil sie hier aufgetaucht ist und wieder versucht hat, mein Leben zu übernehmen?«

»Nein. Na ja, schon, sie ist wütend deswegen. Aber nein, deshalb rufe ich nicht an. Deine Mutter ist krank.«

Amanda hielt inne. »Was meinst du damit? Sie sah gesund aus, als sie hier war.«

Und das war erst vor einem Monat.

»Sie ist sehr krank, Amanda. Die Ärzte haben sie nach Hause geschickt. Sie haben keine andere Wahl.«

Amandas Hand zitterte. Sie setzte sich auf die Couch. »Ja, okay.« Sie konnte es nicht glauben. Das war wieder einer der Tricks ihrer Mutter. Das musste es sein.

»Süße, habe ich dich schon mal angelogen?«

Ehrlicherweise konnte sie sagen, dass ihr Stiefvater sie nie belogen hatte. Allerdings war ihre Mutter erst seit etwas mehr als zwei Jahren mit ihm verheiratet, und sie war in dieser Zeit mindestens sechs Monate weg gewesen. Sie wusste nicht wirklich, wozu er fähig war. Immerhin hatte er Anne geheiratet. Das sprach nicht gerade für ihn.

»Ist es wirklich ernst?«

»Sonst hätte ich dich nicht angerufen. Du musst sofort herkommen.«

»Was ist denn mit ihr?«

»Das soll sie dir erklären, wenn du hier bist. Komm schnell nach Hause! Sie fragt nach dir.«

Die Schuldgefühle wurden immer stärker. Sie war hin- und hergerissen. Es könnte eine Falle sein, aber was, wenn es keine war? Konnte sie damit leben, wenn sie nicht ging und ihrer Mutter etwas Schreckliches zustieß?

Wäre es unvernünftig, medizinische Berichte als Beweis zu verlangen, bevor sie über vierhundert Dollar für einen Last-Minute-Flug in den Süden ausgäbe?

Amanda seufzte. »Okay, ich nehme den ersten Flug, den ich kriegen kann.«

Sie legte auf, noch bevor ihr Stiefvater sich verabschieden konnte.

Sie scrollte durch ihre Handykontakte, bis sie die Person gefunden hatte, die sie suchte. Sie wählte den Haushalt der Brysons an.

»Ma. Ich bin's, Amanda.«

»Amanda, Schätzchen! Wie geht es dir?«

»Tut mir leid, dass ich so plötzlich anrufe, aber ich muss dich um einen Gefallen bitten.«

»Natürlich, was ist denn los?«

»Meine Mutter ist sehr krank, und ich muss nach Miami fliegen. Kannst du mir einen großen Gefallen tun und auf Greg und Chaos aufpassen, bis ich zurück bin?«

»Natürlich! Das machen wir gerne.«

Warum konnte ihre Mutter nicht so sein wie Mary Ann? Liebevoll und offen … vertrauenswürdig?

»Er muss von der Tagesbetreuung abgeholt werden. Ich weiß nicht, wie lange ich weg sein werde.«

»Schätzchen, das ist kein Problem. Wir haben schließlich nichts Besseres zu tun, als diesen Bäumen beim Wachsen zuzusehen. Wir freuen uns über die Gesellschaft, seit die Jungs aus dem Haus sind.«

»Danke. Greg wird es gefallen. Ich werde auf meinem Weg aus der Stadt einen Koffer für ihn in der Tagesbetreuung abgeben.«

»Viel Glück, Amanda. Keine Sorge, wir werden uns gut um den Jungen kümmern.«

»Ich weiß, dass ihr das tun werdet. Danke, Ma.«

Nach einem kurzen Anruf bei der Tagesbetreuung legte Amanda den Hörer auf und sprintete die Treppe hinauf. Sie musste drei Taschen packen, eine für sich, eine für Greg und eine für Chaos. Sie verfluchte jetzt schon die lange vierstündige Fahrt zum Flughafen.

AMANDA HATTE GLÜCK, dass sie an dem Abend einen Flug von Philadelphia fand, der nicht ausgebucht war und nur einen kurzen Zwischenstopp in Atlanta hatte. Erleichtert landete sie ohne Zwischenfälle in Miami. Sie hasste das Fliegen.

Obwohl es schon nach Mitternacht war, schlug ihr die ungewohnte brütende Hitze entgegen, als sie aus dem Terminal trat und sich ein Taxi nahm. Früher hatte sie diese Hitze geliebt. Jetzt kam sie ihr unerträglich vor. Schwül. Drückend …

Die Fahrt zur Wohnsiedlung ihrer Mutter dauerte vierzig Minuten. Der Wachmann erkannte Amanda auf dem Rücksitz nicht, winkte das Taxi aber trotzdem durch.

Als sie durch die Nachbarschaft fuhren, stellte sie mit Erschrecken fest, dass sie sich angesichts der Geldverschwendung, die in die übergroßen Häuser gesteckt wurde, angewidert fühlte. So hatte sie sich noch nie gefühlt. Jetzt, da sie in Manning Grove lebte, war der Überfluss offensichtlich. Niemand brauchte all das, um ein glückliches Leben zu führen.

Als das Taxi die hufeisenförmige Ziegelsteineinfahrt umrundete und in den sorgfältig gepflegten Vorgarten des über eine Million Quadratmeter großen Hauses einfuhr, fragte sie sich, warum man ein so großes Haus für nur zwei Menschen braucht. Zwei Menschen, die sowieso kaum zu Hause waren.

Und was Amanda am meisten ärgerte, war, dass dies eines der kleineren Häuser in der Nachbarschaft war. Das

Haus in Manning Grove, in dem sie mit Greg wohnte, war ungefähr so groß wie die Garage ihrer Mutter.

Als sie sich vorbeugte, um den Taxifahrer zu bezahlen, rannte einer der Hausangestellten die Treppe hinunter, um ihre einsame Tasche aus dem Kofferraum zu holen.

»Miss Amanda?«

»Ja.«

»Folgen Sie mir! Ihr Vater wartet auf Sie.«

»Er ist nicht mein Vater«, murmelte sie vor sich hin.

Sie wusste, dass es nichts bringen würde, die Angestellten darauf hinzuweisen, da es ihnen wahrscheinlich sowieso egal war. Sie folgte dem uniformierten – wieder eine lächerliche Geldverschwendung – vierzigjährigen Mann in das riesige Foyer.

Ihr Stiefvater, der in einen Bademantel gekleidet war, begrüßte sie mit einem kurzen Kuss auf die Wange und einem schwachen Schulterklopfen. Amandas Gedanken wanderten zu Ron Brysons lähmender Bärenumarmung vom letzten Weihnachten. Dort hatte sie sich als Gast mehr zu Hause gefühlt als in diesem Haus.

»Du hast es schnell hierher geschafft. Wenn ich gewusst hätte, dass du heute Abend kommst, hätte ich dir einen Wagen geschickt.«

Ihre Mutter war angeblich krank und lag möglicherweise im Sterben. Natürlich kam sie schnell. »Du hast gesagt, es sei dringend.«

»Ist es auch. Ist es auch, meine Liebe.«

»Wo ist Mutter?«

»Im Bett. Sie schläft. Warum gehst du nicht in dein Zimmer und ruhst dich etwas aus? Du kannst sie morgen früh sehen.«

Amanda schaute auf ihre goldene Bulova-Uhr, die so gar nicht zu Manning Grove passte, aber in ihrer jetzigen Umgebung sehr konservativ wirkte. Es war fast zwei Uhr nachts.

»Okay. Du hast recht. Ich will sie jetzt nicht im Schlaf stören. Wir sehen uns dann morgen früh.«

Amanda wanderte die Wendeltreppe hinauf, bevor ihr Stiefvater ihr einen weiteren Schmatzer auf die Wange drücken konnte.

Sie fand *ihr* Zimmer und bemerkte, dass einer der Angestellten bereits ihr Gepäck gebracht hatte. Ihre Mutter hatte dieses Zimmer als Amandas Zimmer ausgewiesen, als sie das Haus gekauft hatten, obwohl Amanda nie dort gewohnt hatte. Ein Wunschdenken ihrer Mutter. Sie sah sich um und bemerkte angewidert, dass *jemand* überall im Schlafzimmer Bilder von Carlos platziert hatte.

Sie konnte nicht schlafen, wenn Carlos' dunklen, glänzenden Augen sie aus allen Richtungen anstarrten, also ging sie herum und schlug alle Bilder mit der Vorderseite nach unten. Danach zog sich Amanda aus und kroch mit einem langen, erschöpften Seufzer ins Bett.

Sie war erledigt.

***

»HEY, Mom.«

»Hallo! Gerade noch rechtzeitig zum Abendessen.« Mary Ann ging hinüber und neigte ihr Gesicht zu ihm. Max beugte sich gehorsam nach unten, um sich von seiner Mutter einen Kuss geben zu lassen.

»Das riecht gut. Was kochst du?«

»Mit Honig glasiertes Hähnchen.«

Max' Magen knurrte daraufhin. »Wow, was ist der Anlass? Das hast du schon lange nicht mehr gemacht. Du hast behauptet, dass es Paps ins Grab bringen würde.«

Mary Ann winkte ihrem Sohn mit einer Hand zu. »Na ja, wir haben einen Gast.«

»Ach?« Max' Augenbrauen senkten sich und zogen sich zusammen. »Wen?«

»Moment mal. Das weißt du nicht?« Auf dem Gesicht seiner Mutter zeigte sich eine Regung, die sie aber schnell beiseiteschob, bevor Max sie deuten konnte.

Er warf einen Blick auf den Bauernhoftisch und bemerkte ein zusätzliches Gedeck. »Sollte ich?«

Hatten sie Amanda eingeladen, damit sie ihre Beziehung ausloten konnten? Amanda sollte das vor seiner Mutter geheim halten. Sie hatte es versprochen.

Die dröhnende Stimme seines Vaters eilte Ron in die Küche voraus. »Ist das Essen schon fertig, Frau?«

Mary Ann lächelte über den Kosenamen ihres Mannes.

»Der Junge und ich sind hungrig. Wir haben den ganzen Tag hart gearbeitet, um die Bäume zu beschneiden.«

Ron trat durch die Küchentür und blieb stehen. »Dachte ich doch, dass ich deinen Truck draußen gesehen hätte. Es ist immer Platz für einen mehr am Tisch.« Ron drehte sich um und rief: »Komm, Junge, geh zur Spüle und wasch dir vor dem Essen deine schmutzigen Hände.«

Greg drängte sich an Ron vorbei. Max' Augenbrauen schossen in die Höhe, während er den jüngeren Mann verwundert beobachtete. Er hatte ein zerrissenes Hemd an, mehr als einen Schmutzfleck im Gesicht, seine Hände waren komplett mit Erde bedeckt und er roch wie ein Tannenbaum.

Ganz zu schweigen davon, dass er auch so aussah.

Max' Mutter trat heran und begann, Nadeln aus Gregs Hemd und seinem zerzausten Haar zu zupfen. »Was hast du gemacht? Mit den Bäumen gerungen? Jetzt geh dich waschen!«

Greg lächelte und tat, wie ihm geheißen, wobei er Max noch breiter angrinste, während er an dem größeren Mann vorbeiging. »Max … Max! Ich habe die Bäume gestutzt.«

»Das sehe ich, Kumpel.«

Er drehte sich zu seinen Eltern um, die nebeneinanderstanden und Greg dabei zusahen, wie er sich die Hände mit

Wasser und Seife schrubbte, beide mit einem wehmütigen Blick auf dem Gesicht. Er konnte ihre verzweifelte Sehnsucht nach Enkelkindern sehen.

Max runzelte die Stirn über ihren offensichtlichen Gedankengang und senkte seine Stimme, bevor er fragte: »Was macht er hier?«

»Max, ich dachte, du wüsstest es. Ich dachte, sie hätte es dir gesagt.«

»Amanda? Was hätte sie mir denn sagen sollen?«

»Dass sie die Stadt verlassen musste.«

Plötzliche Panik drückte auf seine Brust. Das war das Letzte, womit er gerechnet hatte. »Was meinst du? Für immer?«

»Nein, du alberner Vogel! Ihre Mutter ist krank. Sie musste schnell nach Miami.«

Er nahm sein Handy von der Hüfte, um nach verpassten Anrufen oder Nachrichten zu suchen.

Sein Handy war aus. *Verdammte Scheiße!* Das war nicht das erste Mal, und er hatte es satt, dass sein beschissenes Telefon ihn im Stich ließ. Er würde sich gleich morgen früh ein neues Handy kaufen.

Er war sich sicher, dass Amanda versucht hatte, ihn zu kontaktieren. Das hätte sie doch getan, oder? Vor allem, weil es im letzten Monat so gut zwischen ihnen gelaufen war.

Aber auf jeden Fall war er froh, dass seine Eltern Greg vorübergehend bei sich aufgenommen hatten.

»Wann ist sie gegangen?«

»Spät gestern Abend. Sie sagte, sie würde einen Nachtflug nehmen.«

Er schüttelte den Kopf. »Ist es ernst mit ihrer Mutter?«

»Ich weiß es nicht, mein Sohn. Ich dachte, du hättest mit ihr gesprochen. Sie hat uns nicht viele Details verraten. Sie sagte, sie wisse nicht, wann sie zurückkomme. Sie hat dem Jungen einen großen Koffer, in dem genug Kleidung für einen guten Monat ist, mitgegeben.«

Einen Monat. Seine Mutter hatte wahrscheinlich über-
trieben.

Max aß ungeduldig zu Abend. Er war genauso sprung-
haft wie Greg. Er genoss nicht einmal eine seiner Lieblings-
speisen. Amanda ging ihm nicht mehr aus dem Kopf. Er
machte sich Sorgen, weil sie allein reiste.

Verdammt, er machte sich Sorgen, dass sie sich in der
Nähe ihrer hinterhältigen Mutter und deren Schoßhünd-
chen Carlos aufhielt.

Er hoffte, dass sie sich von Ärger fernhielt.

Kapitel Siebzehn

AMANDA VERBRACHTE den ganzen Tag an der Seite ihrer Mutter. Ihre Mutter war angenehm, recht gesprächig und schien gesund genug zu sein, um alle ihre Lieblingssendungen zu sehen.

Sie verhielt sich nicht krank. Überhaupt nicht. Die Köchin servierte ihr alle Mahlzeiten im Bett, und Amandas Stiefvater kam ab und zu vorbei, um sie zu betütern.

Anne liebte die ganze Aufmerksamkeit. Natürlich tat sie das.

Das ärgerte Amanda. Sie konnte nicht umhin, sich zu fragen, ob ihre Mutter wirklich im *Sterben lag*, wie sie behauptete. Sie sah nicht einmal ernsthaft krank aus. Anne hatte nicht ein einziges Mal geschnieft.

Sie hatte Appetit, eine gesunde Farbe auf den Wangen und verbrachte viel Zeit am Telefon, um mit ihren Freunden vom Country-Club zu plaudern.

Sie trank viel Saft und ging oft auf die Toilette. Ohne fremde Hilfe.

Jedes Mal, wenn Amanda ihre Mutter fragte, was bei ihr diagnostiziert wurde, hatte sie eine andere Ausrede parat, warum sie den Namen der Krankheit nicht kannte – oder nicht aussprechen konnte. Aber sie wusste, dass sie tödlich war – oder zumindest sein konnte. Seltsam, dass der Arzt nicht ein einziges Mal angerufen hatte, um nach ihrer Mutter zu fragen. Und kein Hospiz? *Ja, genau.*

Nicht, dass sie wollte, dass ihre Mutter starb, aber Anne sah für sie mehr als gesund aus.

Als sie neben dem Bett ihrer Mutter saß – Anne war wie eine Königin in ein glänzendes goldenes Nachthemd gehüllt –, wurde Amanda langsam ungeduldig.

Sie hatte sich so sehr gewünscht, nach Miami zurückzukehren, und jetzt, da sie hier war … wollte sie wieder zurück.

Nicht nur, dass sie Manning Grove unglaublich vermisste, sie vermisste auch einen großen, anstrengenden Mann in einer blauen Uniform. Und auch Greg.

Norman steckte seinen Kopf durch die Schlafzimmertür.

»Amanda, hier ist jemand, der dich sehen möchte.« Sein Kopf verschwand, und einen Moment später sprang die Tür auf. Begeisterte Schreie hallten durch den Raum und ließen Amanda eine Grimasse schneiden.

Ihre drei Freundinnen stürmten ins Zimmer und umarmten sie nacheinander.

Amanda entging das verschmitzte Lächeln ihrer Mutter nicht.

»Mandy! Wir haben dich vermisst.« *Meghan.*

»Wir sind so froh, dass du zu Hause bist.« *Allison.*

»Es wird Zeit, dass du erwachsen wirst und in die Realität zurückkommst.« *Und Darcie.*

»Ja, komm zurück in die reale Welt.«

Während die drei Frauen plapperten, stand Amanda einfach nur da und starrte ihre Freundinnen verwundert an. »Was macht ihr überhaupt hier?«

»Amanda, wir haben gehört, dass du zu Hause bist. Du hättest uns anrufen sollen! Wir konnten uns die Gelegenheit nicht entgehen lassen, zusammenzukommen. Hallo, Mrs. Bingman.«

»Hallo, Mädels! Kommt, kommt, setzt euch!« Sie tätschelte die Plüschmatratze. »Ihr könnt euch auf das Bett setzen.«

Die drei Frauen ließen sich auf den Rand des Bettes plumpsen.

»Wie geht es dir?«, fragte Allison.

»Viel besser, jetzt, da ihr hier seid.«

Amanda blickte ihre Mutter an, während ihre Adern zu Eis gefroren. Sie konnte nicht länger leugnen, dass sie reingelegt worden war. War es so schlimm, dass sie gehofft hatte, dass Anne eines Tages wie eine richtige Mutter handeln würde? Eine Mutter, die ihre Tochter bedingungslos lieben konnte? Warum tat sie sich das immer und immer wieder an? Eine zynische Stimme in ihrem Kopf antwortete: *Weil ich eine verdammte Närrin bin!*

Darcie lehnte sich zu Amanda. »Mandy, du musst heute Abend mit uns ausgehen. Wir gehen in einen Club!«

Meghan mischte sich ein: »Du kannst nicht nein sagen. Es ist Freitag!«

»Ja, das lassen wir nicht zu.«

»Ich hab' Daddys Limousine«, jubelte Allison. »Also brauchen wir nicht einmal einen Fahrer.«

Mit aller Ernsthaftigkeit, die Amanda aufbringen konnte, antwortete sie traurig: »Ich kann nicht. Meine Mutter ist krank. Ich kann sie nicht allein lassen.«

»Klar kannst du das, Liebling. Ich komme schon zurecht. Geh nur und hab Spaß!«

Das war genau die Reaktion, die sie erwartet hatte. Ausnahmsweise enttäuschte ihre Mutter sie mal nicht.

»Komm schon, Mandy, es gibt einen coolen neuen Club. Dort gibt es alle möglichen Martini-Spezialitäten.«

»Du liebst diese Martinis. Weißt du noch, als du vier

Godiva-Schoko-Martinis in einer Stunde getrunken hast und Carlos dich nach Hause fahren musste, weil du …?«

Amanda unterbrach sie abrupt: »Ja, ich erinnere mich.« Obwohl sie es am liebsten vergessen hätte. Sie musste nicht noch mehr an ihre Dummheit erinnert werden.

»Und Carlos wird uns dort treffen.«

Eine weitere Schachfigur im Spiel ihrer Mutter. Sie war überrascht, dass es so lange gedauert hatte, bis sein Name erwähnt wurde. Genau genommen war sie sogar überrascht, dass er nicht zufällig *vorbeigekommen* war − vielleicht hatte ihre Mutter gemerkt, dass das ihre Vorstellung sofort vermasselt hätte.

»Mandy, er vermisst dich«, schmollte Allison.

»Komm mit uns!«

Amandas Blick hüpfte von ihrer Mutter zu ihren Freundinnen.

Sie presste die Lippen zusammen. »Ich rufe euch später an. Meine Mutter braucht ihre Ruhe.«

Die Frauen waren enttäuscht. Amanda entgingen die flüchtigen Blicke, die sie ihrer Mutter zuwarfen, nicht. Die saß im Bett, gestützt auf zahlreiche Kissen, als sei sie die Königin von England. Wohl eher eine Drama-Königin.

Amanda wehrte die letzten ihrer halbherzigen Versuche, sie dazu zu bewegen, sich ihnen anzuschließen, ab. Schließlich gingen sie enttäuscht von dannen.

Als der Raum wieder ruhig war, drehte sich Amanda zu Anne um. Sie bemühte sich, ihre Stimme ruhig und gleichmäßig zu halten. »Wer hat sie angerufen?«

»Ich habe Norman gebeten, die Mädels anzurufen. Ich dachte, es wäre schön, wenn du dich mit deinen Freunden treffen würdest.« Nach einer Pause: »Und mit Carlos.«

Amanda strich die Bettdecke mit der Hand glatt, zog sie dann bis zur Taille ihrer Mutter hoch und legte sie mit übertriebener Sanftheit um sie. Sie fragte leise: »Mutter, hast du dich nicht schon genug eingemischt?«

»Mandy, du weißt, dass ich nur das Beste für dich will.«

Amanda biss die Zähne zusammen und sagte: »Das sagst du ständig, aber meinst du es auch wirklich?«

»Natürlich.«

Amanda ging zur Anrichte hinüber, auf der Saft, saubere Gläser und einige Pillenfläschchen standen, und starrte sie mit leerem Blick darauf an. »Täuschst du deshalb diese Krankheit vor?«

Die Antwort ihrer Mutter ließ zu lange auf sich warten. Viel zu lange. »Ich täusche nichts vor.«

Amanda beugte ihren Kopf vor und schnupperte an dem Krug mit dem Saft. Sie nahm den geschliffenen Kristallbehälter in die Hand und hob ihn an ihre Lippen.

Das Brennen des Wodkas rann ihre Kehle hinunter und wärmte ihren Bauch.

»Hmm. Wodka mit Orangensaft.« Sie stellte den Krug vorsichtig ab und drehte sich langsam zu ihrer Mutter um. »Ist es das, was der Arzt verordnet hat?«

Ihre Mutter sah endlich blass aus. »Liebling …«

»Verflucht sollst du sein!« Amanda wirbelte auf ihren Absätzen herum und stürmte aus dem Zimmer. Die Bilder im Flur klapperten durch die zuschlagende Tür.

Sie hatte genug gehört.

Sie hatte genug von allem.

Oben auf der Treppe traf sie auf ihren Stiefvater.

»Warst du daran beteiligt?«, beschuldigte Amanda ihn.

»Was?«

»Ist auch egal!« Sie schob sich an ihm vorbei und versuchte, ihre Wut zu kontrollieren. Amanda ballte ihre Finger zu einer Faust und versuchte verzweifelt, Norman nicht die Treppe hinunter zu stoßen.

»Wo willst du hin?«

Sie stieß ein trockenes Lachen aus. »Einen Spaziergang machen, bevor ich sie erdrossele.« Sie hielt auf der Treppe inne. »Und dich auch.«

Dann rannte sie die Treppe hinunter und zur Haustür hinaus.

***

MAX RIEF die gerade heruntergeladenen Kontakte auf seinem neuen Handy auf. Amandas Name stand ganz oben auf der Liste. Er markierte den Eintrag und drückte auf Anrufen. Er hatte noch nicht einmal den Parkplatz des Telefongeschäfts verlassen. So sehr brannte er darauf, mit ihr zu sprechen.

Nach dem zweiten Klingeln dachte er, dass er ihr eine Voicemail hinterlassen müsste. Er wollte unbedingt ihre Stimme hören.

Doch beim dritten Klingeln nahm sie endlich ab.

»Hallo?«

»Hallo?«, echote er zurück. Amanda hörte sich seltsam an.

»Wer ist da?«

»Max, wer sonst? Geht es dir gut?«

»Max? Oh!« Der bittere Tonfall war sofort zu erkennen. »Du bist dieser Cop, nicht wahr?«

Dieser Cop.

Anne. Amandas Mutter.

Verdammt!

»Wo ist Amanda? Ich will mit ihr reden.«

»Sie ist nicht Ihre Angelegenheit. Sie ist beschäftigt.«

Seine Finger umklammerten schmerzhaft das Telefon und er atmete tief aus. »Wo ist sie? Warum haben Sie ihr Telefon?«

»Sie ist nicht Ihre Angelegenheit.«

Wie oft hatte er das schon von Amanda selbst gehört? Aber jetzt war alles anders. Alles war so gut gelaufen. Zumindest dachte er das. »Doch, das ist sie.«

»Sie will nicht mit Ihnen reden. Sie hat mir ihr Telefon

gereicht, als sie sah, dass Sie anrufen. Sie will Sie nicht mehr sehen. Sie will überhaupt nichts mehr mit Ihnen zu tun haben.«

»Sie lügen.«

»Nein, sie sitzt direkt neben mir. Amanda, willst du mit ihm reden?« Am anderen Ende der Leitung gab es eine kurze Pause. »Sie sagt nein. Sie ist jetzt zu Hause, wo sie bleiben will. Sie ist da, wohin sie gehört.«

»Ich will es aus ihrem Munde hören.«

»Sie weigert sich, mit Ihnen zu sprechen. Was sagst du, Liebling?« Diesmal macht sie eine längere Pause. »Oh, sie will, dass ich Ihnen sage, dass sie ihre Verlobung mit Carlos bekanntgeben wird.«

Max zögerte. Er hatte sie wohl nicht richtig verstanden. »Sie würde Greg nicht im Stich lassen.«

»Wir werden dafür sorgen, dass er in ein gutes Heim kommt.«

Ein gutes Heim? Wie ein Tierheimtier? »Sie würde nicht wollen …«

»Lassen. Sie. Uns. In. Ruhe! Sie will nichts mehr von Ihnen wissen. Sie sind nicht gut genug für sie.«

Die Verbindung wurde unterbrochen.

Mit einem explosiven Fluch warf Max sein neues Handy gewaltsam auf den Boden. Er zertrümmerte es mit dem Absatz seines Stiefels in winzige, zackige Stücke.

ALLES UM SIE herum war überdimensioniert. Übergroße Häuser, übergroße Autos und generell übergroße Geschmacksnormen.

Alles unnötig. Alles überflüssig, außer um jemanden zu beeindrucken.

Sie lief noch einige Blockaden weiter durch die gewundenen Straßen der geschlossenen Wohnanlage und versuchte, die Wut auf ihre Mutter zu verarbeiten.

Sie war auf die Spielchen ihrer Mutter hereingefallen. Dumme kleine Närrin.

Sie dachte an Mary Ann und daran, wie selbstlos die Frau war. Sie war jederzeit bereit, ihr zu helfen, wenn sie darum bat. Ohne Bedingungen. Keine Spielchen. Alles ehrlich und aufrichtig.

Warum konnte sie nicht auch so eine Mutter haben?

Sie dachte über den Unterschied zwischen Carlos und Max nach.

Carlos: Untreu. Verwöhnt. Wischiwaschi. Leicht von Anne zu manipulieren.

Max: Solide. Mächtig. Nicht ein einziger unentschlossener Knochen in seinem Körper. Okay, außer wenn es um sie ging. Aber es war besser geworden, seit sie letzten Monat einen *Waffenstillstand* geschlossen hatten.

Er sprang sofort ein, wenn sie ihn brauchte. Er war ein Naturtalent, wenn es um den Umgang mit Greg ging. Und Greg liebte ihn auch.

Greg liebte ihn *auch*.

Sie blieb stehen und schloss die Augen. *Was zum Teufel?!* Sie liebte ihn. Sie liebte Max! Sie wollte nicht ohne ihn leben.

Sie wollte zurück zum Haus gehen, ihre Sachen packen und nach Hause gehen.

Nach Hause.

Nach Manning Grove.

Zu Greg.

Zu Max.

Hier in Miami gab es nichts mehr für sie.

Nichts, was sie wollte. Oder brauchte.

Amanda kehrte schnell zum Haus zurück. Jeder entschlossene Schritt, den sie tat, war ein Schritt näher an ihrem Zuhause.

Als sie das Haus leise betrat, kam sie am Wohnzimmer vorbei. Ihre Mutter war dort. Sie war nicht im Bett. Perfekt geschminkt, über und über mit Schmuck behangen, trug sie einen eleganten Designer-Hosenanzug und nippte an etwas, das aussah wie … ein Cosmopolitan!

Sie betrat den Raum und die Wut kochte wieder hoch. »Fühlst du dich besser, Mutter? War es eine wundersame Genesung?«

»Liebling, du weißt, dass ich das alles für dich getan habe. Ich war verzweifelt. Ich musste dich aus diesem … diesem Ort herausholen. Ich musste dich daran erinnern, was du verpasst. Dich daran erinnern, was du aufgegeben hattest. Ich will nicht, dass du zurückgehst. Sieh dir an, was du hier alles haben kannst. Geld, Freunde, ein Zuhause bei uns, alles, was du willst …«

Alles, was sie wollte.

Sie wollte nichts von ihrer Mutter. Überhaupt nichts.

Alles, was sie wollte, war im Norden.

Amanda unterbrach ihre Rede. »Ist das mein Handy?«

Anne sah auf das Telefon in ihrer Hand hinunter, fast so, als wäre sie sich nicht bewusst, dass sie es immer noch in der Hand hielt. Ihr Mund öffnete und schloss sich leise, bevor sie antwortete. Dann hob sie ihr Kinn wie ein trotziges Kind. »Es hat geklingelt und ich bin rangegangen.«

»Wer war es?«, fragte sie misstrauisch. »War es Max?« Sie schnappte ihrer Mutter das Telefon aus den Fingern und sah in der Anrufliste nach. Er war es.

»Ist das sein Name?«

»Was hast du zu ihm gesagt?«

»Ich habe ihm die Wahrheit gesagt – dass du jetzt zu Hause bist. Dass er nicht gut genug für dich ist.«

»Mutter, du würdest die Wahrheit nicht erkennen, wenn sie dich in den Hintern beißen würde.«

Anne ignorierte ihren Wutausbruch. »Ich habe ihm gesagt, dass du zu Carlos zurückgegangen bist.«

Amanda ließ sich auf das Sofa sinken. Sie ließ ihren Kopf in die Hände fallen. »Und was hat er gesagt?«

Anne schwieg einen Moment lang. Amanda spürte, wie das Sofa in sich zusammensank, als ihre Mutter sich sittsam neben sie setzte. Sie legte eine Hand auf Amandas Hand, als wollte sie den Schlag abmildern. »Er sagte: Auf Nimmerwiedersehen.«

Auf Nimmerwiedersehen. Amanda lachte hysterisch. Auf Nimmerwiedersehen! Diese Worte wären niemals aus dem Mund von Officer Max Bryson gekommen. Er hätte gesagt: *Sie kann zur Hölle fahren* oder irgendetwas anderes, das einem Fluch gleichkäme, aber niemals *Auf Nimmerwiedersehen.*

Plötzlich klang ihre Mutter verzweifelt. »Amanda, es ist wahr. Er hat gesagt, dass er dich nie wieder sehen will. Es tut mir so leid, Mandy. Mir ist klar, dass du in ihn verknallt warst, aber das ist vorbei. Er versteht, dass du mehr in deinem Leben brauchst. Dass du nur das Beste verdienst.«

»Nein …« Amanda drehte sich zu ihrer Mutter um und die Hitze kroch in ihren Nacken. »Nein. Greg braucht mich. Ich werde jetzt gehen.«

Sie rannte in ihr Zimmer und warf ihre Kleidung in ihren Koffer. Sie rief ein Taxi und blätterte dann im Adressbuch ihres Handys, um Max' Namen zu finden. Sie drückte auf Anrufen.

Sein Telefon klingelte und klingelte. Er ging nicht ran. Max wollte nicht mit ihr sprechen. Sie nahm es ihm nicht übel.

Sie hörte sich seine Stimme auf der aufgezeichneten Ansage an. Sie wollte ihm eine Nachricht hinterlassen, aber sie hatte Angst, es zu tun.

Ihr Herz schmerzte. Auf einmal fühlte sie sich so allein.

»Ich komme nach Hause«, flüsterte sie, bevor sie auflegte.

»Es gibt einen schmalen Grat zwischen Liebe und Hass«, hatte

Teddy einmal zu ihr gesagt. Beides waren leidenschaftliche Gefühle. Sie liebte Max. Sie wollte es nicht länger leugnen.

Sie brauchte ihn. Sie musste zurück nach Pennsylvania.

Es war schwieriger, kurzfristig einen Flug von Miami aus zu finden als ein paar Tage zuvor von Philadelphia aus. Am Ende schlief sie unruhig auf einem unbequemen Plastiksitz am Gate ein, bis sie einen Nachtflug nehmen konnte.

Amanda konnte sich an keinen miserableren Flug in ihrem Leben erinnern. Die Turbulenzen, die ihr den Magen verdrehten, und die Tatsache, dass sie zwischen einem riesigen Mann mit extrem schlechten Mundgeruch und einem anderen, der sie ständig anmachte, eingeklemmt war, brachten sie um den Verstand. Sie vermutete, dass der Möchtegern-Player nicht verstand, was der *böse Blick* bedeutete – nämlich, dass sie nicht interessiert war. Jetzt zuckte ihr *böser Blick*.

Sosehr sie auch versucht war, bei der Flugbegleiterin einen Cocktail zu kaufen, konnte sie sich nicht dazu durchringen, acht Dollar für einen mickrigen Vier-cl-Drink auszugeben. Außerdem würde sie die zehnfache Menge brauchen, um sich zu beruhigen. Oder sich auszuschalten.

Bei ihrem Glück wäre sie wahrscheinlich noch streitlustig geworden und der Bordpolizist hätte sie gewaltsam festnehmen müssen. In letzter Zeit schien sie genau diese Art von Reaktion von den Gesetzeshütern zu bekommen.

Kaum waren sie gelandet, versuchte sie erneut, Max anzurufen. Er ging immer noch nicht ran.

Entweder war sein Telefon ausgeschaltet oder er ignorierte sie.

Aufgrund seines Jobs wusste sie, dass er sein Handy nie ausschaltete, also war es offensichtlich, dass er nicht mit ihr sprechen wollte. Verzweiflung und Hoffnungslosigkeit brodelten in ihr auf.

Während sie ungeduldig darauf wartete, dass ihr Gepäck aus dem Flugzeug kam, rief sie noch dreimal an.

Als Amanda ihre Tasche durch den Flughafen schleppte und dabei zahlreichen Menschen auswich, kippte ihre Tasche um und ein Rad brach ab. Sie sah hilflos zu, wie das kleine schwarze *Scheißding* von Plastikrad durch die Menge schoss und nie wiedergesehen wurde.

Verdammt!

Sie schlug den ausziehbaren Griff zurück in den Koffer, packte den Seitenbügel und schleppte ihn zum nächsten Sitz. Sie ließ sich auf den Stuhl fallen und legte den Kopf in ihre Hände.

Sie würde nicht weinen. Sie würde nicht weinen.

Sie würde nicht weinen.

Eine unhöfliche Person setzte sich neben sie und rempelte sie an. Das war das Letzte, was sie brauchte. Sie war sich sicher, dass es genügend andere Sitze gab, auf die diese Person ihren fetten Hintern hätte plumpsen lassen können. Warum also neben ihr? Konnte die Person nicht sehen, dass sie in einer Krise steckte?

Sie lehnte sich zurück, schob ihr Haar aus dem Weg und betrachtete die verschwommene Gestalt, die neben ihr saß.

Verdammt, die Tränen!

Sie blinzelte und versuchte, klar zu sehen. Sie wollte der Person eine Standpauke halten. Als sie sich mit der Hand über die Augen rieb, griff die Person nach ihrem Handgelenk.

»Ich wusste nicht, was ich denken sollte.«

Amanda öffnete ihren Mund.

Max unterbrach sie. »Nein, lass mich reden! Ich wusste nicht, was ich denken sollte. Du hast Greg bei meinen Eltern gelassen. Du bist einfach abgehauen. Es hat mich verletzt, dass du einfach gegangen bist, ohne mich wissen zu lassen, was los ist. Ich dachte, du empfindest etwas für mich.«

Hatte er nicht alle ihre Nachrichten bekommen?

»Das tue ich.« Ihr Blick klärte sich und ihre eigene Verzweiflung spiegelte sich in seinem Gesicht wieder.

Er ließ den Kopf sinken und schüttelte ihn langsam. »Aber du zeigst es nicht.«

»Doch, das tue ich!«

Frustriert wischte er sich mit der Handfläche über sein kurzes Haar. »Ich habe versucht, dich anzurufen, aber deine Mutter hat gesagt …«

Amanda stöhnte und wischte sich die laufende Nase. »Ich weiß. Ich weiß, was sie dir gesagt hat. Es war nicht wahr.«

»Nein?« Er ergriff ihre linke Hand und hob sie an, um ihren Ringfinger zu untersuchen. »Leer.«

Sie drückte seine Hand und wollte sie nicht mehr loslassen. Sie wollte sich vergewissern, dass er wirklich da war. Sie wollte sicher sein, dass er wirklich da war und er nicht nur ihre Fantasie war, die mit ihr durchging. »Was machst du hier? Wie hast du mich gefunden?«

»Ich war auf dem Weg nach Miami, um dich nach Hause zu bringen. Um dich zu mir zurückzubringen. Ich wollte dich nicht kampflos gehen lassen.«

»Aber wie hast du mich hier gefunden? Dieser Flughafen ist riesig, es gibt eine Million Menschen …«

»Zufall. Ein kleines Rad ist an meinem Schienbein abgeprallt. Ich hätte wissen müssen, dass es deines ist. Meine Amanda, immer für Ärger zuständig.« Er schenkte ihr ein schiefes Lächeln. »Ich werde sicher einen blauen Fleck davontragen.«

Schicksal.

Das war Schicksal.

»Max …«

Er legte einen Finger auf ihre Lippen. »Warte, ich bin

noch nicht fertig.« Er strich ihr mit seinem rauen, warmen Daumen eine einzelne schimmernde Träne von der Wange. »Amanda … ich liebe dich. Ich wollte es leugnen … aber ich kann es nicht. Ich liebe dich und ich will, dass du mit mir nach Hause kommst.«

»Nach Hause …« Der Gedanke an ein richtiges Zuhause – ein *richtiges Zuhause* mit Max – ließ ein paar weitere heiße Tränen entweichen. Sie war keine Heulsuse!

»Ich weiß, dass du in Manning Grove nicht glücklich bist, es wird nie dasselbe sein wie Miami. Es ist ein Opfer, das du bringen musst …«

»Ist es nicht …«

»Aber ich verspreche dir, dass ich dich glücklich machen werde. Hoffentlich ist das genug.« Er hob wieder ihre linke Hand und küsste ihren Ringfinger. »Ich bin so froh, dass du nicht den Diamanten von Carlos trägst.« Ohne sie loszulassen, rutschte er vor ihr auf die Knie.

Mit der freien Hand griff er in seine Hemdtasche und zog eine kleine schwarze Schachtel heraus. »Es wird kein so großer Ring sein, wie Carlos ihn dir kaufen könnte. Aber …« Er öffnete den Deckel.

Ein wunderschöner kleiner Diamant funkelte aus seiner samtigen Schatulle.

»Er war der erste Verlobungsring meiner Mutter. Wenn er nicht groß genug ist, kaufe ich dir später einen größeren.«

»Max«, flüsterte sie. »Größe spielt keine Rolle.« Sie errötete und lachte. »Du weißt, was ich meine.«

Max lachte auch, dann wurde er ernst. »Wirst du ihn tragen?«

Was war das denn bitte für ein Antrag?

Aber bevor sie fragen konnte, bedeckte er ihre Lippen mit seinen eigenen und neigte seinen Kopf, um ihren Mund ganz in Besitz zu nehmen. Sie drückte ihn wieder runter. »Wir sind in der Öffentlichkeit!«, beschwerte sie sich im Flüsterton.

»Das ist mir egal. Ich will, dass jeder weiß, dass du mir gehörst. Dass ich dich liebe.« Er drehte sein Gesicht nach oben und rief: »Und ja, ich will, dass du mich heiratest!«

Ein harter Schlag auf ihre Schulter veranlasste sie, den Kopf zu drehen und eine kleine, ältere Dame hinter ihr anzusehen.

»Sag ja, Liebes!«, lächelte sie Amanda zu und humpelte mit einem Stock davon.

Er hielt um ihre Hand an, auf dem internationalen Flughafen von Philadelphia, unter Hunderten … nein, Tausenden von Fremden.

»Bitte!«, flehte er.

Amanda sah auf den Mann hinunter, den sie liebte, mit dem sie den Rest ihres Lebens verbringen wollte, den Mann, den sie verzweifelt brauchte … Den Mann, der auf dem schmutzigen Boden des Terminals zwischen ihren Schenkeln hockte.

»Heilige Scheiße!«, murmelte sie.

»Das nehme ich als ein Ja«, sagte er und steckte ihr den Ring auf den Finger. Er passte perfekt.

Das war unmöglich, dachte sie, er konnte unmöglich ihre Ringgröße kennen.

Wieder schoss ihr *Schicksal* durch den Kopf.

Sie war dazu bestimmt, mit diesem Mann zusammen zu sein. So sehr sie sich auch dagegen gewehrt hatten, das Schicksal hatte gesiegt. »Lass uns nach Hause gehen!«

Er nahm seinen Rucksack, ihr schräges Gepäck und ihre Hand.

Während er sie durch die Menschenmassen führte, fragte sie: »Warum gehst du nicht an dein Telefon? Ich habe ein Dutzend Mal versucht, dich anzurufen.«

»Ich habe es … verloren.«

Verloren. Klar. Genau wie Amanda das Nummernschild des Buicks verloren hatte. »Nun, wenn du es findest, wirst du ein Dutzend Nachrichten von mir erhalten. Sie klingen vielleicht ein bisschen verrückt. Ich hatte einen wirklich schlechten Tag.« Sie lächelte zu ihm hoch und drückte seine Hand. »Aber jetzt ist alles besser.«

<hr>

Als sie auf die Lichtung von Bryson's Weihnachtsbaum-Farm fuhren, sahen sie Max' Eltern zusammen mit Greg und Chaos auf der großen Veranda-Schaukel entspannen. Das Schaukeln hörte auf, als das Trio den Truck entdeckte.

Max parkte seinen Chevy, und bevor Amanda aus dem Auto steigen konnte, hatte Greg ihre Tür geöffnet und versuchte, sie herauszuziehen. Chaos, dessen Vorderbein immer noch im Gips steckte, humpelte langsam herüber und bellte dabei fröhlich und laut.

Sie quietschte: »Warte, Kumpel, lass mich den Gurt lösen.«

Max griff über die Sitzbank, um ihn für sie zu lösen.

Amanda konnte sich nur für den Bruchteil einer Sekunde den Nacken reiben, bevor Greg sie fest an sich drückte. »Ich's hab' dich vermisst, Manda! Ich's hab' dich vermisst!«

Amanda erwiderte seine Umarmung und atmete seinen frischen Kiefernduft ein. Sie strich ihm mit der Hand durch das wirre Haar. »Ich habe dich auch vermisst. Hattest du Spaß?«

»Ja, sehr viel Spaß.« Er ließ sie los und trat einen Schritt zurück. »Wir haben Weihnachtsbäume gemacht!«

»Wirklich?«

Ron kam auf sie zu und verpasste ihr eine feste Umarmung. »Willkommen zu Hause.«

»Es ist schön, zu Hause zu sein«, antwortete sie und meinte es wirklich von ganzem Herzen.

Amanda sah, wie Rons Augen zu ihrem Ringfinger

wanderten, aber bevor sie etwas sagen konnte, zwinkerte Ron ihr zu.

Als Max den Austausch bemerkte, wandte er sich schnell seiner Mutter zu und räusperte sich. »Mom, ich weiß, welches Geschenk du dir zu Weihnachten am meisten gewünscht hast. Und ich weiß, es ist viel zu früh für Weihnachten, aber …« Er beugte sich vor und flüsterte ihr ins Ohr: »Sie hat Ja gesagt.«

Mary Anns Gesicht erhellte sich und silbrige Tränen sammelten sich in ihren Augen. Mit einem Freudenschrei stürzte sie herbei und umarmte Amanda.

»O mein Gott! O mein Gott! Das ist das beste Weihnachtsgeschenk aller Zeiten!« Sie blieb stehen und schaute besorgt von Max zu Amandas flachem Bauch und zurück. »Es sei denn, du hast mir noch mehr zu erzählen?«

Max stöhnte laut auf.

»Na ja, dann mach dich an die Arbeit, mein Sohn! Du hast nur noch sechs Monate bis Weihnachten.«

»Mutter!«

Brothers in Blue: Marc (Buch 2)

Lerne die Männer von Manning Grove kennen, drei Kleinstadtcops und Brüder. Jeder von ihnen trifft die Frau, die den Rest seines Lebens verändern wird. Dies ist die Geschichte von Marc …

Officer Marc Bryson ist der Meinung, dass Frauen nicht in der Strafverfolgung arbeiten sollten. Niemals. Als sein älterer Bruder Max zum Polizeichief der Kleinstadt befördert wird, stellt er als erste Amtshandlung eine Frau ein, die gerade die Polizeiakademie abgeschlossen hat. Dann macht er Marc auch noch zu ihrem Training Officer.

Entschlossen, in die Fußstapfen ihres verstorbenen Vaters zu treten, hat Leah Grant den Mut, jede Glasmauer, die einer Karriere als Polizistin im Weg steht, zu durchbrechen. Selbst wenn es bedeutet, dass sie ihrem Trainer – der sie nur in seinem Bett und nicht im Außendienst haben will – beweisen muss, dass sie es wert ist, ein festes Mitglied der Polizeieinheit zu werden.

Leah arbeitet in einer Männerwelt und fordert Marcs falsche Vorstellungen über Frauen im Polizeidienst heraus. Aber während sie damit kämpfen, ihr Arbeitsleben von ihrer unbestreitbaren Zuneigung zu trennen, werden die Dinge immer heißer und ein bisschen kinky. Nachdem sie auf frischer Tat ertappt werden, müssen die beiden Gesetzeshüter sich an die Regeln halten.

Wird Leah es schaffen, Marc zu beweisen, dass sie sowohl als Verstärkung als auch im Bett gut ist?

BLÄTTERE WEITER, um das erste Kapitel des nächsten Buches der Reihe zu lesen: mybook.to/Marc-DE

Brothers in Blue: Marc

BUCH 2

Kapitel Eins

»Was zum Teufel meinst du mit ›eine Frau‹?« Unteroffizier Marc Bryson spuckte geradezu über den Schreibtisch des Polizeichiefs und die viel zu aufgeräumten Papierstapel, die perfekt auf der makellosen Oberfläche angeordnet waren.

Der Chief, der zufällig sein älterer Bruder war, zog eine Augenbraue hoch. »Ich hatte gehofft, du würdest in deinem Alter wissen, was eine Frau ist, Marc. Obwohl, wenn ich so darüber nachdenke, hast du nie eine mit nach Hause gebracht, als du Schmarotzer bei mir gehaust hast.«

»Oh, du bist echt richtig witzig. Und ich bin kein Schmarotzer. Ich habe dir jeden Monat Geld gegeben.«

Max Bryson schnaubte.

»Wie auch immer, lass uns zurück zu dieser Diskussion kommen …«

Max unterbrach ihn sofort. »Es wird keine Diskussion geben. Punkt. Ich habe sie eingestellt, und du wirst sie für den Außendienst trainieren, also bist du ab jetzt offiziell ihr *Field Training Officer*.«

Marc wollte nicht der *Field Training Officer* einer Frau

sein. Auf keinen Fall, nie und nimmer. Frauen sollten keine Cops sein. Niemals.

»Warum muss *ich* sie trainieren? Warum nicht Dunn?«

»Weil ich es sage.«

Was zum Teufel? Großer Bruder sagt das so und Thema beendet, Leute. Kollege Tommy Dunn würde nicht der *Field Training Officer* des Rookies werden, denn er war zu nachsichtig, er würde die Frau verhätscheln und sie nicht für die reale Welt der Polizeiarbeit ausbilden. Aber Marc würde das tun. Außerdem war Dunn nicht als FTO zugelassen. Aber das war nur eine Frage der Semantik. Oder?

Scheiße! Marc würde einer Frau, die frisch von der Polizeiakademie kam, keine Nachsicht entgegenbringen. Max wusste, wie sehr er gegen Frauen in der Strafverfolgung war. Wenn sie gleichberechtigt behandelt werden wollte, hatte Marc kein Problem damit, hart und unflexibel mit den Regeln zu sein, einfach nur weil sie eine F… neue Rekrutin war. *Genau.*

Na schön. Er würde es tun, aber er musste nicht glücklich darüber sein.

»Lass mich dich daran erinnern, dass du jetzt ein Unteroffizier bist. Ich habe dich gewarnt, als du die Beförderung angenommen hast, dass du mit der Erhöhung deines Wochengehalts und deinem neuen Titel als Corporal«, Max kicherte, »mehr Verantwortung bekommen wirst.«

Max genoss das sichtlich und scherte sich einen Dreck darum, was Marc von dieser neuen »Verantwortung« hielt. Wenn sein älterer Bruder einen Weg fand, ihm auf den Sack zu gehen, dann nutzte er ihn.

Dagegen anzukämpfen, wäre sinnlos. Marc atmete angesichts der Niederlage laut aus. »Wann fängt sie an?«

Max schaute auf seine schwarze G-Shock-Armbanduhr. »Sobald Dunn mit der Ausgabe ihrer Ausrüstung fertig ist.«

Marcs Kopf ruckte hoch und er dachte, er müsste seine Augäpfel zurück in ihre Höhlen schieben. »Heute?«

Max lachte. »Hast du ein Problem damit, Corporal?«

Marc holte noch einmal tief Luft. Er gab Max immer wieder Vorlagen. Er musste so tun, als würde ihn die ganze Sache nicht stören. Sonst würde Max ihn so lange in die Mangel nehmen, bis er zusammenbrach. Große Brüder waren richtige Arschlöcher. Die Macht, die er bekommen hatte, als er Chief wurde, war ihm zu Kopf gestiegen. Marc hatte keine Ahnung, wie seine Frau es mit ihm aushielt.

Ach ja, richtig. Amanda ließ sich nichts von ihm gefallen. Ein falscher Schritt, und diese Frau zwang ihn in die Knie. Wie mit einer Peitsche. *Zack!* Marc sah zu Boden, während er schmunzelte.

»Gibt's was zu lachen, Bruder?«

»Nope. Max, du hast das Vorstellungsgespräch mit ihr geführt, wie sieht sie denn aus?« Er hoffte, dass sie keine Zimperliese war, die mehr Angst hatte, sich einen Nagel abzubrechen, als echte Polizeiarbeit zu leisten. Er wollte aber auch keine Bestie. So eine Art von Frau, die aussah, als könnte sie Marc in zwei Hälften brechen.

»Es sollte keine Rolle spielen, wie sie aussieht. Sortier' mal deine Prioritäten richtig. Sie hat die Akademie als Beste ihrer Klasse abgeschlossen. Das ist das Wichtigste.«

»Chief, wir sind fertig«, rief Tommy Dunn aus dem Flur, als er um die Ecke bog. Sein großer, schlaksiger Körper füllte plötzlich die Bürotür und Marc konnte die neue *Polizistin* nicht sehen.

Anscheinend konnte Max das auch nicht. »Warum zum Teufel gehst du nicht aus dem Weg und lässt sie durch? Geh wieder auf Streife! Mrs. Johnsons Katze muss sicher wieder gerettet werden.«

Der Rothaarige schlurfte mit den Füßen. »Kein Problem, Max.«

Marc schüttelte den Kopf und lachte leise. Er wartete. Dunn lernte es einfach nicht.

Max räusperte sich laut und warf Tommy einen bösen Blick zu. »Wie bitte?«

Dunns Gesicht erblasste, was die unzähligen Sommersprossen in seinem Gesicht zum Vorschein brachte. »Ich meinte *Chief*. Tut mir leid, Chief.« Nuschelnd wich Dunn zurück und hüpfte dann nach vorn, als er mit der Person hinter sich zusammenstieß. Er entschuldigte sich schnell und eilte davon.

Marc lehnte sich auf seinem Stuhl zurück, verschränkte die Arme und Füße und wartete mit finsterer Miene.

Nachdem der Rookie einige Augenblicke lang nicht zu sehen war, bellte Max: »Grant, kommen Sie rein!«

Eine Gestalt erschien in der offenen Tür und stand stramm, ihr Körper war steif und angespannt. Marc musterte sie, angefangen bei ihren Füßen. Sie trug schwarze Einsatzstiefel, die dunkelblaue Sommeruniform der Einheit und einen vollen Dienstgürtel, der aussah, als würde er mehr wiegen als sie selbst. Dann wanderte sein Blick zu ihrem Oberkörper, der ziemlich unproportional aussah. *Was zum Teufel?*

Irgendetwas stimmte definitiv nicht mit der Schutzweste unter ihrer Uniform.

Marc sprang auf, stellte sich breitbeinig hin und zeigte auf ihre Brust. »Was ist mit deiner Weste los?«

Die Röte stieg ihr vom engen Kragen ihres Hemdes in die Wangen, während sie auf seinen Finger starrte. »Sir, sie ist zu groß, Sir.«

Scheiß auf diesen doppelten Sir-Müll! Das ist der übliche Bullshit, den sie einem auf der Akademie eintrichterten. Während deiner Zeit an der Akademie konntest du am Wochenende im Supermarkt einem Verkäufer eine Frage stellen und würdest die Frage mit einem Sir beginnen und beenden. *Sir, wo sind die Kumquats, Sir?* Der Teenager würde dich ansehen, als wären dir zwei Köpfe gewachsen.

»Ich werde Ihnen eine neue Weste bestellen«, sagte

Max. »Solange versuchen Sie damit klarzukommen. Ich will nicht, dass Sie ohne sie gehen. So steht es in unserer Dienstvorschrift.«

»Sir, ja, Sir.«

»Verdammte Scheiße noch mal, lassen Sie dieses Sir-Echo«, bellte Marc. Okay, vielleicht ein bisschen hart für den ersten Tag, aber er war genervt. Nur ein bisschen. Diese komplette FTO-Sache war ein verdammter stinkender Haufen Scheiße. Und jetzt musste er jemanden ausbilden, der wahrscheinlich beim Anblick von Blut in Ohnmacht fallen und sich verstecken würde, wenn die Scheiße am Dampfen war. »Und hören Sie auf, in der Tür zu stehen. Kommen Sie hierher, in die Mitte!«

Sie stürmte in die Mitte von Max' Büro, die Fersen zusammengeknallt, die Fäuste an die Seiten ihrer Oberschenkel gepresst, den Kopf erhoben, den Blick nach vorn gerichtet, auf einen Punkt über Max' Kopf.

»Übrigens, Grant, der Corporal hier wird Ihr FTO sein.«

Marc verengte seine Augen angesichts des breiten Lächelns seines Bruders. Dann bemerkte er, wie ihr Blick kurz zu ihm herüberwanderte, bevor sie ihn wieder geradeaus richtete. Er ging einen engen Kreis um sie herum und musterte sie von oben bis unten. Er überprüfte, wie ihr Uniformhemd in die Hose gesteckt war, er überprüfte die Bügelfalte an ihren Ärmeln – sie sollte von der Schulter direkt durch den Flicken bis zum Saum reichen. Das war der Fall. Er drehte sich um und stellte sich direkt vor sie, weniger als einen Meter von ihr entfernt. Er wollte sie auf die Probe stellen, indem er sich in ihren persönlichen Bereich begab. Würde sie zurückweichen oder standhaft bleiben?

Er schnippte mit seinem Zeigefinger über ihr Namensschild. »Ihr Schild ist schief. Bringen Sie das in Ordnung! Haben Sie die Vorschriften überhaupt gelesen?«

Während sie mit zitternden Fingern das schwarz-silberne Schild mit der Aufschrift *GRANT* zurechtrückte, fragte sich Marc, ob Max ihr überhaupt die Verwaltungs- und Dienstvorschriften sowie die Standardarbeitsanweisungen der Abteilung gegeben hatte.

»Sir …«

»Corporal«, korrigierte Marc sie scharf.

»Corporal …« Ihr Blick wanderte zu seinem Namensschild. Verwirrung machte sich in ihrem Gesicht breit, wurde aber im Handumdrehen wieder ausgeblendet. »Bryson. Ich habe die SOPs, die FRs und die ARs wie gefordert studiert.«

Sieh an, sieh an, sieh an! Max wusste also, wie es geht. Gut für den großen Bruder. Und gut für die Rekrutin. Aber sie würde noch viel mehr tun müssen, um ihn zu beeindrucken.

»Stellen Sie sich darauf ein, dass Sie während Ihres Außendiensttrainings jeden Tag so inspiziert werden. Gewöhnen Sie sich daran! Und sehen Sie zu, dass Sie vor Beginn Ihrer Schicht alles geordnet haben.«

Er musterte sie ein letztes Mal von Kopf bis Fuß. Aber diese Inspektion galt ihr, nicht ihrer Uniform. Sie war etwa eins-achtundsechzig groß. Sie wog wahrscheinlich höchstens fünfundfünfzig Kilo. Und sie war *jung*. Vielleicht fünfundzwanzig. Jung genug, um zu glauben, dass sie in der Welt etwas bewirken könnte. Vielleicht würde sie enttäuscht werden.

Er holte tief Luft und stählte sich für … was auch immer. Er wusste es nicht, aber das Einatmen stellte sich als ein Fehler heraus. Als großer Fehler. Er atmete ihren unverwechselbaren Duft ein. Kein Parfüm, nein. Er war leicht, blumig. Marc konnte nicht anders, als noch ein bisschen mehr zu schnuppern, wobei er versuchte, nicht zu auffällig zu sein. Es war ihr Shampoo, ihre Seife oder ihre Körperlotion. Etwas, das seine Aufmerksamkeit erregte. Ihr dunkles Haar war zu einem dicken straffen Dutt zurückgezogen, und kein einziges verirrtes Haar war zu sehen. Er fragte sich, wie lang es wohl sein mochte, wenn es offen war. Ihre dichten Wimpern umrahmten wunderschöne haselnuss-braune Augen. Es musste seine Einbildung gewesen sein, als sie in verschiedenen Farben aufblitzten. Von Gold über Braun bis hin zu Grün, alles innerhalb eines dunklen äußeren Rings. Es musste Einbildung gewesen sein, denn die Farbe der Iris änderte sich nicht. Ihre Nase war dünn und gerade, ihre Wangenknochen hoch und blühend, nach seiner genauen Inspektion. Und ihre Lippen …

Fuck! Marc trat einen Schritt zurück und räusperte sich.

Max unterbrach ihn in seinen Gedanken. »Grant, warum gehen Sie nicht und warten im Patrouillenraum. Ihr FTO wird in ein paar Minuten bei Ihnen sein, damit er Ihnen die Grundlagen beibringen kann. Machen Sie die Tür zu, wenn Sie gehen, ja?«

»Danke, S… Chief.« Sie drehte sich auf dem Ballen ihres rechten Fußes und marschierte steif aus dem Büro.

Polyester-Uniformhosen schmeichelten niemandem, weder Mann noch Frau, aber irgendwie schaffte sie es, dass ihr strammer kleiner Hintern darin gut aussah. Fast wäre ihm ein Seufzer über die Lippen gekommen.

»War das gut für dich?«, fragte Max ihn.

»Was?«

»Dass du sie in deinem Kopf ausgezogen hast.«

»Habe ich nicht«, brummte er. War es so offensichtlich? Er wollte nicht nachsehen oder gar hinschauen, aber *vielleicht* hatte er einen Dicken.

»Bleib professionell! Zwing mich nicht, dich schriftlich zu verwarnen, oder was noch Schlimmeres zu machen, nur weil du eine Dummheit begangen hast.«

»Warum musste sie so …«

Max knallte mit der Handfläche auf die Schreibtisch-platte, sodass Marc zusammenzuckte. »Versau' das nicht, *Corporal!* Wir sind ohnehin schon unterbesetzt und ich brauche sie. *Wir* brauchen sie. Da Matt immer noch in Übersee ist und Chief Peters in den Ruhestand gegangen ist, klafft hier eine große Lücke. Wenn du nicht ständig Doppelschichten schieben willst, dann tu alles, was du kannst, um sicherzustellen, dass sie gut ausgebildet wird und eine Bereicherung für diese Abteilung ist. Was die Tatsache angeht, dass du alle sechzig Tage ihrer Ausbildung übernehmen musst, habe ich keine andere Wahl. Du bist zuständig, bis unser kleiner Bruder wieder auf amerikanischem Boden Fuß gefasst hat. Und selbst dann glaube ich nicht, dass er einen so klaren Kopf hat, um einen anderen Offizier auszubilden.«

Wenn ihr jüngster Bruder von seinem Einsatz bei den Marines zurückkäme, konnte es sowieso sein, dass er erstmal eine Auffrischungsschulung brauchte.

Ob es ihm gefiel oder nicht, Marc würde die nächsten zwei Monate als Schatten der neuen Rekrutin verbringen müssen. Er war richtig am Arsch.

Holen Sie es sich hier: mybook.to/Marc-DE

Verfügbare Bücher auf Deutsch

BROTHERS IN BLUE SERIE
Brothers in Blue: Max (Buch 1)
Brothers in Blue: Marc (Buch 2)
Brothers in Blue: Matt (Buch 3)
(Enthält Teddys Kurzgeschichte)
Brothers in Blue: Weihnachten bei Familie Bryson (Buch 4)

BLOOD FURY MC SERIE
Eine 12-bändige Motorradclub-Serie

DIE DARE MÉNAGE SERIE
Eine 6-bändige Ménage-à-trois-Serie

WEITERE BÜCHER FOLGEN BALD!

Wenn dir dieses Buch gefallen hat

Danke, dass du Brothers in Blue: Max gelesen hast. Wenn dir die Geschichte von Max und Amanda gefallen hat, hinterlasse gerne eine Rezension bei deinem Lieblingsbuchhändler und/oder bei Goodreads, Amazon und Lovelybooks, damit auch andere Leser davon profitieren können. Rezensionen sind immer willkommen und schon wenige Worte können einer Indi-Autorin wie mir ungemein helfen!!

Andere Werke von Jeanne

Meine komplette Lesereihenfolge findest du hier:

https://www.jeannestjames.com/reading-order

* Erhältlich als Hörbuch (auf Englisch)

Alleinstehende Bücher:

Made Maleen: A Modern Twist on a Fairy Tale *

Damaged *

Rip Cord: The Complete Trilogy *

Everything About You (A Second Chance Gay Romance) *

Reigniting Chase (An M/M Standalone) *

Brothers in Blue Series:

Brothers in Blue: Max *

Brothers in Blue: Marc *

Brothers in Blue: Matt *

Teddy: A Brothers in Blue Novelette *

Brothers in Blue: A Bryson Family Christmas *

The Dare Ménage Series:

Double Dare *

Daring Proposal *

Dare to Be Three *

A Daring Desire *

Dare to Surrender *

<u>A Daring Journey</u> *

<u>The Obsessed Novellas:</u>

<u>Forever Him</u> *

<u>Only Him</u> *

<u>Needing Him</u> *

<u>Loving Her</u> *

<u>Tempting Him</u> *

<u>Down & Dirty: Dirty Angels MC Series®:</u>

<u>Down & Dirty: Zak</u> *

<u>Down & Dirty: Jag</u> *

<u>Down & Dirty: Hawk</u> *

<u>Down & Dirty: Diesel</u> *

<u>Down & Dirty: Axel</u> *

<u>Down & Dirty: Slade</u> *

<u>Down & Dirty: Dawg</u> *

<u>Down & Dirty: Dex</u> *

<u>Down & Dirty: Linc</u> *

<u>Down & Dirty: Crow</u> *

<u>Crossing the Line (A DAMC/Blue Avengers MC Crossover)</u> *

<u>Magnum: A Dark Knights MC/Dirty Angels MC Crossover</u> *

Crash: A Dirty Angels MC/Blood Fury MC Crossover *

<u>In the Shadows Security Series:</u>

<u>Guts & Glory: Mercy</u> *

<u>Guts & Glory: Ryder</u> *

<u>Guts & Glory: Hunter</u> *

<u>Guts & Glory: Walker</u> *

<u>Guts & Glory: Steel</u> *

<u>Guts & Glory: Brick</u> *

<u>Blood & Bones: Blood Fury MC®:</u>

<u>Blood & Bones: Trip</u> *

<u>Blood & Bones: Sig</u> *

<u>Blood & Bones: Judge</u> *

Blood & Bones: Deacon *

Blood & Bones: Cage *

Blood & Bones: Shade *

Blood & Bones: Rook *

Blood & Bones: Rev *

Blood & Bones: Ozzy *

Blood & Bones: Dodge *

Blood & Bones: Whip *

Blood & Bones: Easy

Beyond the Badge: Blue Avengers MC™:

Beyond the Badge: Fletch

Beyond the Badge: Finn

Beyond the Badge: Decker

Beyond the Badge: Rez

Beyond the Badge: Crew

Beyond the Badge: Nox

<u>Demnächst erhältlich!</u>

Double D Ranch (An MMF Ménage Series)

Dirty Angels MC®: The Next Generation

Über den Autor

JEANNE ST. JEANNE ist eine USA-Today-, Amazon- und internationale Bestsellerautorin im Bereich Liebesromane, die gerne über starke Frauen und Alpha-Männer schreibt. Sie war erst dreizehn Jahre alt, als sie mit dem Schreiben begann. Im Jahr 2009 veröffentlichte sie dann ihren ersten Liebesroman. Inzwischen hat sie über sechzig zeitgemäße Liebesromane geschrieben. Sie schreibt M/F-, M/M- und M/M/F-Ménages, darunter auch interkulturelle Liebesromane. Sie schreibt auch paranormale M/M-Romane unter dem Namen J.J. Masters. Hast du Lust, eine Kostprobe ihrer Arbeit zu lesen? Lade hier ein kostenloses Probebuch herunter: BookHip.com/MTQQKK

Um über ihren vollen Veröffentlichungszeitplan auf dem Laufenden zu bleiben, besuche ihre Website unter www.jeannestjames.com oder melde dich für ihren Newsletter an: http://www.jeannestjames.com/newslettersignup

www.jeannestjames.com
jeanne@jeannestjames.com

Newsletter (auf Englisch): http://www.jeannestjames.com/newslettersignup
Facebook-Lesergruppe: https://www.facebook.com/groups/JeannesReviewCrew/